JN164594

Ronso Kaigai
MYSTERY
207

間に合わせの埋葬

Bermuda Burial

C. Daly King

C・デイリー・キング

福森典子［訳］

論創社

Bermuda Burial

1940

C.Daly King

目次

主要登場人物

マイケル・ロード警視……………………ニューヨーク市警の警視
サディアス・スティール…………………ロングアイランド在住の富豪
ロバート・ダンスカーク…………………スティールの娘婿
クロエ・スティール・ダンスカーク……スティールの孫
マリー・マーカム…………………………クロエの保育士
メリデン船長………………………………四軸《Q》ターボ《T》エレクトリック《E》推進船《V》〈クイーン・オブ・バミューダ〉号の船長
デズモンド・ハートリー…………………バミューダ警察本部長
デルタ・レニー……………………………愛らしいアメリカ人女性
エルドン・モルガン………………………帰国途中のバミューダ人
リチャード・フォラード…………………粋がった向こう見ずな男

イヴ・フォラード……その魅惑的な妻
ジョセフ・カルバート……休暇中の男
H・J・ルイス……金持ちの男
イモジェン・ルイス……その妻
エミール・ソンソ博士……精神医学者
グリート・ソンソ……その妻
ディッキー・ハロップ……英国海軍の大尉
トライスモラン艦長……女王陛下の船《HMS》〈ウォーマウント〉号の艦長
デントン飛行中隊長……英国空軍の少佐
シェルトン・リー……アメリカからの訪問者
L・リース・ポンズ博士……統合心理学者

間に合わせの埋葬

アン・ヘフリンに捧げる
バミューダを覚えているかい？

第一章　楽しい計画

事件は静かに幕を開けた。事実その任務なら、どの要素を取っても代わり映えしないはずだった。特筆すべきこともなくあっという間に片づくだけでなく、無事に完了したあかつきには、不相応なほどに楽しい報酬までがついてくる。ニューヨーク市警本部長室に足を踏み入れたとき、マイケル・ロード警視は、まさか自分がこれから虚偽と悲劇の迷路の中へ、そして彼のキャリアの中で最も鮮明で痛烈なものとなる体験に向かって一歩を踏み出しているとは、夢にも思っていなかった。

本部長室は冷たい印象の殺風景な部屋で、権威を象徴しているのは、天井の高さと目を引くほど大きく立派なデスクだけだった。いくつもの捜査がその部屋で始まり、幕を閉じてきた。期待通りの、あるいは予想外の告白で解決したものもあれば、最後に突然激しい残忍さが燃え上がったものもあった。犯人の自殺に終わった事件も、ロードの記憶する限り一件あり、それは、今も前任の本部長にとって苦い思い出となって残っていた。

現在の本部長は、部屋のデスクほど立派な人物とは言いがたかった。中ぐらいの背丈、薄茶色の髪の本部長は、前置き抜きで単刀直入に要点に入る男だった。常に監督する必要のある案件をいくつも抱えていては、そうせざるを得ないのだ。

「かけてくれ、ロード」本部長が中へ招いた。「今回は外交局からの依頼だ。ロングアイランドで著名人がらみの誘拐予告があった。名指しされた対象者たちは難を逃れるためにニューヨークを離れるらしいのだが、きみに同行してもらいたい。誘拐犯の手の及ばないバミューダ諸島へ行くのだそうだ。きみには島に到着するまでの警護はしてもらうが、彼らがハミルトンの埠頭に降り立つと同時に任務は完了だ」そう言って不意に付け足した。「きみは休暇には運がなかったんだったな」

ロードは苦笑を浮かべた。「これまで休暇と言えば、たいてい行きずりの事件に巻き込まれて終わってしまいました」彼は認めた。「それに――いいえ、もう済んだ話です」最後に関わった事件の結末と、その犠牲になったうら若い女性のことを、ロードはまだ忘れられそうになかった。たぶん一生忘れることはないだろう。

本部長は鋭い目でロードをみつめ、さりげなく言った。「向こうに着いたら、そのまま二週間ほど滞在して島を見て回るといい。バミューダに行くのは初めてだろう？　緊急の際には電報で知らせる」

「それはありがたいお話です、本部長」ロードの声には驚きと深い感謝がこもっていた。「そうですね――ええ、おかげで元気が出そうです。それにしても、そもそも管轄外の誘拐事件にわれわれが関与するのは、どういうわけですか？」

「簡単な話だ。これまでは地元警察が担当していたのだが、二通目の予告状が届いた時点だったか、司法局が介入してな。対象者一行がニューヨーク市内を通過して船に乗り込むまでの警護を、当然ながらわれわれに依頼してきた。だが、実は判事が」本部長が話を続ける。「ちょうどワシントンから、何というか、非常に大きな圧力をかけられていて、一行が無事に外国の土を踏むまでの付き添いも頼んできたのだよ。船上も英国領に当たることを知らないのかもしれん。あるいは、必要以上に手厚い警護をしているとワシントンに主張したいだけなのか。何にせよ、おかげできみは無料で船旅ができるわけだ、異存はあるまい？」

「ありませんとも」

「よろしい、では詳細に移ろう。当然ながら、きみには予告された誘拐についての捜査は不要だ。それはわれわれの管轄外で起きたことだからな。対象者がニューヨーク市内に入った時点からハミルトンの埠頭に着くまで。その区間についてのみ、犯罪に巻き込まれないように警護するのが任務だ。この件にわれわれは一切かかわってこなかったが、事件に関するファイルがある。必要なことはこれを見ればすべてわかるはずだ」本部長はデスクの右側に積み上げた書類の中から大きな茶封筒を引っ張り出した。

「この中にあらゆる資料がそろっている。要点だけかいつまんで説明しておこう。今、きみの分のコピーを一式用意させているところだから、帰る前にマクヘンリー警部から受け取っておいてくれ。話を始めてもいいかね？……五年前にダンスカークという男がスティール家の娘と結婚した。スティールの両親はロングアイランドの富豪だ。著名人でもあり、権力者だ。スティール家の主人がそれまでにあった小さなダムの総数を上回るほど多くの巨大ダムを国内外に造ってきたことは、きみやわたしを含めて何百万人もの人間が知っているはずだ。彼とは何度か社交の場で顔を合わせたことがある。きみもどこかで会っているんじゃないか。ずけずけと物を言う粗野な男で、数少ない友人と、それ以上に多くの敵を作ってきた。〈スティール・ダム協会〉――あるいは人呼んで〈くそ《ダム》スティール協会〉――は、彼の引退後は以前ほどの勢いはないようだが、それは彼の子どもはひとり娘のルーシーだけで息子がいないせいだ。

ルーシーは自分より十二歳年上の作家、ロバート・ダンスカークと結婚した。作家と言っても、ベストセラーを書くような大物のたぐいではない。新聞の書評欄のおしまい辺りに〈大衆向けフィクション新作〉という見出しで紹介されるような作品を書いている男だ。つまり、百万長者とは言えないが、ひとりなら十分に暮らせる稼ぎはあるということだ。彼女は男の外見、彼は女の財産に魅かれて結婚したと噂されるのもしかたなかろう。なにせ、彼女はサディアス・スティール譲りの、えらの張った長い顎の女だったからね……家族に関する情報はそんなところだ。

一年半ほど前に、クロエ・スティール・ダンスカークが生まれ、ほぼ一年前に、ルーシー・ダンスカークが死んだ――自動車事故だった。その事故でダンスカークも脚を骨折し、腰を負傷した。この資料によると彼女の死因は窒息らしいのだが、ダンスカークが妻の遺産を百万ドルも相続していたのなら、わたしも疑いの目をかけているところだ。自動車事故の犠牲者が窒息死することはめったにないからな。だが、膝掛けの紐が巻きついたのかもしれんし、どのみち彼はほとんど何も相続することはなかった。妻の母親のマーガレット・スティールと、何と言ってもサディアスが生きているのだから当然だ。ロングアイランドじゅうで周知の事実を、ダンスカークが知らないわけがない。

六週間前に――正確には先月の四日だな――ロバート・ダンスカークは、こんな手紙を受け取った。上質の原稿用紙が使われている。

拝啓

これは貴殿が真剣に考慮すべき要求である。われわれはクロエ・スティール・ダンスカークの誘拐を企てている。これは純然たる金銭目的の計画であり、その対価は十五万ドルとする。今すぐに

支払うか、誘拐後に支払うかは貴殿の自由だ。すぐに払うなら、そちらは不都合や不安を回避でき、われわれは、すでに決行するばかりの犯行を取りやめるにすぎない。貴殿に要求額の手持ちがないことも、どうすれば工面できるかも、われわれは承知している。〈タイムズ〉紙の個人広告欄に次の通り掲載せよ。〈パパへ、バーから帰宅されたし、クロエ〉掲載後にこちらから支払いの日時と方法を知らせる。この書面を誰に開示してもかまわないが、われわれがふざけていないことは、しかと頭に刻んでおけ。

ＫＵＮＤＲＩＫＳ

きみはどう思う？」

マイケル・ロードは立ち上がってデスクを回り込み、本部長の肩越しに書面をじっとみつめた。やがて口を開く。「この手紙からさまざまな情報がわかりますね。まず最後の部分ですが、〈ＫＵＮＤＲＩＫＳ《カンドリクス》〉というのは〈ＤＵＮＳＫＩＲＫ《ダンスカーク》〉のアナグラムと見受けられます」

本部長が低く唸った。「うむ。それに、原稿用紙を使っている点も見落とさんでくれ。この二つをとっても、赤ん坊の父親の成功を妬んでいるライバル作家の誰かだと思わないか？　パパを飲んだくれ呼ばわりするだけでは足らず、苗字までいじってみせたのだろうか？　何にせよ、頭のいい人間の犯行だな」

「頭がいいというより、学があるという点では同感です。この手紙の文面は、説明が極めて明確ですから。ただ、ライバル作家という見立ては疑わしくないでしょうか。第一、パパは大して成功していないという話でしたね。この手紙で際立っているのはうぬぼれであって、妬みではありませんよ」

「その通りだ。誘拐犯はうぬぼれ屋と決まっている。この街でも、近頃は誘拐の手口が大胆不敵になっている。この紙が使われているのを見ても、きみが犯人を作家だと思っていないのは安心した。わたしが作家であっても、脅迫状を書くのに自分の原稿用紙は使わないだろう。たとえ同じ紙を使う作家がこの街だけで何千人もいたとしてもだ。方眼紙か、絵描きの使う画用紙か、あるいは建築家が設計図を引く青写真の紙なんかを入手するだろうな。わたしが生意気――あるいはうぬぼれ屋なら、安物の紙は使わない。きっとこのカンドリクスというのは、われわれ警察を見下すような小説を読み過ぎているのだろう。こうして考えると、〈カンドリクス〉と名乗っていることもさほど頭がいいとも思えないな。安っぽい悪知恵に過ぎん。やつが自らの特徴を明かしている箇所がもう一点あることに、きみも気づいているだろう?」

「ええ」ロードが認めた。「文中の〈ain't〉という単語は〈am not〉の短縮であって、〈are not〉の短縮ではありません。主語の〈われわれ〉に対して〈ain't〉を使うのは、大衆向けフィクションとやらを書く人間にしては教養がない気がします。これが芸術家や、近代的な教育を受けるのに苦労した人物なら間違えることもあるかもしれませんが。文章を書くことを生業にしている者には考えにくいですね」

「つまり、ライバル作家という線は消していいのだな」

「おそらく。もちろん、作家がわざとそういう表現をしたとも考えられますが」

「いや、それは考えないことにしよう」本部長は読み終わった資料の上に、予告状を裏向きにして乱暴に重ねた。「一旦ＡからＢへ行った後でＡ１に戻れば、道を見失うというものだ。そこからさらに

B1へ、A2へ、B2へ、A3へ行くのか？　それではきりがなくなる。可逆的理論は忘れて先へ進もう。ダンスカークは義理の両親に脅迫状を見せただけで、それ以上は何もせずにいた。そこへ二週間前、二通目の手紙が届いた。これだ。

拝啓

貴殿は作家であるにもかかわらず、手紙の内容が深刻か否かを読みとることもできないのか？われわれは紛れもなく本気である。早急に指示通り〈タイムズ〉紙に広告を掲載せよ。さもなければどうなるか。われわれからの通信はこれが最後となる。貴殿からの連絡が即刻なされない場合、われわれは計画を進める。状況の好転を待ちはするが、長くは待てない。

KUNDRIKS

本部長はその手紙も脇に置いて同席者を見上げた。

ロードが尋ねた。「前回と同じタイプライターが使われているのですか？」

「いいや。別のものだ。どちらも古くて活字部分がすり減っているから、特定は容易だ。わたしの経験では、こういう手紙を書く人間なら、どちらのタイプライターも今頃はニューヨーク湾かハドソン川の底に沈めていることだろう。この手の犯罪にとって、中古タイプライター二台など安い投資だ。もちろん、この二種類のタイプライターの活字のコピーは資料ファイルに入っている」

「たしかにタイプライターはすでに二台とも処分されていると思います」ロードも同意した。「犯人は頭が切れる人物のようです。手紙の投函場所をたどることもできないのでしょうね」

「ああ、完全に無理だ。二通とも州をまたいだジャージー・シティの中央郵便局で投函されている。窓口や投函口が混み合う、正午前後に差出ポストに放り込まれたらしい……どうもギャングの仕業には思えないのだがね」

「複数形で書いてありますね。〝われわれは〟とか〝われわれから〟とか」

「そうだな。だが、犯人が言葉を巧みに操るという点には気をつけねばならん」

ロードも賛成した。「おっしゃりたいことはわかります。二通とも高い教育を受けた人物が、それを隠そうとせずに書いたものに違いありません。たとえば、一通目の〝純然たる金銭目的〟や二通目の〝紛れもなく本気〟という部分は――文法的に正しく書いてあります。〈長くは待てない〉の部分では〝shan't〟という短縮形も正しく使われている。先ほどの〝ain't〟は間違っていたのですがね」

本部長は資料をひとまとめにして封筒に戻していた。「ほとんど何の情報もないのが現状だ。わたしが見るに、可能性は三つ。ひとつ目は、すべてが単なるいたずらであること。ふたつ目は、誘拐をたくらむ一団がおり、その中の少なくともひとりは頭が切れて教育を受けていること。三つ目は、実はダンスカークではなく、祖父のスティールに対する脅迫であること。若かりしころのスティールは公平な男ではあったが、人使いが荒く、雇い人が仕事で手を抜いているとわかると非常に厳しく当たったらしい。天気や気候、病気ですら言い訳として認めなかった。作業の進行が絶対だったのだ。着実に、予定通りに。労働者だけでなく、技術者の中にも同様に敵を作った。技術者というのは高い教育を受けているはずだな。さっき話した三番目の可能性というのは、その敵の誰かがスティールに対して妄想か現実か、何らかの恨みを晴らそうとしているというものだ。もしかしたら、何年も前に南アメリカかアフリカで技術者の助手が解雇され、その地でひとりで生きていくはめになったのかもしれない。もしそうなら、ずいぶんと長く待った挙句の犯行ということになるから、文面通りよほど本気なのだろう。何にせよ、一番可能性が高そうなのはこれだと思うのだが」

「筋の通った話ですね。ですが、実際にはほとんど根拠がありませんよ」

「単なる推理だよ」本部長が認めた。「それに、今はまだわれわれの管轄外だ」彼は封筒を折って書類ボックスに放り込んだ。「さてきみの任務についてだが、出航は明後日だ。明日までに荷物を埠頭に送ったほうがいい。明日の午後ロングアイランドへ移動し、そこに一泊してもらう。対象者たちは怯えきっていて、当日は車で遠回りする予定だ。早朝にロングアイランドを発ってフェリーで一旦コネティカット州に入り、車でポキプシーへ向かった後、ヘンリー・ハドソン・パークウェイ経由で川沿いに下ってニューヨーク市内を通過し、まっすぐ船着き場に向かう。その間は連邦局の人間が警護についているはずだが、きみも同行したほうがいいだろう。出航間際になって誘拐が実行されれば、誰もが面目を失うからな」

本部長は立ち上がり、上着の裾を引っぱって整えると手を差し出した。「幸運を祈る。心配するようなことはまずないだろう。二週間楽しんで来てくれ。マクヘンリーのところにきみの分のファイルがあるのを忘れるな」

「ありがとうございました」ロードが言った。

「以上だ、警視」

「失礼します、本部長」

マイケル・ロードは〈クイーン〉号のサンデッキに立っていた。

右舷の眼下に広がるニュージャージーの岸が夕暮れの薄闇に溶け込んでいき、生まれたばかりの灯りがいくつも固まってきらめく様子を眺めていた。真紅の帯がふた筋、一本は太く、もう一本は細く、遠くの暗い空を横断している。

ロードはひとりだった。明白な危険からは逃れられたが、この先にどんなことが起こり得るかを熟考し、精査していたところだ。はたして船上で、自分が警護責任を負うような、どんな犯罪が実行できるだろう？　ここが英国籍の船の上だという点も忘れてはならない。水先人は二十分ほど前に去っていた。アメリカ大陸との最後のつながりであるその小型船が離れた後、ロードはクロエ・スティール・ダンスカークの客室へおもむき、とても美しい保育士が赤ん坊に授乳しているのを、しっかりと自分の目で確認してきた。

部屋を担当する男女の客室係には、特別な配慮が必要だと忠告し、それに見合う十分なチップを渡してあった。船の警備主任には、事情がさらに詳しく伝えられていた。彼の部下のひとりがBデッキを常時警護し、赤ん坊のいる特別室に続く廊下を見張っていた。何よりも安心なのは、船長自身がこの件に関する事実を知らされていることだ。船が停泊しているうちにロードがブリッジを訪ねた短い機会に、船長は航海中の食事には自分のテーブルに同席するよう招待してくれた。船長が具体的にどのような対策を講じているのかはわからなかったが、頼りがいのありそうな鉄灰色の瞳をひと目見ただけで、彼が必要とみなしたすべての手段――いや、それをさらに一歩進めた手段――を取ってくれているに違いないとロードは得心した。

こんなところで、何が起こり得るだろう？　殺人なら考えられる。これまでどれほど注意を払おうと、警察が警備していようと、殺人は実行されてきたし、これからも起こり続けるだろう。だが、殺人は誘拐とは性質が違う。両親や祖父母は、子どもが生きて元気に帰ってくるためなら金を惜しまないが、その子が死んだ場合、金で動く殺し屋か合法的な警察官を法外の懸賞金であおり、銃で報復しようとする。間抜けな誘拐犯は、万策尽きれば被害者を殺すものだが、本部長に見せられた二通の手紙を書いた犯人はそういうタイプではない。現実問題として殺人の心配をするのは、時間の無駄というものだ。

ロードは子どもを連れ去る手段をあれこれ考えてみた。船には飛行機は搭載されていない。通常のスピードで航行中の客船から小型ボートを下ろすのは、およそ現実的ではない（どんな可能性も考慮しておくべきではあるが）。少なくとも、誰にも知られずに遂行できるわけがない。まして、これは英国籍の船だ。アメリカ船のように、乗組員が生意気であるとか、昨今はやりの共産主義者の〝小集団《セル》〟が紛れ込んでいるということはない。誘拐を実行した場合は、さらった子どもを連れてどうにか船を下りるまで船内に隠しておくほかない。だが、それこそ不可能だ。すべては完全に掌握できている。それでもロードは一抹の不安を覚えずにはいられなかった。

そう思うのは、彼が重大な事実を知っている上に、賢明な人間には見過ごせないような奇妙な出来事がすでにひとつふたつ起きていたからだ。第一に、ロングアイランドから船まで被害者一行の移動に同行していた連邦警察の男が、強い警戒の色をあらわにしていた点だ。自動拳銃に加えて小型のルイス軽機関銃まで携行し、ほんのわずかな動きにも即座に対応して発砲するつもりなのは間違いなかった。八年間も誘拐事件の捜査に携わってきた中で、これほど〝実行の差し迫った〟事案は初めてだと、彼はロードに言った。その捜査官の強い勧めで、一行はポキプシーでの早めの昼食を、ホテルの裏庭に停めたリムジンの中でとることになり、彼自身は車の外で警備を続けた。軽機関銃を手離すことはなかった。

　そのポキプシーで、さらにひとつ不穏なことが起きた。

　ホテルからベルボーイが出てきて、ミスター・ダンスカーク宛てに電話がかかっていると探しにきたのだ。だが、一行がポキプシー近辺にいることは誰にも知らせていなかったはずだ。誰かがそれを知っているとわかると、ダンスカークは真っ青になった。赤ん坊の父親が車を降りようとするのを連邦捜査官が強く押しとどめ、電話にはロードが出た。

　ロードの記憶が確かなら――彼の記憶力は大したものだ――電話のやり取りは次のようなものだった。

（ロードが電話に出る）「もしもし。ダンスカークだ」

「もしもし。今朝のご機嫌はどうだ？」

「ダンスカークだと言っているんだ」

「今朝のご機嫌はどうだ？」

「きみは誰だ？　何の用だ？」

「何の用かは知っているはずだ、ダンスカーク。よく聞け、船に乗り込む前に金を払え。さもなければ、わかっているな」

「何の話だ？　きみは誰だ？」

「しらばっくれるのか？　おれはカンドリクスさ、どうだ？　だが、あんたはダンスカークじゃないな、間抜けが。話は終わりだ。おれが知りたいのは、金はどこに置いて行くのかってことだ。払わないまま船に乗るなよ。人生最大の過ちを犯すことになるぞ」

「どこにいる、カンドリクス？」

「金はどこに置いて行く？」

「今どこにいる？」

「話にならないな、ミスター」カチャッ。

交換手に調べてもらうと、電話はグランド・セントラル駅正面の公衆電話からかけたものだった。それがわかったころには、電話をかけていた人物が男か女かすら覚えている者はいなかった。だが、電話の声は間違いなく男だった。

これでカンドリクスなる人物が実在することが証明されただけでなく、こちらの位置を正確に把握していることもわかった。スティール邸の使用人の誰か、たとえば運転手のひとりから洩れたのか？ロードはこの件を電話で市警本部に知らせ、今もしかるべき部署に調べさせてはいたが、それはもはや重要ではなかった。すでにスティール邸の使用人たちからは遠く離れ、これまでのところそれ以上の問題は起きていない。埠頭の雑踏の中で、ロードはふたりの部下を連れた刑事局の警視長の姿を見つけたが、職務上気づかないふりをした。目立たないように見張っていた彼らが何かを見つけたかどうかは、ロードにはわからなかった。出国手続きと検札をすんなりと通過し、何事もなく客室へ到着した。やがてロードが特別室で赤ん坊と保育士を警護する中、午後三時ちょうどに船は出航した。ただ、ロードはある強面《こわもて》の男が気になっていた。

ロードたちが埠頭でエレベーターを降りたとき、待合室にいたその男は偶然――あるいは計画的に

――彼らのすぐ後ろについて乗船手続きをして船に乗り込んできた。ごわついた肌に小さな口髭を生やし、一見ハンサムだが、痩せていてひどく冷酷そうにも見えた。着ているものは、素材も仕立てもロードが見たことのないほど上質のものだった。薄い青灰色の瞳は船長に似て有能そうに見えるが、はるかに冷たい。まるで凍りついた湖に降り注ぐ月光のように冷たく煌めいていた。顎の青黒い傷痕が、触れることはできなくとも確実に彼の中にある得体のしれないものと合わさり、何かを成し遂げてやろうという気迫を醸し出していた。

あの男こそ――見た瞬間にロードはぴんときた――例の二通の手紙を書くようなタイプだ。冷酷でありながら洗練されている。洗練と言っても、うわべを飾るということではなく、武骨の真逆にあるという意味だ。そうだ、あの男なら二通の予告状を書いたとしてもおかしくない。

今その男も船内の、同じBデッキのどこかにいる。というのも、スーツケースをひとつ客室係に運ばせながらロードたちに続いて乗り込んだ後、同じ通路のさらに奥へと歩いていったからだ。そのとき男はある行動を取った。あまりに自然な動きでその時は特におかしいと思わなかったが、今思い返してみると男の性格とは不似合いな行動だったのが引っかかる。

その行動はクロエ・ダンスカークの隣の客室にいる、病気の子どもを連れた夫婦に対するものだった。その夫婦もまた通路を歩いていたが、女のほうはきっちりと毛布にくるんでまったく顔の見えない赤ん坊を抱え、父親は何やら「医者を」と不安そうな声で話していた。彼らがなかなか客室を見つけられずにほかの乗客の通行の妨げになっていたところへ、冷酷な顔の男が身を乗り出して声をかけたのだ。「奥さん、もしすぐに船医を呼びたいのでしたら、この客室係に呼びに行かせましょうか」

「いいえ、結構です。医者なんて要りません。どうすればいいかは、よくわかっているんです。ねえあなた、わたしたちの船室はいったいどこなの?」

「ああ、ここだよ」夫が大きな声で言う。「本当に大丈夫なのかい? せめて女の客室係を呼んだほうがいいんじゃないか?」

「ええ、ええ。わかったわよ」彼女の声はやけに甲高かった。

冷酷な顔の男は「女性乗務員を呼んで来てあげなさい」と鋭く指示を出すと、客室係の男の手からスーツケースを取り上げ、ロードたちの前を通り過ぎ、ようやく通れるようになった通路を大股で歩いていった。

普通に考えれば、まったく疑いをもつような行動ではない。その後に聞いたことと合わせて考えても。ロードは客室係に夜会服を出しておくよう頼んだついでに、ダンスカークの一行について興味を示す客がいなかったと尋ねてみた。荷解きをしていた客室係が顔を上げて答えた。

「いいえ、ミスター・ハートリーだけです。わたしが受け持つ奥の客室の方でわたしに女性客室係を呼んで来るようにとおっしゃったあのお客様です。さっきのお客様はどんな方たちかと訊かれただけですが。先ほどの状況ではごく当然な疑問だと思います」

ロードも同意した。乗り合わせた普通の乗客どうしなら、ごく当然だ。もちろん、誘拐を企んでいる人物が同じ質問をしても、ごく当然だろうが。

そうだとしても、この状況であの男に何ができるだろう。再度頭の中であらゆる犯罪の可能性を思い描いたが、またしてもどれも心配には及ばないという結論に達した。デッキをぶらぶらと歩いて〈コロナ〉という名の喫煙室に入り、船長付きの客室係に取り次いでくれるようバーテンダーに頼んだ。数分後には、バーのカウンター裏にある電話でその客室係と話ができた。

さらにその五分後に、ロードはサンデッキから前方の船長室へと続く狭い階段を上がっていた。階段の上で客室係の出迎えを受け、美しくしつらえられた広い客間へ通されると、すでに船長のカクテルパーティーの招待客はほとんどは集まっているらしかった。ロードは明らかな驚きと少しばかりの安堵とともに、ほかでもない、ついさっきまで彼の不安を掻きたてていたあの男が部屋の反対側にいるのを見つけた。あいつが、例の傷痕もそのままに、夜会服姿ですっかりくつろいでいる。彼について何か訊き出す絶好の機会かもしれない。

メリデン船長が手を差し延べながらやってきた。「みなさんにご紹介しましょう、警視……こちらはフォラードご夫妻……ミセス・ホールデンとミス・ホールデン……ミス・デルタ・レニー（ずいぶん魅力的な娘だ）……ミスター・モルガン……」紹介がほぼ一巡し、次は冷酷な顔の男の番となった。

担当の客室係は何と言っていたかな？　ハートリー？　そうだ、ハートリーだ。

船長がきっぱりと言った。「あなた方おふたりは顔を合わせておいたほうがいいでしょう。こちらはニューヨーク市警のロード警視――この方は、ハートリー大佐です。大佐は新しくバミューダ警察の本部長に任命されて、ちょうど赴任されるところなのですよ」

ロードは真面目ぶった表情で握手を交わしながら、友人のポンズ博士が使っている嘘発見器がまだ一般的に普及しておらず、先ほどまで密かに抱いていた疑いが誰にも知られずに済んでよかったと考えていた。主人役の船長からカクテルを受け取ったが、船長自身はトマトジュースにとどめているのに気づいた。ロードは船長のデスクにもたれかかり、遅れて登場したダンスカークが客たちに紹介されているのを眺めていた。その十五分後、一同がそろって階下へ夕食に向かう頃には、ロードはもっと早く船長のパーティーに来られなかったことを残念がった。カクテルが非常においしく、ミス・レニーは外見と同様に話も魅力的だったからだ。

船長の招待客は互いに初対面だったため、夕食の席の会話は、堅苦しいという程ではないが、ぎこちなく始まった。ロードは末席から二番目の、ミス・ホールデンの右隣に案内され、いくつか当たり障りのない発言をしては、ふた言以上の返事すらもらえずにいた。ミス・ホールデンは二十代前半ぐらいの若い金髪の娘で、そもそも人を惹きつける魅力など持ち合わせていないのか、でなければその魅力を表に出すつもりはさらさらないらしい。ひと皿目の料理が運ばれてくるころには、ロードは椅子にもたれてほかの面々を観察することにした。

テーブルの上席は退屈とは無縁だった。うらやましいことに、メリデン船長は麗しきミス・レニーを自分の左の席に着かせ、右側にはミセス・フォラードを座らせていた。上階にいるうちはミス・レニーにばかり注意を惹かれていたが、ここに来て初めてその若夫人の際立った美しさに気づいた。彼女のドレスは襟ぐりこそ浅いものの上半身がぴったりとしたデザインだったため彼女が船長に何か言おうと身を乗り出したとき、生地に覆われた魅惑的な乳房の丸みが目に留まった。どんな姿勢も、どんな小さな動きもゆったりと優雅に見えるのは、彼女の全身のすみずみまで完璧に釣り合いが取れているからに違いない。それでも、自分はまだ多感な若者だと自負しているロードにとって、最も衝撃的なのは彼女の顔だろう。筋の通った小さめの鼻は短かすぎず長すぎず、唇は口紅で愛らしい輪郭を変形するのではなく、かすかに強調するにとどめ、その下に丸く締まった顎がある。彼女の深く青い瞳はまるで絵に描いたようで、ロードはたっぷり二十秒も見入った。ようやく視線を外したのは、形のいい後頭部に高く結い上げた髪に目が留まったからで、深く濃い茶色の髪は、彼女が動くたびにとところどころ金色に輝き、反対側に座るデルタ・レニーの艶やかな黒髪に対して美しいコントラストを成している。バミューダに行けば常に美女に囲まれるという噂を耳にしたことがあったが、これがそのほんの一例だとすれば、これほど控えめな噂もないだろう。

そんな楽しい妄想は、テーブルの向かい側に座るミセス・ホールデンが奇妙な意見を断言する声で断ち切られた。「……あなたの持っていらっしゃる新聞に、民主主義と書いてありましたわ。どうしてそう声高に民主主義を叫ぶのかしら、ミスター・モルガン？　バミューダは民主主義とはほど遠いでしょうに。あそこは少数独裁国家ですよ」

ロードの右隣、テーブルの端にいた紳士の目がきらりと光った。「そうですとも」彼が認めた。「そして、それを変えるつもりはありません」

「わたしもそれがいいと思うわ」婦人が言い放つ。「結局わたしたちは、アメリカですっかりおなじみになった民主主義に辟易していますの。こんなことは口にすべきでないのでしょうけど、あなたがたのシステムを心底認めているんですよ」

「ええ」バミューダ人の紳士は考えてから言った。「わたしの知る限り、バミューダを訪れた方から不満を聞いた覚えはありません」

ロードは興味を覚えて会話に割り込んだ。「お話によれば、バミューダを訪れた人はみんな大変満足しているようですね。ですが、ミスター・モルガン、あなたのような住人の方々は、観光客にうんざりしているんじゃありませんか？　いい加減に、もう観光客の姿など見たくもなくなると思うのですが」

モルガンは大きな笑みを浮かべた。見るからに陽気な男のようだ。「これまで島にいらっしゃったことがないようですね、ミスター・ロード。われわれは、観光客のおかげで暮らしていけるのです」彼は率直に言った。「バミューダは観光客のためのリゾート地であって、われわれのほとんどは、直接的にしろ間接的にしろ、結局は観光業に携わって生計を立てているのです。逆に観光客の姿が見られないようなことになれば、こちらが困ってしまうのは誰でも知っています。もっとも」真面目な顔をして付け加える。「意識の高い観光客を呼ぼうと努力をしていますし、島が小さいおかげで成功していると思います。もちろん、何千人もの観光客が押し寄せるのですから、中には予想に反して好ましくないお客様も何人もいらっしゃいますが……まあ、何もかもは思い通りにならないものです。ですが、永住権をもつ訪問者、つまり土地を買って、バミューダを第二のふるさとに決めた人たちに関しては、かなり厳しくふるいにかけていますので、ご安心ください」

「それはまた、どうやって？」ロードが尋ねた。「どれほど厳しく審査をしたとしても、誰かがその好ましくない人物に土地を売ることもありますよね。アメリカでも、繰り返し起きていることです」

「そういうときこそ、少数独裁国家制度がものを言うのです、先ほどミセス・ホールデンがおっしゃっていたように。バミューダ人であるなしに関わらず、何人《なんぴと》も外国籍の人間にバミューダの土地を勝手に売却することはできません。購入を希望する者は、総督から売買同意書を取得しなければならないのです。同意書がなければ、売却希望者は土地を売ることができません。外国籍の土地所有者は厳密に審査されます。そうでもしなければ、立ち行かなくなることはおわかりいただけるでしょう。島に住みついた外国人とは隣人関係を築くわけですから」

「理にかなっていますね」ロードが認めた。「ただ、建前だけの法律にも思えるのですが。土地を買いたいと申請すれば、どうせ拒否しないいんじゃありませんか？」

「いいえ、拒否しますとも。却下されたケースはいくらでもあります」モルガンは身を乗り出して声をひそめた。「あちらにいるフォラードが、今回の訪問で土地を買うつもりだという話です。もしそうだとすれば、時間の無駄ですよ。許可など下りませんから」

「本当ですか？」ロードの驚きは声にも表れていた。あのミセス・フォラードを隣人に迎える機会を逸するとは、何とも愚かに思えたのだ。「彼のどこがいけないと言うのですか？」

「どこも悪くありませんよ」相手はにやりと笑った。「わたしは個人的には彼が大好きなのですが、もし土地を買うつもりなら、どうしてあげることもできません。われわれバミューダ人は非常に保守的なのです。さまざまな要素が敬遠されます。たとえば離婚回数ですね。もっとも、彼は一度しか離婚していませんから、その点は大丈夫でしょうが。彼の場合問題になるのは〝首飾り事件〟の騒動ですよ」

相手がぽかんとしているのを見て、モルガンは話を続けた。「わたしからお話ししても差し支えないでしょう。島の誰もが知っていることですし、もはやフォラード本人も否定していませんから。あれは二年前、彼が今の奥さんと新婚旅行でバミューダを訪れたときのことです。ある夜〈プリンセス〉ホテルで、とある老婦人がつけていた真珠のネックレスを見て、奥さんがすっかり夢中になったのです。見たこともないほど美しく、どうしてもあのネックレスが欲しいと言って。翌日、ディックは妻のためにその首飾りを買い取ろうとしたのですが、当然ながら、頑として拒否されました。

その夜首飾りが盗まれ、翌朝ミセス・フォラードが持っていることが判明しました。その日の午後、フォラードが逮捕されたのですが、あれほどの著名人ですから、内密に処理しようという動きもありました。首飾りの価値の二倍の金額を出そうと彼は申し出ました。唸るほど金を持っていますからね。老婦人は断りました。首飾りさえ手元に戻れば告訴を取り下げる、それ以外の交渉には応じないと。彼は、次の日に返すと告げました。そして大急ぎでハミルトンじゅうで最高の真珠の首飾りを探しに行き、運よく素晴らしいものが手に入りました。翌日になってそれを渡された老婦人は、それは自分のものではない、彼を告訴すると言いました。彼は婦人に、取り決めを破るならあらゆる理由で訴えてやる、これは間違いなくあなたの首飾りだ、バミューダでもアメリカでも大英帝国でも、法廷という法廷で徹底的に闘う、と言い返しました。相当なやりとりはありましたが、最終的には奥さんが欲しがっていた首飾りは彼の手元に残りました。わたしの見間違いでなければ、今まさに彼女が着けている、あの首飾りですよ。ですがやはり、彼が代わりに渡した首飾りほど上等な品をハミルトンで買い求めれば、あっという間に話は広がるものです。彼は魅力的な男ですし、総督閣下への口添えも最上級なのでしょうが、われわれには見過ごせない強引な一面があります。われわれも英国民ですからね、英国式に法と秩序を順守しているのです。あの男が島の土地を買うことは決して認められないでしょう」

ロードは好奇心に満ちた目で上席に座っているフォラードを眺めた。ロードは職務上の必要が生じるか、相手が近しい友人でない限り、なぜか同席する男性に注意を向けることはほとんどない。そのロードの目が初めて背の高い、スリムだが鍛えられた体つきで、夜会服をごくさりげなく着こなしているその男の姿をとらえた。顔もほっそりとしている。ワシのように尖った顔立ちに、こめかみと頭頂部が薄くなった髪。歳はいくつぐらいだろう？　三十五ぐらいか？　もう少し若いのかもしれないが、よくわからない。隙のない顔に刻まれたしわから、酒の飲み過ぎや煙草の吸い過ぎ、あまりにも生き急いでいるのが見て取れる。とは言え、有り余るほどのエネルギーが彼には残っているようだ。

ちょうど今も、隣の席のダンスカークと話をしながら自分の妻に向けた視線は、もっと小さなテーブルで彼女とふたりきりになりたがっているのが見え見えだ。

なるほど、あれがリチャード・フォラード、〝四《フォー》ゴールのフォラード〟か。ロードの頭に、ぼんやりしていた記憶がよみがえる。ロングアイランドのポロのフィールドで、勢いよく馬を走らせていたフォラードが凶暴なブロックを試みてボードに激突し、相手選手もろともひどい落馬をしたのだ。

ミス・ホールデンが曖昧な笑顔を向けてきた。「話題をそらしてくださって感謝しますわ。母は頑固な反民主主義者で、それを隠そうともしないんです。ときどき、何と言いますか、主張が過ぎるところがありまして」

ロードがテーブルの反対側に目を向けると、ミセス・ホールデンはすでにメインの料理にしか関心がないようだった。明らかに先ほどまでの話題はすっかり頭にないらしい。今ならさりげなくモルガンに質問できそうだ。「先ほど、少数独裁主義だとおっしゃったのはどういう意味ですか？　実際のところ、バミューダの政府はどういう形をとっているのでしょうか？」

「われわれは、大英帝国の中で最も古い自治植民地なのです」モルガンが、いくらか誇らしげに答えた。「女王陛下によって総督が直接任命され、上院と下院の二院制議会があります。上院が実質的な立法府で、司法長官、植民地大臣、植民地財務大臣などから構成されています。このうちいくつかの役職はロンドンにある植民地省によって任命されます。たとえば、司法長官、植民地大臣などですね。それ以外の上院議員はバミューダ市民です。下院のほうは、九つの教区の代表が四人ずつ、合計三十六人の議員から構成されています。各教区の選挙人によって選ばれた議員から成る下院は、総督閣下もしくは下院議員からの提案を受けて法案を提出します。この法案は上院の承認と、総督閣下の署名をもって成立するのです」

「ですが、どうしてそれが少数独裁主義なのです？　よくある民主主義のように聞こえますが」

「違います。少数独裁だと申し上げた理由は、選挙人になるための条件が設けられており、昔から決まった家だけに限定されているからです。選挙権は男性にしかありませんし、それに加えて所有している不動産に関する厳しい条件もあります。その結果、五年ごとの議員選挙には全人口のごくわずかな割合しか投票できません。政党というものもありませんので、議員はあくまでも個人の能力や地元での影響力だけを基準に選ばれます。そうした人間にしか立法できないわけですから、実際には現在も少数独裁政治が行われているも同然でしょう。実のところ、これがわれわれにとって、実にうまく機能しているのですよ」

「なるほど。それで誰もが満足なのですか、選挙権のない人たちも？」

「幸いなことに、みな満足しています。たしかに、婦人参政権を求める動きは少々ありますが、巨大産業や、労働運動の〝指導者〟や、扇動者などはおりません。そういったものを必要とする人もいなければ、入り込む隙もないし、拒絶されているのです。それは入国管理局が抑え込んでくれるでしょう。ご存じでしたか、ミスター・ロード、バミューダもかつては〈バージニア会社〉の領域の一部だったのですよ。貴国のバージニアの植民地を建設した会社です。バミューダは非常に小さな諸島ですから、そのままバージニア式の政府を引き継いできたのです。みなそれで十分だと、満足しているのですよ」

　ロードは自国について思い返してみた。互いにいがみ合う〝労働組合〟。利己的な政治家に狡猾に搾取された者たちの、ときには憎悪に近い階級意識。機械的に投票所へ導かれる、無知で、感情に

——そしてプロパガンダに——動かされた集団。選挙で選ばれるタイプの人間を思い浮かべ、当選するために彼らが大衆の嫉妬、偏見、悪意を利用していることを考えた。

ロードは言った。「おっしゃることが本当なら、あなたがたは大変恵まれているのですね。ですが、新聞社はそう思わないのでは？」

「ああ」モルガンが大きな声で答えた。「新聞社の編集長というものは、何かしらの主張をしなければなりませんからね。大きな文字で民主主義と書きたてますが、大した騒ぎにはなりません。政治的にしろ何にしろ、扇動する者がいないので騒動も起きないのです。たいていの市民は、公正で待遇の良い社会でさえあれば満足なのです。それをすべての市民に与えられるよう、常に努力を重ねてきましたからね」

「昨今の世の中を考えれば、ちょっと話がうますぎるようにも聞こえますがね」ロードは話題を変えた。「夕食後には何があるのでしょう?」

「そうですね、メリデン船長は船長室に戻られます。メイン・ラウンジではビンゴゲームをやるそうですし、もし行かれるのなら、ダンスホールにわれわれのためのテーブルが用意されているはずですよ。好きなように過ごせばいいのです。わたしは書かなければならない手紙が何通かあるので、それに取りかかるつもりですが」

数分後には、彼の言う通りになり、テーブルの客が一斉に立ち上がった。フォラード夫妻、ハートリー、それにホールデンの娘は喫煙室のテーブルを囲んでポーカーをすると言いだし、モルガンは手紙を書きに行った。メリデン船長はテーブルの招待客に礼儀正しく挨拶をして席を立った夕食が済んでずいぶん経ったころ——実のところ、真夜中を過ぎていた——マイケル・ロードはミス・デルタ・レニーと一緒に船の中ほどにあるダンスホールからゆっくりと出て来て、新鮮な空気を吸いにサンデッキへ上がった。すでに海岸沿いの霧から離れて、夜空は穏やかに晴れていたが、少し肌寒かった。娘は肩にかけたイヴニングラップを掻き合わせ、上へ続く階段を見やった。

「もう少し上まで行かない？」彼女が提案した。

ロードはサンデッキのまばらな人影を避けるように彼女に続いて上がりながら、この階段の先で自分は何を期待されているのだろうかと思いを巡らせた。デルタは明るく魅力的で、おまけにワインとハイボールを飲んで陽気になっている。口説いてくれと誘っているのだろうか？　別の可能性はいくらでも思いつく。だが、やはり誘っているんじゃないのか？　まあ、こういったことは先が読めないものだ。予期せぬ出会いの駆け引きは、そこに楽しみの半分がある。

ボートデッキは暗く静かで、縦に並んだ救命ボートの船首と船尾の隙間から洩れる床の照明が、ところどころ上向きに光線を放っている。ふたりは腕を組んでゆっくり歩いた。彼女の髪から立ち上る香水のほのかな香りがふたりの頭上に渦巻いていた。このまま甲板の端に着いて立ち止まったら、とロードは考えていた。きっと彼女はこちらを振り向いて、キスを待つ……といいのだが。

だが、甲板の端まで行くことはなかった。二艘のボートの間にさしかかったとき、低く情熱的な男の声が聞こえたのだ。

「愛しいきみ、愛しているよ、狂いそうなほど！　ああ、マ、リ、ー！」

驚いたふたりは思わずカップルのほうを見た。救命ボートを挟んだすぐ向こう側でかたく抱き合っているのは、背が高くハンサムな男と、白い制服姿の目を引くほど綺麗な娘で、下からの照明がふたりの横顔ときつく重ねた唇を照らし出している。ダンスカークと保育士じゃないか！　ロードは憶測を巡らせた。まったく、海の上でさえこんなに盛り上がっているのなら、ハネムーンの名所、バミューダに着いたらどうなるんだ？　一方、このふたりが赤ん坊の寝ている部屋を空けてきたのなら、警察官としてはすぐにでも下に戻らなければならないと思った。いや、きっと客室係の誰かに赤ん坊を見てもらっているのだろう。それに、ご婦人を同伴中は慌てふためかず、礼儀正しくあらねばならない。

ロードはデルタを連れて、静かに来た方向へ引き返した。

デルタが静かに笑った。「秘めたる恋というやつかしら？」彼女が言った。「そんなものがあるのならね」

ロードが訊いてみた。「わたしたちも真似しようか？　いや、同じことをという意味だ、あそこでというわけじゃない」

「そうしたいの？」

「できれば。いや、本当はとても。どんな感じだったかな。ええと〝愛しいきみ、愛して――〟」

「もう、ミスター・ヘミングウェイったら！　やめてちょうだい！……、とりあえず、今はやめておきましょう。ほかの夜もあるわ、たしか明日も夜は来るはずよ。でも今夜はダンスホールに戻ってあなたともうひと踊りしたら、良い子のデルタはひとりで寝るわ。それでいいかしら？」

「いいとは言いきれない」ロードは言い張った。「でも、わかった。明日も夜が来ると言ったことは忘れないでくれよ」

だが、翌日の海は嵐と呼べるほどに荒れ、ミス・レニーは昼も夜も姿を見せなかった。しかし、いくつか別の出会いがあり、そのうちのひとつは後になって特別な意味を持つこととなった。

ひとつ目の出会いは、ロードが仕組んだものだ。前夜ダンスカークをボートデッキで見かけてから、一度彼ときちんと話をしておかなくてはと心に決めていた。ロードの任務は間違いなく終わりに近づいていたが、なぜかこの件には興味をかきたてられていたし、狙われている赤ん坊の父親とふたりだけで話す機会が一度もなかったからだ。そこで、ダンスカークが朝食に行くのに合わせて、近づくことにした。

テーブルでふたりきりになれたのは、まだ早い時間だっただけでなく、海が荒れているせいもあった。ダンスカークは明らかに船酔いとは無縁だった。驚くほどたくさんの完熟オリーブを盛った皿を初め、朝食をたっぷりと注文して食べた。悪天候には強いロードだったが、さすがに同じようには食べられず、ダンスカークがまだ最後のひと皿に手をつけないうちに早々に食事を終えた。が、おかげで話をする時間ができた。

まずは、すでに危機が去ったと考えているかどうかから質問を切り出してみた。ダンスカークの返答は、これまでも大した危険が迫っているようには思えなかった、というものだった。不安に駆られてこの船旅を勧めたのは、クロエの祖父母なのだと言う。ダンスカーク自身は来たくなかったのだと。そのせいで執筆を中断させられ、本当は自分の書斎という慣れた環境で仕事に没頭したいにもかかわらず、見知らぬ場所へ行くはめになった。そもそも、この一件はすべて誰かのいたずらではないかと思うし、もしいたずらではないとしても、逃げ出したところで何もならない。誘拐犯たちはただ自分たちの帰国を待ち構えるだけのことだと。

「そうとは限りませんよ」ロードが言った。「あなた方が退避しているあいだに犯人のしっぽを摑んで逮捕できるかもしれませんし、一年も経たないうちにやつらも別のことに注意を向けざるを得なくなるでしょうから」

「一年？」ダンスカークはがっかりした声で言った。「あの馬鹿みたいにちっぽけな島に、一年も埋もれていろと言うのか？」

「いけませんか？　こういう脅迫は真剣に受け止めるべきです。あなたは近い将来、大した財産家になるそうじゃありませんか」

「そんなことはない。たしかに作家としてそれなりの収入はあるが、財産など築けそうにない。クロエは財産を得るだろうが、わたしは違う。それにしても、これは馬鹿げている、とんだ三文芝居じゃないか。家の者が誘拐だなど」

「いたずらだと思われたのは、どうしてですか？」

ダンスカークは軽く鼻で笑った。「なぜって、あの子を誘拐しようと思うような人間に心当たりがないからだ。想像もできない」

「たいていの被害者は自分たちを襲う人間に心当たりがないものです」ロードはそっけなく言った。「そこが誘拐事件の厄介なところです。ご存じのように予告状が届いていますし、それに昨日ポキプシーに電話がかかってきたのも事実です」

「ああ、そうだ、わかっている。もちろん、何かあるのだろう。それでも、スティール夫妻みたいに大騒ぎする気になれないのだ。あんな予告状を送ってきたら、ロングアイランドであの子を誘拐するのは無理だし、ましてやバミューダならなおのことだ」

男の話しぶりは真剣そのもので、どんな話も鵜呑みにしないよう心がけているロードでさえ、自分が警護すべき対象者の中で、この父親が一番不安を感じていないのだと、ようやく確信した。このような事件に直面したときに一般市民がどう反応するかを考えてみると、やっとわかった。これまでに直接犯罪とは無縁で、さまざまな事件について新聞でしか読んだことのなかったダンスカークは、作家であるためにどの記事も大げさに誇張して書かれているものと疑ってきたのだろう。そんな男が、実際に自分自身の人生を侵略するような深刻な悪意を、現実のこととして受け止めきれないのもうなずける。だが、脅迫が本物だという可能性は捨てられない。ロードはあの連邦捜査官の漏らした不安が忘れられなかった。とは言え、その可能性が実際にはどれほどのものにせよ、ダンスカークと同じ考えの人間がほかにもいることがじきにわかった。少なくとも、バミューダ警察はそう考えているらしい。

間もなく正午というころ、ロードはハートリー大佐を見かけた。喫煙室の隅にひとりで座り、高い窓越しにうねる海面をぼんやり眺めていて、明らかに揺れなど平気らしく、細長い葉巻を吸っているところだった。ロードは隣の席に腰を下ろした。

ハートリーは愛想のいい笑みを浮かべ、辺りを見回して感想を漏らした。「ついてないな。いつもなら湖のように穏やかだと聞いたのだが」さらに付け加えて言った。「メリデン船長の話では、きみは休暇も同然らしいじゃないか」

「いえ、そういうわけではありませんよ。わたしの国では、誘拐事件は休暇とはほど遠いですから。ですが、明日の入港と同時にわたしの任務も完了します。その後の心配は、あなたにお任せしますよ」

ハートリーの笑みが大きくなった。「大して心配することにはならないだろう」彼は断言した。

「なぜです？」

「バミューダでは、誘拐は不可能だ」

「そうらしいですね」ロードが認めた。「ですが、それがなぜなのかはまだ聞いていません。バミューダというのは、孤島なのですよね？」

「いや、大きな島が二つ三つ、それに三百ほどの小島から成っている」ハートリーはロードの言葉を訂正した。「とは言え、合わせても実に小さい。バミューダの主たる群島はたかだか長さ二十マイル、幅はほとんどどこも一マイルに満たないほどだ。それ以外は本島の海岸から半マイルしか離れていない、ごく小さな島々で、ほとんどがグレート・サウンドの入り江内にある。そしてバミューダは、非常に平和なところだ。それはおそらく、英国陸軍の西インド諸島の駐屯地となり、また〈アメリカ・西インド艦隊〉（イギリス海軍の艦隊）の基地でもあったせいだろう。住民の多くが黒人で、人口の半分を占めているが、黒人同士の刺傷や暴行事件を除けば、実質的な犯罪はゼロに等しく、この十五年か二十年は殺人のような重大事件は一件も起きていないのだ」

「厳しく取り締まっているのですね」

「とんでもない」ハートリーが言った。「バミューダの黒人は非常に生活水準が高い、きみたちのいるアメリカの黒人よりも全体的に暮らしぶりがいいと聞く。ほとんど誰もが自分の家と土地を所有しており、失業者はいない。誰もが造船所だとか、貸馬屋だとか、運送屋だとか、何かしらの仕事をして相当の収入を得ている。中には非常に教養のあるのもいて、国会議員にも常に黒人が入っている。警察の巡査や刑事にも黒人が多い。一般市民の中に従兄弟やら叔父叔母やらが大勢いるうえ、白人の制服警察官のように畏れられていないから、白人には聞きだせない情報も手に入れることができる。自尊心を持った連中だ。一万五千人のうち、要注意人物は三人か四人だけで、ちなみにそいつらは西インド諸島出身者だ。当然ながら、もし何か事件が起きたとしても、やつらがどこの誰なのか、どこに行けば見つかるのかは把握している」

大佐は話を中断し、指を鳴らして給仕を呼んだ。「警視、食前酒を一緒にどうだね？　昼食の前に飲んで行かないか？　きみ、シェリー酒のグラスをくれ」彼はロードに問いかけるように視線を向けた。

「ありがとうございます。わたしはドライ・マーティーニを。辛口で」給仕が行ってしまうとロードが言った。「それにしても、すっかり誘拐するつもりになっているギャングがなぜそれを実行できないのか、まだ理由をお聞きしていませんよ。これはバミューダ人同士の犯罪の話とは違うのですよ」

「どうやって実行できると言うのだ？」ハートリーが迫った。「われわれと密接な協力関係にある入国管理局は、当然ながら入国者をすべて把握している。たまにプロの博打打ちか詐欺師がボートに乗ってやって来ることもあるが、港から二ブロックも行かないうちに署に連行され、すぐボートに逆戻りだ。あの狭い島に港が二ヵ所しかないのだから、入ってくる人間には注意深く目を光らせることができる。飛行機の乗客はごく少なく、さらに管理が容易だ」

「たとえば人気《ひとけ》のない海岸に、夜のうちに小さなボートで上陸するとしたらどうですか？」ロードは質問をぶつけてみた。「もちろん、通常の入国審査を避けて」

「よほど小さなボートでなければならないが、それだとそもそも島までたどり着けない。島の周りは二十マイルほど沖まで珊瑚礁に取り囲まれている。船が通れるような航路は一ヵ所しかなく、それも非常に狭い。夜間はセント・ジョージとハミルトンのどちらの港にも船の出入りはないしな。ボートで港までたどり着けるわけがない。明かりがないならなおのことだ……ああ、きみ、どうもありがとう」

ハートリーがグラスを上げた。「神の祝福あれ」

「神のご加護あれ」ロードが言った。「しかし、まだ完全には納得できません。逃走経路はどうでしょう？」

「そうだな。島を出るのは入るよりも難しい。出国する人間についても、船の乗組員を含めて、ほとんど把握している。そのうえ、被害者を連れ出すという難題がある。相手が子どもなら目を引くし、大人なら大人を連れ出すのはさらに困難を極める。しかも、航路はひとつしかないのだ。二十分もあれば、まるで箱の蓋を閉めるように船を封じ込めることも可能なのだよ。島に深刻な強盗が起きない理由のひとつがそこだ。盗品を隠すには島は狭すぎるし、持ち出しに成功するチャンスはない」

「ということは、これまで誘拐事件が起きたこともないわけですね？」

ハートリーの顔に笑顔が戻った。「前任者のころ、何年か前のことだが、肝を冷やすような出来事はあった。小さなアメリカ人の子どもが行方不明になったのだ。当然ながら真っ先に港で聞き込みをすると、目撃証言があった。警察は海上のメリデン船長に電話をかけ――前日〈クイーン号〉が出港したばかりだったのでね――じきに少年をとっつかまえた。こっそり船に乗り込んで隠れていたのだ。どうやら、バミューダの叔母夫婦を訪ねてきたものの、ニューヨークのパパのほうがいいと思ったらしい。そこで、メリデン船長がニューヨークに一報を入れ、船が着くときにはパパが迎えに来ていたというわけだ。重大犯罪の勃発とはほど遠いだろう」

「おっしゃる通りですね」ロードは正直に認め、グラスを置いた。「それでも島に着くまでは、わたしがしっかり目を光らせておきます。もう一杯いかがです？」

やがてそれぞれに二杯目を頼んで飲み干すと、ふたりは階段を降りて、ほとんど人のいない昼食のテーブルに向かった。

午後が過ぎていった。映画の上映や、ダンスホールでの開催に苦労を強いられているに違いない競馬にはほとんど興味がわかず、ロードは船の中を当てもなくぶらぶらと歩いてみた。風下にあるプロムナードデッキに立ち、吹きすさぶ風とともに猛烈な速さでうねり寄せる荒波を眺めた。空は薄暗く、時おり海面をかき消すほどの激しい雨が降った。スコールがいくつか近づいてくるのが見えたかと思うと、やがて通り過ぎて船の後方へと消えてゆく。気温は上がっているはずだが、たび重なる雨で空気はまだひんやりとしている。先ほどデッキの前方を曲がったとき、正面の窓がどれも鉄板で覆われていることに気づいた。何かが当たって上の無防備な小窓のひとつを突き破ったらしく、船の整備係が板を打ちつけて補強したようだ。ロードは思いがけない速さで近づくスコールに手すりのそばに立っていられなくなり、喫煙室に避難した。

「スコッチのソーダ割りを頼む」

小さなテーブルについてスコッチを飲み、船に乗り慣れた者がやるように、無意識に体を船の揺れに合わせていた。今回の任務では、ほとんど何もすることがない。その日はすでに二度赤ん坊のいる客室を覗き、異常がないことを確認していた。クロエはベビーベッドの中で嵐などおかまいなしに体を揺すり、保育士の娘は、相変わらず綺麗ではあったが悪天候のために浮かない顔をして、赤ん坊のそばについていた。ロードが赤ん坊の部屋に近づくのと入れ替わるように、ダンスカークが狭い通路を挟んだ自分の客室に戻っていった。朝食以来ダンスカークの姿を見かけなかったのは、ずっとこの娘と一緒だったからじゃないのかとロードは勘ぐった。

そんなことを思い返していると、些細な、だが説明のつかない出来事が起きた。

ロードが顔を上げると、セーターを着た若い男が全速力で喫煙室の中を突っ切るように、船尾方向へ走っていくのが見えた。部屋の端に着く寸前に、彼を追ってきたらしい別の若者が正面の入口から飛び込んできた。さらに、外のデッキを走っている三人目の人影も窓越しにぼんやりと見える。ロードは急いで立ち上がると、後方のドアからベランダカフェに出た。

その狭い空間は、前方を喫煙室の壁、左右と後方の一部をガラスの仕切りに囲まれていた。後方の仕切りのない部分は手すりで遮られ、そのちょうど真ん中を、カフェの真上に張り出した上階のデッキを支える太いシャフトか支柱が天井まで伸びている。人のいないテーブルや椅子が床のあちこちにボルトで固定されていた。手すりは二ヵ所で切れ、船の後方に広がるスポーツデッキへ降りる短い階段が二本ついていた。

ロードがベランダカフェに出てみると、それぞれの階段の入口に若者がひとりずつ立っており、そこへ後から喫煙室を走り抜けた男が出てきてテーブルの間で足を止めた。セーターの男の姿がない。三人の男たちは困惑しきっていた。ひとりがあえぐように言った。「あいつ、消えたぞ!」

「どうした?」ロードが尋ねた。

三人はロードの周りに集まって、口々に話し始めた。「あいつがどっちへ行ったか、見なかったか?　おれたち――」「賭けをしたんだ――」「ある男と。スタートに少しハンデさえあれば、逃げ切ってみせるって——」「おれはあのデッキを通ってきたから、あいつ、右へは行ってないはずなんだ——」「でも、左にも行けないはずだぜ。おれは反対側から来たからな。いったいどこへ行った?」

ロードは状況を考えれば考えるほど、わけがわからなくなった。初めの男が喫煙室を駆け抜け、ベランダカフェに出たのはロード自身が見ている。この若者たちのひとりがプロムナードデッキの右舷側、もうひとりが左舷側を通って来たとすれば、その二方向への逃走路は断たれていたはずだ。だが、三人目の追跡者は喫煙室の後ろの出口までその男を追っていたし、ロード自身も別のドアから出てきた。つまり、男は喫煙室に引き返してはいない。にもかかわらず、どう見てもこのベランダカフェにはいないし、ほかの船室への昇降口も階段もない。船尾方向には雨に濡れた何もないスポーツデッキが広がるだけで、プロムナードデッキを走っていた男たちの目に留まらずに通るのは無理だ。テーブルの下にも、ベランダカフェの手すりに並べて固くくくりつけてあるデッキチェアの裏にも、身を隠すことはできない。

どう考えてもロードには答えが見いだせなかった。苦笑いして言った。「よくわからないが、きみたちは賭けに負けたようだね。彼はここにはいない、それは確かだ」

「あいつ、プールで会おうって言ってたぞ」男のひとりが大きな声で言った。「とりあえず確かめに行ってみよう」彼が背中を向けると、仲間たちは少し迷ってから後を追った。三人の後ろ姿はすっかりしょげ返っている。そのときロードは初めて、陰気な小柄の男がカフェの隅の席に背中を丸めて座っているのを見つけた。

いとも簡単に追っ手を逃れて賭けに勝った、例のセーター男でないことは確かだ。ロードは男に近づきながらどこかで見た顔だと思ったが、それよりも人ひとりがどうやって姿を消したのかがまだ気にかかっていた。「こっちへ男が走ってくるのを見かけませんでしたか？　今の三人が来る前です」

小柄な男は視線を上げて、青白い丸顔と、おどおどした恥ずかしそうな態度を見せた。「いいや。何も、ぼくは見てませんよ。誰か出てきたようには思うけど。ドアの音は聞こえました――バンって鳴った気がするな、たぶん。でもぼくはそっちを見てなかったから……えっと、座りませんか？」

「ありがとうございます」ロードが言った。「前にどこかでお会いしませんでしたか？」

「えっと――そう、会いましたよ。たぶん――えっと――昨日通路で、乗船してすぐに」

ロードは船が傾くのをこらえ、椅子に滑り込むように腰を下ろすと、午後じゅうをひとりで過ごした後では、たとえ相手がこの不安顔の男であっても、誰かと話ができるのは悪くないと思っていた。

「ああ、そうでした。小さな病気のお子さんを連れていた方ですね。もう元気になられたならいいのですが、ミスター――その――ちなみに、わたしはロードと言います」

「カルバートです」相手が答えた。「残念ながら――えっと――元気じゃありません。ええ、具合が悪くて、不憫な娘です。ミルクをちっとも飲まなくてね。バミューダに行けば体調も良くなるんじゃないかと。気候――えっと――あそこの気候なら」

「それは心配ですね。中で一緒に一杯いかがですか、ミスター・カルバート？」

カルバートは、それが癖らしく神経質そうに指で顎に触れながら恨めしそうに言った。「飲みたいところですが――えっと――よしたほうがいいでしょう。ぼくは――えっと――外にいるほうが気分がいいので」

「たぶん、ここでも飲めると思いますよ。頼んで来ましょう」

小柄な男は、運ばれてきた酒をごくりと飲むと、グラスを半分も空けないうちに急に舌が滑らかになった。「ぼく自身、体調がかんばしくないんですよ」彼は告白した。「どうやら心臓が悪いらしい。実を言うと、家族そろって養生のためにバミューダへ行くんです。妻まで疲れがたまって体調を崩しているんでね。みんなで健康を取り戻せたらいいんですが」彼は半ば信じていないような口調で付け足し、口をつぐんだ。

いくぶん重苦しい会話を弾ませようと、ロードが尋ねた。「どちらからいらしたんですか、ミスター・カルバート？　お仕事は何を？」

「え？　〝デイトン・O《オー》（オハイオ州デイトン）〟からです。〈ミッドウェスト煉瓦・耐火物株式会社《かぶ》〉に勤めています」少し自慢げに言う。「ぼくはそこの部長なんです。会社の若い連中はいいやつばかりで……ミスター・ロード、あなたは何を？　観光で来たのでしょう？」

「いいえ」ロードが言った。「違います、わたしは誘拐事件がらみの任務で」

「誘拐ですって！」相手が大きな声をあげた。「えっ、それじゃ刑事だったんですか」その恐ろしい言葉に驚愕と動揺を隠せない。「それは――えっと――信じられません！」

ロードがさりげなく言った。「あなたも似たような脅しを逃れるためにお子さんを連れてきたのかと思ったのですが。そういうケースは多いらしいんですよ」

「ぼくがですか？　まさか、うちの娘を誘拐する人なんていませんよ。あの子の服すら買い戻してやれないというのに、そんな金を用意できるわけがない。こうやって短期間とは言え旅ができるのも、ぼくが健康保険に加入しているのと――えっと――工場の若い連中が少しばかり金を出し合ってくれたおかげなんです。あいつら、本当にいい連中でね。本当ですよ。ぼくは少し前にひどい心臓発作に見舞われたんですがね。ほとんど一週間、寝込んでしまいました。子どものころを含めても、病気をするなんて三十年で初めてでね」

そのとき、いかにも婦人用らしくファッショナブルにデザインされたトレンチコートを着た女性が、向かい風に前のめりになりながらデッキの角を曲がってきて、ふたりの足元の階段で立ち止まったため、カルバートは口をつぐんだ。女性はカフェに入ってきて、少し離れたテーブルに着いた。ぱっと燃え上がったマッチの炎を巧みに手で囲いながら、煙草に火をつけた。コートにすっぽり覆われていても、ロードにはそれがミセス・フォラードだとわかった。

さて、どうすればこの男から離れて、彼女に声をかけに行けるだろう。当然、もう一杯は付き合わねばなるまい。ちくしょう、どうやって逃げればいい？

だが、ロードがそれなりの言い訳を探しているうちに、カルバートがあっけなく問題を解決してくれた。彼は上着を掻き合わせながら「それじゃ、ありがとうございました、ミスター・ロード。ごちそうさまです。そろそろ家族の様子を見に下へ戻らないと。ぼくたちの船室はかなり空気が悪いんです、窓を全部閉め切られてしまって」

「どういたしまして、ミスター・カルバート。ご一緒できて嬉しかったです」ロードがさっさと立ち上がって女性のほうへ歩いていくと、彼女は顔を輝かせて歓迎するようにほほ笑んだ。「やあ、この荒れ狂った午後のひとときを、いかがお過ごしですか？」

彼女は右手に煙草を持ったまま左手をさし出して、柔らかい指でロードの手を強く握った。「元気そのものよ。これほど気分のいい日もないほど」

「そうですか」彼女の均整のとれた美しいスタイルと、魅惑的な顔を眺めながらロードは言った。「見たまんまというわけですね。これほどお美しい日があると思えないほどだ」

「誰かに会えた嬉しさで、あなたを抱きしめたいところだわ」イヴ・フォラードがきっぱりと言った。「まるで誰もいない船の中を何日もさまよっていた気分だったの」

「おや、ミスター・フォラードはどうされたんですか?」

彼女は楽しそうに肩をすくめた。「かわいそうなリチャード。何をやっても完璧なのに、海が荒れるとベッドから起きられなくなるの。自分でも腹立たしいけれど、どうしようもないのよ」

ロードが断言した。「ああ、もっと早くそれを伺っていれば。わたしもずっと抜け殻のようにさまよっていたというのに」

「それでもふたりはようやく巡り会えたというわけね」彼女は大きなため息をついてみせ、ユーモアたっぷりに瞳をきらめかせた。「どうぞお世辞をお続けになって、ミスター・ロード」

「喜んで。ですが、まずは何か飲みましょう。ここがいいですか、それとも中で?」

「一杯目は」彼女は迷いなく言った。「ここがいいわ。二杯目は喫煙室の中で。すぐに戻ってきてね」歩きだしたロードの背中にそう呼びかけた。「あなたを失いたくないの。この瞬間、あなたはわたしにとって人類との唯一の接点《リンク》なんですもの」

「ほら、あなたの〝リンク〟が戻ってまいりましたよ」数分後、ロードは飲み物を手に戻ってきた。「わたしが選んだ酒は、お好みに合うでしょうか。と言っても、ここにはあなたにふさわしいものなどひとつもありませんが」

「ええ、好みよ。まったく、あなたときたら、すっかり乙女のような気分にさせてくれるのね! まるでわたしが絶望に打ちひしがれた娘で、見知らぬハンサムな男性とふたりきりで無人島に流されたつもりになれるわ。〝あなたの目に泥がつきますように〟(「乾杯」のこと)、リンク」イヴ・フォラードはほほ笑んだ。

「あなたの目には、うれし涙が溢れますように」ロードが言い、グラスを高く掲げて飲んだ。前夜からの気分がすっかり晴れた。

「さっきあちらのテーブルにいた、背の低いおかしな人は誰？」

軽口ではなく、本当に知りたがっているらしいと察して、ロードは説明を始めた。「アメリカ中西部出身の男です。〝デイトン・O〟から来たとか言っていましたよ。小さな工場の管理職で、酒はあまり飲まないようです——ありがたいことに。勤務先の社名を〝株《かぶ》〟などと省略していました。少々つまらない男ですが、実は気の毒な身の上なのです。病気を抱えているのですが、これまで働きづめだったせいでしょう。奥さんはぴりぴりしていて、神経衰弱になりかけているし、赤ん坊はひどく具合が悪い。これだけそろえば、どこから見ても厳しい運命を背負っていると思いませんか？」

ミセス・フォラードはしばらく何も言わなかった。やがて、それまでの抑揚のある口調とはまったく違う低い声で言った。「いいえ、思わないわ。その手の話を、別の切り口からばかり見すぎたせいかしらね。そのご夫婦には、赤ちゃんがいるのでしょう？」彼女は強い口調で言った。「病気とは言え、赤ちゃんがいるんじゃないの。ああ、わたしも子どもが欲しくてたまらないのに」

「そう願っているのなら、じきに叶いますよ」

イヴ・フォラードが苦々しく言った。「子どものいない人の気持ちなんて、あなたにはわからないわ」

「はっ？」ロードは大きな声をあげた。「わたしに子どもがいるように見えますか？　いない人の気持ちなら、よくわかりますとも」

緊張が途切れ、彼女は声をたてて笑った。「馬鹿ね、子どものできない女の気持ちはわからないって言いたかったのよ。そうね、わたしだっていつかは母親になれるかもしれないわね、ずいぶん時間がかかっているけれど。もうすぐ三十歳だもの。でも、あなたを責めるつもりじゃなかったのよ、リンク」

　ロードはグラスが空になっているのに気づいた。「一杯目がなくなったということは、そろそろ喫煙室に移る時間ですね。あちらのほうが明るいし、あなたの顔がもっとよく見えて目の保養になります」

　暗い空に夜の帳《とばり》が降り始めていた。ベランダカフェのほのかな明かりの向こうで、暗闇が手すりのすぐ先まで迫っている。彼女は薄明りの中で腕時計に目を凝らすように、顔に近づけた。「まあ大変、ご一緒できないわ、もう行かなくちゃ。六時半を過ぎているじゃない。下に戻って着替えなきゃならないの。ごめんなさい、でもしかたないのよ」彼女は立ち上がると、船の揺れにかすかに体をそらせた。

　ロードも立ち上がったものの、その表情は悲哀に満ちていた。「この二十四時間で、誰かに約束を反故にされるのはこれで二度目ですよ。着替えなら、今すぐ行かなくても間に合うでしょう」

「いいえ、本当に間に合わないの。きれいに着飾ってくるわ、きっと喜んでもらえるはずよ。それに、約束を反故になんてしないわよ。七時四十五分にDデッキの〈ヌービアン〉でカクテルを飲みましょう」

　彼女はロードの腕を軽くつかんだかと思うと、姿を消した。

波がずいぶん穏やかになったな。七時五十分にミセス・フォラードとともに、黒壁の狭い〈ヌービアン・バー〉に足を踏み入れたロードはそう思った。嵐を抜けつつあるに違いない。それでも店の客は、カウンターの止まり木に座るふた組のカップルしかいなかった。ほかは空席で、大柄なバーテンダーがほんの時おりシェイカーを振り、回転させながら空中に放り上げては、しっかりと上向きにキャッチしていた。居心地のいい店内は好感が持て、ロードが頼んだドライ・マーティーニは実に絶妙にブレンドされていた。イヴ・フォラードのダイキリも同様らしい。ふたりはカクテルをゆっくりと味わっていたが、二杯目が空くころに後方のドアから小柄な給仕係が入ってきて、まもなくメリデン船長がダイニングルームに入られます、と誰に言うともなく天井に向かって告げた。

ふたりが移動してみると、夕食のテーブルは空席が目立った。ホールデン親子は来ておらず、フォラードは当然ながら不在で、朝食ではあれほど食欲のあったダンスカークの姿も見えなかった。またあの保育士の娘のところだな、とロードは考えながら、来ている者たちだけで船長の近くの席へ詰めて座った。

前夜と同じように、夕食後には散会となった。ロードはミセス・フォラードの前でもったいぶったお辞儀をして見せた。「奥様、この長い冬の一夜を、わたくしめにエスコートさせていただけませんでしょうか？」

「わたし、ラウンジでビンゴをするつもりなの」彼女が宣言した。

ロードが驚きの声をあげた。「ビンゴですか！　そんなゲームを！　ブロンクスで始まり、いまやウェストサイドじゃどこのアパートでもやっているんですよ。ですが、ずっとそればかりしているわけにはいかないでしょう。その後で喫煙室行くか、それとも――何がいいですか？」

「動物園がいいわ、連れて行ってくださる?」

「動物園?」

「Aデッキのラウンジのすぐ裏にあるダンスホールのことよ。どういう意味かは、行ってみればわかるわ。急がなきゃ。ビンゴが始まってしまうわ」

「では、しばしの間」ロードが結論を出した。「おそばを離れるとしましょう。あなたの下品なギャンブル熱が満たされたあかつきには、動物の観察にお供させていただきます」

「うまいことおっしゃるのね、まさにその通りだわ……戦利品を楽しみにしていてね」

彼女が行ってしまうと、ロードは自分の客室へ煙草を探しに行き(お気に入りのピードモントが船の中では手に入らないことは承知していた)、そこで驚くような知らせを聞くことになった。部屋に入って間もなくドアにノックがあった。

「どうぞ」

担当の客室係が入ってきた。「もうお聞きになりましたか、ミスター・ロード? 救難信号を受信したそうです。お耳に入れたほうがいいと思いまして」

「トラブルか?」ロードは洒落た煙草入れに煙草を補充しながら尋ねた。「何があった?」

「どうやら、トロール漁船のようです。バミューダの百マイルほど沖で何やら困っているそうですが、それ以上はわたしにはわかりません」

「あとどのぐらいでその船に近づける?」

「いえ、まだ時間がかかりそうです。おそらく、午前一時か二時になるでしょう」

「そうか、どうもありがとう、ジョンソン、わざわざ知らせてくれて。恩に着るよ」

「いえ、ありがとうございます、ミスター・ロード」

客室係が退がると、ロードは腰を下ろして煙草に火をつけた。気のせいか、船は速度を上げているようだ。何にせよ、船体の縦揺れがまた徐々に大きくなっていて、以前は気づかなかったスクリューのかすかな振動も伝わってくる。

この新しい展開は、自分自身の任務に影響を与えるだろうか。そんなことが現実に起きるとはとても思えないが、ロードは何年か前に読んだある無鉄砲な事件を思い出さずにはいられなかった。犯罪者集団が軍の駆逐艦を盗んでまんまと大西洋の航路をひと月以上も占領し、追い詰められたあげくに自ら船を沈めて逃亡したのだ。空想にすぎないが、もしもその〝困っている〟トロール船から〈クイーン〉号に乗り移ってくる者がいれば、この船に新たに正体不明の人間が増えることになる。それに、〝困っている〟と偽りの救難信号が発せられるのも――そしてそれに呼応する船が現れるのも、これが初めてではないだろう。狙いをつけた船に近づく唯一の安全策として、救難信号を発しながら突如として海原の真ん中に現れ、船が近づくと危険はないと乗客に安心させた後で、善良な漁師を装っていた武装誘拐集団が襲いかかるとは考えられないだろうか？　何とも馬鹿げた話に思えるな。誘拐どころか、まるきりの海賊行為じゃないか。それでもロードは、船がトロール漁船のそばへ着くころにブリッジへ行ってみようと心に決めた。今は不穏な時代だ。海外では追い詰められた人間の集団が、世界じゅうで文明社会の前提条件を脅かそうとしている。

だが、今できることは何もない。ロードは客室を出て船の中ほどのダンスホールでふたり用のテーブルを確保し、デミタス・コーヒーとリキュールを注文すると、ミセス・フォラードを座って待つことにした。

それほど長く待つことはなかった。コーヒーを飲み終えてドアの外を見ようと立ち上がったとき、彼女がこちらに向かって外のロビーを歩いてくるのが見えたのだ。彼もドレスを喜ぶはずだと言っていたのは、嘘ではなかった。胸元ぎりぎりの低いラインの上には何もない――たしか〝ストラップレス〟というデザインだとロードは思い出した。イヴ・フォラードが着ると、その効果は際立っていた。白く細かい滑らかな泡のかたまりの中から、乳白色に磨き抜かれた彼女がせり上がっているようだ。今にも泡を脱ぎ捨てて、こちらへ飛んで来そうだ。ああいう服は、いったいどういう仕組みでずり落ちないのだろう。待て、マイケル、じろじろ見るのはよせ。

彼女は上機嫌だった。「テーブルを取ってくださったの？」大きな声で言う。「わたし、三十五ドルも勝ったのよ。このパーティーはわたしがおごるわね」

ロードは笑みを浮かべながらテーブルへ案内した。「その三十五ドルで棒つきキャンディでも買えばいいんです。あるいは金のヘアピンか何か。今夜はわたしが誘ったのですから」

「でもわたし、夜はシャンパンしか飲まないの。前は嫌いだったけれど、飲み続けているうちにそれでなきゃ駄目になってしまったのね。あなたにそんな負担はかけたく――」

ロードが言った。「ご安心なさい、お嬢さん。わたしは警察官の給料だけで食べているわけじゃありません。幸運なことに、別の収入源があるのです。自分で払えもしないのに誘ったりしませんよ」

そう言いながら浮かべたほほ笑みには、彼女も反論のしようがなかった。

「まあ、リンク、よかったわ！　わたし、とてもお金のかかる女なのよ――それに、あなたがとても気に入っているの。さあ、シャンパンを持って来てちょうだい、大急ぎでね。一緒に踊れるかしら？」

だが、ダンスはやめておいた。不安定な足元の割にはオーケストラが素晴らしい演奏をしていると は言え、踊っているカップルはほとんどいなかったし、優雅なステップではなく、転びそうになるのを曲芸さながらに踏ん張ることで目を引いていた。それでもシャンパンと、自分用にウィスキーのソーダ割りを並べたテーブルをはさんで、ロードはずいぶんと久しぶりにチャーミングな相手と夢のような二時間余りを過ごした。イヴ・フォラードは冗談を交えていたかと思えば深刻ぶったり、ただでさえ興味深い話題を巧みな話術でさらに面白く披露したりした。

たとえば、彼女が教えてくれた〈ゴンベイ〉の伝統的な踊りも、ロードには初耳だった。

「ゴンベイ?」

「たぶん西インド諸島から伝わった呼び名じゃないかしら。もしかするとあの地域で使われている〈ゾンビ〉というブードゥー教の言葉と関連があるのかもしれないけれど。誰にもわからないわ、本当のところは。こういう踊りの起源は、とうに忘れられてしまっているから」

ロードはもっと聞きたがった。

これらの原始的な伝統儀式の踊りは、どうやら公式には年に一度の〈ボクシング・デー〉——「あなたたちアメリカ人は〝クリスマスの翌日〟と呼ぶのよね、リンク」——に、黒人の一部が踊るのだが、ほかの日にも厳重な警戒のもと非公開で行われるらしい。この辺りが植民地化された初期の時代に、アメリカン・インディアンのピクォート族がニューイングランドから奴隷として大勢連れて来られた。奴隷としてはあまり重宝されなかったが、やがて先に島に連れられていた黒人の奴隷たちと結婚を繰り返し、今もその血を受け継いだ子孫が主に島の東部に暮らしており、彼らの外見にその尊厳が色濃く残されている。ゴンベイ・ダンスで使う頭の羽飾りやビーズのついた原始的な衣装もまた、彼らの発祥だ。

　その踊りの真の起源を知る者はもういないが、究明されている限りでは、西アフリカの沿岸地域の儀式から由来したものに、最初は聖書の寓話を取り入れることで手が加えられたという。「〃ちっちゃなダビデはちっちゃかったが、おっと、びっくり！（ガーシュウィンのミュージカル「ポーギーとベス」の劇中歌より）〃という感じにね」その後、アメリカン・インディアンの影響によって、さらに修正されていった。最近ではもはや聖書の要素はどこにあるのかわからなくなり、どんどんと衣裳を着た即興の踊りへと変化する流れは、まるで遠いジャングルの先祖の様式に帰っていくようだ。

「その伝統踊りを、是非わたしも見てみたいものです」ロードが言った。

「残念だけれど、無理ね。ボクシング・デーまで滞在を延ばさない限り。それ以外の機会には入れてもらえないわ。どこでやるかさえ公表されていないんですもの……でも、わたしたちはそろそろ踊っても平気そうよ。だいぶ波が収まってきたわ」

　彼女の言う通りだった。波はまだ穏やかとは呼べないものの、いくぶん揺れが小さくなっており、ロードは彼女を連れてダンスフロアに降りた。ダンスの腕前も一流のロードは、またしても予想外の嬉しい発見をした。イヴ・フォラードは見かけだけでなく、ダンスも素晴らしかったからだ。ふたりは見事なタンゴを楽しみ、続けてルンバを踊ったところで音楽が止んだ。席に戻ってみると、夜会服を着た男がテーブルの脇に立っていた。

　青ざめた男の顔は少しやつれているようだったが、ロードにはまだ離れているうちからすぐにそれがリチャード・フォラードだとわかった。「こんばんは」ロードは礼儀正しく挨拶をした。「休んでおられるのかと思いました。ご一緒に座りませんか？　何を飲まれます？」

給仕を呼ぼうと手を上げたが、フォラードがつっけんどんに言った。「妻を迎えに来たんだ。もう遅い、部屋に戻る時間だ」

ロードの驚愕は大きかったが、イヴ・フォラードの顔に次々に浮かぶ表情を見逃すほどではなかった。彼女はふたりの男をみつめながら、初めは驚き、次に楽しそうな顔をして、最後には怒りに似た表情を浮かべた。だが、立ったまま静かに手を差し出した。

「ありがとう、ミスター・ロード。今夜ご一緒できて、本当に楽しかったわ。三人とも明日は朝が早いから、そろそろ寝《やす》んだほうがいいかもしれないわね」ロードの目をまっすぐみつめてほほ笑んだ。

ロードが言った。「もう帰ってしまわれるとは残念です。お礼を言うのは、わたしのほうですよ。また明日の朝お会いできますように。おやすみなさい」

「会えるわ」彼女はきっぱりと言った。「ありがとう」

フォラードは背を向けて「失礼する」と冷たく言った。

ロードは腰を下ろし、残っていた酒を飲みながら、頭の中でフォラードの擁護をしてみた。一日じゅう船酔いに苦しめられれば考えは悪いほうへ傾くだろうし、ダンスを見て単純に嫉妬を感じたに違いない。ああいうタイプの男は、孤独を楽しむことなど考えられないのだ。それにしても、あの態度はいただけない。もっとも、時間が遅いのは間違いではなく、まもなく午前一時になろうとしていた。ロードは、やや高額になった勘定を愛想のよい給仕に支払い、船の前方にある船長室を目指した。

狭い階段の上で呼び鈴を鳴らすと、船長付きの客室係が出てきた。メリデン船長はブリッジにいるので、ロードが上がっていってもよいかどうかを確認するという。少し待たされた後、客室係の案内で入口へ通された。

ブリッジ内は真っ暗で、文字盤や計器を照らすシェードつきの小さな照明装置だけがほのかに光っていた。しばらくするとロードの目に、制服を着た四、五人の人影がぼんやりと見えてきた。ひとりが羅針箱の上に身をかがめたまま言う。「南東、三ポイント」もうひとりは無言で機関室との通信機の横に立ち、さらにもうひとり、士官と思われる男が正面の窓の前をゆっくりと横切っていくシルエットが見えた。暗闇の中からメリデン船長が左舷側に姿を現した。

「どうしました、警視？」

「救難信号を受信されたそうですね？」ロードが尋ねた。

メリデンは隠すつもりはないようだ。「あそこですよ」そう言ってロードを前方の窓のひとつへ連れて行った。暗闇に目が慣れたロードにも、船首から左舷側へ外れたずっと先辺りに、小型船らしきものが波に揉まれながら小さな光を点滅させているのが見えた。「あれを見にきたのですか？　単なる好奇心から？」

「そういうわけではありません」ロードは率直に言った。「たしかにどんな船かは見てみたかったのですが、それよりもあの船から誰かを乗せるのなら、把握しておきたくて。乗り込んでくる人間は全員調べさせていただきたいのです」

「ふむ」船長は客人を鋭い視線でみつめた。「もちろん、それはかまいません。ただ、深刻な事態だとわかれば、あなたにはブリッジから出ていただかなければなりませんがね。今の時点では何もわかっていません。とりあえず、ここにいてかまいませんよ」

「ありがとうございます」ロードはできるだけ邪魔にならないよう後ろへ下がった。ブリッジの乗員は誰も武器を携帯していなかった。当然だろう。だが間違いなく、すぐ手の届く範囲に武器が備えてあるはずだ。一方、ロードの肩かけホルスターには四十五口径ピストルが、左脇にずっしりと頼もしく収まっている。ロードは待っているうちに、自分の抱いている不安は現実には起こりにくいだろうと考え、海に呑まれそうな船からようやく救い出されてぐったりしている男たちに対して、銃を向けて迎え入れる矛盾を思った。だが……ロードは過去に一度それで失敗している。その経験を繰り返すつもりはなかった。

気がつけば、いつの間にか小型船のすぐそばまで近づいていた。「半速前進だ、ミスター・コンドン」暗闇の中からメリデン船長の声が飛んだ。「サーチライト準備」

「了解」

「こちらへ来てください、警視」

声のほうへ進むと、船長が、船の左側へ張り出した左舷ウィングに出るドアを開けるところだった。船長はロードについて来るように合図をしてドアをくぐった。ロードも外へ出ると、ドア口に船員がひとり見張りに立った。

海はまだ大きくうねっていたが風は鎮まっており、メリデン船長が手にしたメガホンが役に立ちそうだった。彼らのすぐ後方で、左舷側の救命ボートがクレーンに吊られて揺れている。ボートの中には船員が前後にひとりずつ立ち、下の階のボートデッキに乗員が集まっていた。

「減速」メリデンが言う。

「了解、減速」

「微速後進」

「了解、微速後進」

大きな客船が下に浮かぶ小型船の風上に静かに回り込み、風よけになった。メリデンが指令を飛ばす。「照射」ただちにサーチライトが三つ、暗闇を切り裂くように、下で揺れているトロール船を射した。帆船としては大きい方だが、ロードたちの高さから見下ろすとひどく小さく見える。小型船の右舷側の手すりに乗員たちが集まり、船尾楼甲板の後方には、やはりメガホンを持った男がひとり立っていた。

「〈ベリンダ〉号に告ぐ」メリデン船長が声を張り上げた。「救援の必要はあるか?」

「燃料が底をつきた。船首斜檣《しゃしょう》も折れた」返ってきた言葉は明瞭だったが、距離があるせいで声は小さかった。「風に流されて、予定の航路から外れてしまった。現在位置を教えてもらいたい」

位置情報が伝えられた。「港までの燃料補給は必要か、〈ベリンダ〉号?」

「必要ない。帆を張ればセント・ジョージまでは航行可能だ。食料も足りている」

「ほかに救援の必要は?」

「必要ない。ご協力に感謝する、船長」

「ではこれにて、船長」

「これにて、船長。感謝申し上げる」

「サーチライト、消灯。微速前進」

「了解、微速前進」

ロードたちがブリッジに戻ると同時に、まばゆい光が一斉に消えた。メリデン船長が本来の航行業務に戻るための指令を次々と出した。「ご懸念には及びませんでしたね」彼は挑むようにロードに言った。「もっとも、風が止んでいなければ、違った展開が待っていたかもしれませんが」

「どちらにしても、興味深い経験でした」ロードは手短に感謝を述べてブリッジを出た。この件は無事に済んだ。救護活動が行われることはなく、誰ひとりこの船に乗り移っても来なかった。最後にもう一度クロエの客室を覗いて、自分の部屋に引き上げるとしよう。ロードはBデッキへ向かった。

赤ん坊の部屋にはほのかな明かりだけがついており、クロエがベビーベッドで眠っているのが見えた。ほかには誰もいない。振り向くと、向かいのドアのカーテンが揺れて、ベッドに横たわるダンスカークの姿がちらりと見えた。ベッド脇の椅子に、クロエの保育士が座っていた。彼女はダンスカークの額を優しく撫でており、どちらもお互いの姿しか目に入らないかのようにみつめ合って、こちらに気づく様子もない。ロードは忍び足で部屋を後にした。

どうやらあの赤ん坊は、父親ほど保育士に目をかけてもらっていないようだ、とロードは思った。ふと、イヴ・フォラードも今ごろはクロエ・ダンスカークと同じようにすやすやと眠っているのだろうか、という疑問が頭に浮かんだ。ロードは自分の船室のドアを開けて中へ入った。

驚きのあまり、しばし言葉を失った。一番上等な椅子に腰かけ、曇った青い瞳でほほ笑みながらこちらを見上げている人がいる。服は着替えたらしいが、襟の高いあつらえの部屋着は、さっきのイヴニングドレスよりもよりむしろ正装らしく見えた。

「こんばんは、リンク。ずいぶん待ったわよ。いつもこんなに遅く寝るの？」

「しょっちゅうですよ」そう打ち明けながら、いつもの冷静さを取り戻した。「あなたがここにいることをご主人が知ったら、激怒されるに違いないと思うのですが」

彼女はうなずいた。「きっとそうでしょうね。でも、心配することはないわ。一旦寝入ったら、ぐっすり眠る人なの」

「すっかりくつろいでいるようですね。煙草をどうぞ。ほかには何か？」

「煙草をもう一本いただくわ、それだけで結構よ……あなたに謝るまでは眠れそうになかったの。あなたにはとても楽しませてもらったのに、あの人ったらあんなに怒って。本当に、ごめんなさいね」

ロードは本心を言った。「わたしの目には、ご主人が少しばかりやきもちを焼いているように見えましたが」

「その通り、ひどいやきもち焼きなのよ。それが嬉しく思えるときもあるけれど、今夜は不快だったわ。わたしが一緒に帰らなければ、ひと悶着起こしかねなかった。だからこそ、彼について行ったのよ。許してくれるわよね？」

「もちろんです、気にしないでください。そうでなくても、わたしなどにはもったいないほどだったのですから」

彼女が静かに言った。「そんなことはないわ」立ち上がってすぐそばまで近づいたイヴの細い体に、ロードはごく自然に腕を回した。彼女が顔を上げて唇を近づけ、ふたりは時間が止まったように立っていた。やがて彼女が上体を離し、また二度、素早くキスをした。

「大好きなリンク。それじゃ、おやすみなさい」

彼女はロードの腕をすり抜け、ドア口をもすり抜けて出て行った。

ロードは客室の中で、夢見心地に呆然と立ち尽くしていた。

翌朝ロードが朝食後に上のデッキへ出てみると、すでに〈クイーン〉号の下層階では入港に備えて動きが慌ただしくなっていた。客室係がスーツケースを積んだ台車を押しながら通路を行き交っている。ゴルフバッグ、旅行鞄、洗面用具などがCデッキのロビーに山積みされていく。エレベーターの一台に〈荷物専用〉と貼り紙がしてあり、一般の使用が禁止されていた。混乱の中、ロードはサンデッキの明るい太陽の下へ出た。

船は先にマレー・アンカレッジで短時間投錨し、セント・ジョージへ向かう乗客は連絡船に乗り替えるためにそこで下船していた。今は、ほとんどの乗客の目的地であるハミルトンを目指してふたたび本島の海岸沿いを航行中だ。ロードに続くように朝食の席からサンデッキへ出て来たエルドン・モルガンが、島の説明をしてくれた。

「到着するまでに、無料で島の要所を巡って案内してくれるようなコースなんですよ。まずイースト・エンドのセント・ジョージ沖に投錨する。それからノース・ショア沿いに島の北側をまるごと西へ横切って、ウェスト・エンドにある英国海軍の造船所とサマセットへ向かう。そこで百八十度方向転換してグレート・サウンドから湾内へ入り、島のほぼ中央にあるハミルトンまで戻って来る。つまり、上陸する前にほとんど島の全部を目にできるわけです。見られないのは、ハリントン・サウンドとサウス・ショア、それにエリーズ・ハーバーぐらいですね」モルガンがにやりと笑った。「あなたたちアメリカ人を真似て言うなら、おまけの無料サービスですよ。さて、ご感想は?」

それまで周りの景色など目に入っていなかったロードは口ごもりながら「素敵ですね」と答え、海のほうを振り向いた。まず目に飛び込んできたのは、当然ながら、透き通った水の美しさだ。リヴィエラの海でも、ゴールデンゲート海峡でも、もちろんフロリダの海岸沖でも、あのカリブ海ですら、これほどまでに鮮やかで優しい色合いを目にしたことがない。太陽光線を構成する全ての色が、赤だけを除いて水に反射し、海のあちこちが部分的に淡いグリーン、紫、濃いブルー、それに深緑に染まっている。きっと夕暮れになれば赤が補われて全色そろうはずだ。それに加え、水の透明度にも驚かされた。ところどころ海底まで見通すことができ、優雅に泳いでいる魚がたくさん見える。

視線を上げると、そこにも同じぐらいの感嘆が待っていた。目の前を通り過ぎるのは、くすんだ茶色い海岸線ではなかった。海岸線は低く続いているものの、さまざまに形を変えて見飽きない。淡い色の海水に向かって尖った岩が突き出しているかと思えば、丘が幾重にも連なる表情豊かな地平線に向かって長い坂道が伸びていたりする。杉や草原の緑が朝日に鮮やかに映え、一面の緑の中に白やピンクや黄色の小さな家々が点在している。その屋根があまりに美しく白いので、遠目に見るときらめいているようにさえ見える。船がすでに湾の入り口に横たわる灰色の古い砦の前を通り過ぎると、行く手には造船所の海軍ラジオ局の背の高い、近代的なアンテナがそびえ立っているのが見えてきた。入り江を挟んだ向かい側は、英国海軍本部のあるスパニッシュ・ポイントだ。

ロードはモルガンのほうを振り向いて、偽りなしの興奮を伝えた。「正直に言いますが、こんなに美しい島は見たことがありませんよ」

相手がうなずいた。「ええ、美しいでしょう？　残念ながらわれわれ住人は、この景色に初めて出会う人の目を通さなければ、その美しさを忘れてしまいがちです」そして事務的に付け足した。「バミューダではどちらにお泊まりですか？」

「何も決めていないのです」ロードが打ち明けた。

「選択肢はたくさんありますよ。まず、大手のホテルでしたら、〈プリンセス〉や〈バミューディアナ〉、〈ベルモント〉、〈ラングトン〉、〈インヴェルリー〉、〈エルボー・ビーチ〉などです。マレー・アンカレッジで下船されなかったところを見ると、セント・ジョージやキャッスル・ハーバーに滞在されるおつもりはないのでしょうね。ほかに〝ゲストハウス（宿泊と食事を有料で提供する個人経営の施設）〟もたくさんあります。宿泊費はいくぶん安いのですが、中には小さなホテルと呼べるような施設もあるんですよ。あるいは、ハミルトンで食事つきの下宿の部屋を借りるのもいいでしょう。最終手段として、不動産屋に寄るのが面倒でなければ、二週間から六ヵ月までのお好きな期間、小さなコテージを借りることもできるはずです。どれでも、お好きなように」

「身軽な旅です。急いで決めることもないでしょう。まずは少し見て回ろうと思います。荷物は港で預かってもらえるのでしょうね？」

「ええ、もちろんです。船を降りてすぐの道路上に鉄道の駅があります。荷物を預けるならそこが一番いい」

　モルガンが別れを言って立ち去り、ロードはデッキを一周歩いた。どちらを向いても美しい色彩の海が見える。ほとんどの乗客はすでにせわしなく動き回っており、ロードはかすかな、だが見逃しようのない変化を感じ取っていた。今朝までこの船は、大都会のホテルそのものだった。それが急に海辺のリゾートホテルへと様変わりし、それに合わせて乗客の気分もがらりと変わっていた。彼らは今ようやく都会を離れ、本当の休暇が始まるのだ。彼らの表情にも態度にもそれがありありと見てとれた。

　船はスパニッシュ・ポイントで旋回して、英国海軍の造船所と基地のほうへ向きを変えた。ロードが後に〈マラバー〉だと知ることになる大きな建物が、空に向かって岬のひとつにそびえていた。その下に多くの建物や店舗、兵舎、オフィスなどが、巨大なクレーンのついた乾ドックから続く岸壁沿いにずらりと並んでいる。ロードはそれ以外にも、波止場の内外に細くしなやかそうな船体の灰色の軍艦が三隻停泊しているのに気づいた。その動きを補うように、小型船やはしけがせっせと走り回っている。

デッキを進むと、前方を小柄でほっそりとした黒髪の女性がハイヒールをカツカツと鳴らして歩いていた。左右のストッキングのバックシームが完璧なまでに平行に伸びている。ロードは歩を速めた。

「おはよう、意地悪なお嬢さん。ゆうべ約束を破ったことは覚えているだろうね？」

デルタ・レニーは振り向くと手すりに近づき、ロードも彼女のそばに行った。「おはよう、わたしの王子様《モン・プランス》。ゆうべ、体調は大丈夫だった？」

「ああ、平気だ」

「そう、わたしは平気じゃなかったの。一昨日の夜ひとりでベッドに入ったきり、今朝まで起きられなかったのよ。サービスを余計に頼んで、チップも余計に払う羽目になったわ」彼女は残念そうに言った。

「これからどこへ行くんだい、デルタ？」

「そうね、マイケル、サマセットへ行こうと思ってるの」

「ということは、西の端の造船所のそばだね？　島の中心からずいぶん離れているんじゃないのか」

「ほとんどのアメリカ人から離れられるもの」

「アメリカ人は嫌いなのか？」

「そんなことないわ」デルタが言った。「わたしだってアメリカ人だし、大好きよ。でも、ときどき旅に出たくなって、どうせ旅をするならできるだけアメリカから離れたいのよ。ハミルトンは人が多いし、イースト・エンドもわたしの目にはアメリカの縮小版にしか見えないわ。だから島の反対側へ行くの。あなたも一緒に行かない？」

「行き先はまだ決めていないんだ。きみの言うことにも一理あるね」

「迎えのボートを手配してあるのよ。一緒に向こうへ渡って、昼食をとって、少し見て回ったらどう？」

「そこはゲストハウスなのか？」ロードが尋ねた。

「そう、ゲストハウスよ」

「いいところかい？」

「素晴らしいところよ、宿泊費が高いけど」

「行ってみようかな」

「決まりね」ミス・レニーがきっぱりと言った。「それぞれ入関手続きを済ませたら、〈トゥエンティ・ワン〉で一杯飲んで、迎えのボートを探しに行きましょう。それでいい？」

「ああ。今度こそ約束を守ってもらいたいものだね」

彼女は疑うような目つきでロードをじろじろと見た。「あなた、ゆうべは別の女の子を見つけて、ずいぶん楽しんだに違いないわ。そうなんでしょう」

予想外の展開だ。ロードは大慌てでいくつもの島が浮かぶグレート・サウンドを指さしながら尋ねた。「あの灯台は何だい？」

デルタ・レニーは大笑いした。「あれはギブズ・ヒル灯台よ。高さ三百六十五フィート、航海中に窮地に立たされた紳士を大いに助けてくれるの」

「なるほど」ロードが言った。「美しい入り江だね」

彼女はしっとりと答えた。「その通りよ。それに、夜景も素晴らしいの。さあ、ついて来てちょうだい。あなたったら、いつもタイミングが悪いんだから。〈ふたつ岩の海路《ツー・ロック・パッセージ》〉を見せてあげるわ」

人混みをかき分けてサンデッキの正面へ出ると、ごつごつとしたふたつの小島に挟まれたひどく狭い海の真ん中に、ちょうど船のへさきが突っ込むところだった。船の両側にいきなり岸壁が現れ、また忽然と消えていった。重く響く汽笛が一マイル先のハミルトンの港に、まもなく船が到着することを知らせた。

だが船が来ることはすでに知っていたと見え、六隻ほどの小型高速船が小さな船首で緑色の海水を白い滝のように跳ね上げながら大きな船の両横を動き回っていた。その小型船の中で立っている人や座ったままの人たちが、おそらくはこちらの船にいる友人に向かって、大きな身振りで手を振りながら、しゃがれた声や金切り声などさまざまに叫んでいるのが入り混じって聞こえていた。赤いズボンにグレイの中折れ帽をかぶった紳士と、派手な緑色のシャツに青いチロル帽子をかぶった別の紳士が目立っていたが、若い娘が突然水に濡れたブラウスとズボンを脱ぎ、ぎょっとするほど真っ赤な水着姿になったのにも目を引かれた。

「これはどうやら」ロードが感想を口にした。「楽しい滞在になりそうだ、とても楽しいものにね」

「お楽しみはまだまだこれからよ、ミスター」デルタ・レニーが言った。

ロードがそのまま小型船を眺めているうちに、船団はそろって低い島々の間をすり抜け、本島の海岸沿いに建つ明るい青や赤や黄色の家々の前を、続いて港のすぐ上に横たわる〈プリンセス〉ホテルの桟橋やプールや広いファサードの前を通り過ぎた。かなり速度を落としながら、ついに湾に突き出た野外公園を回り込み、しゃれた小さな建物が建つ裏側へと進んだ。掲げられた特徴的な色の旗から、ロードはそこが〈ロイヤル・バミューダ・ヨット・クラブ〉だとわかった。

水しぶきと鎖の音をたてて前方の左舷側から錨が下ろされ、巨大な船は回頭し始めた。逆方向に向きを変えることで、フロント・ストリートと並行するように伸びる埠頭に船の側面を接岸させ、船首をふたたび外海へ向けることができるのだ。小型の高速船はそろって埠頭から垂直に伸びる乗降用桟橋へと急行し、船から飛び降りた乗員が、〈クイーン〉号が停泊しようとしている二階建てドックへと走ってくる。

すでに下手回しになった船首は防波堤の中へと進みながら、小さな広場を脅《おびや》かすように見下ろしており、止まらずにそのまま突進を続けて、西側にある低い観光案内所や向かいの煙草屋の上に乗り上げてしまいそうだ。ロードたちの立っている高さからだと、〈ファーネス・ライン〉専用の埠頭越しに見下ろすフロント・ストリートのさまざまな商店は、一番高い三階建てですらちっぽけに見える。だが実際の建物は派手にイギリスの旗を――中にはアメリカの国旗も――飾り、古風で異国情緒に溢れるものだった。広い通りから自転車のベルが聞こえる。クルーズ船がいくつか停泊している船尾方向の桟橋には手すりのついた歩道があり、歩道沿いにヤシの木が生えていた。ロードは馬車が走っているのを見て驚いた。四輪の低い車体を馬に引かせているだけのものだ。神の摂理により――あるいは例の少数独裁政権によるのかもしれないが――バミューダでは必要最低限な例外を除いて、自動車が禁止されていることをロードは一時的に忘れていた。陽気そうな黒人たちが汗をかきながら、馬の世話をしたり、〈クイーン〉号の船首と船尾から下ろされた係船ロープを引っ張ったり、忙しく働いていた。

突然、耳に突き刺さるようなすさまじい汽笛が鳴り響いた。フロント・ストリートの中央に敷かれた線路を、赤いおもちゃのような列車が走ってきたのだ。ガソリン動力の客車がトレーラーを牽引している。自転車を追い散らし、馬が道の両端へとよける真ん中を、その近代的な交通機関はゆっくりと埠頭に向かって進んできた。船の側面にタラップがひとつ、ふたつと押し込まれた。ロードの耳には号令ラッパの最後の二音がはっきりと「到・着！」と言ったように聞こえた。書類を持った士官がひとり船を降りた。ポーターたちが一斉に船に乗り込んだかと思うと、延々と続く荷物の行列を作って出て来た。とにもかくにも、これでバミューダに到着したのだ。

ロードはレニーに断わって、警護対象の一行を探しに行った。クロエを小さな乳母車に乗せた保育士と、そのそばに甲斐甲斐しく寄り添うダンスカークはCデッキで難なく見つかった。やがて一行は、小柄なふたりの給仕の手を借りて、タラップを渡って下船した。便宜上、ロードの荷物も頭文字を〝D〟で登録してあったので、彼らは一緒に荷物を探しにいった。埠頭はごった返していたが、ロードは驚くほどすんなりと税関の係官の前へ進み、審査を受けられた。

「荷物はそろっていますか?」

「ええ。鞄はこの三つです。あとはテニスラケットもあります」

「申告するものはありますか?」

「ありません。着替えと身の回りのものだけです」

「そちらの鞄の中を見せてください」

ロードは一番大きい旅行鞄を開けた。税関の係官はそれをすぐにまた閉めて、彼の荷物全部にチョークで印をつけた。「結構です。これで通れます」

「ありがとう」ロードはポーターを呼び、下の駅へ荷物を預けて来るように頼んだ。それから辺りを見回した。ニューヨークの埠頭と違って（あそこで誰かを見つけるのは不可能というものだ）、ここなら顔見知りはひとりも見逃さない気がする。まずやって来たのはエルドン・モルガンだった。「わたしの電話番号は調べればすぐわかるはずです。お役に立てそうなことがあれば、いつでもご連絡ください」続いて、いかにも役人らしいふたりの紳士と話していたハートリー大佐が、こちらに気づいて手を差し出した。「しばらくはいるんだろう？　警察本部へも顔を出してくれ、警視。是非またお会いしたい」ホールデン親子の姿も見つけた。老婦人のほうが手を振りながら大声で言った。「わたしたち、〈エルボー・ビーチ〉に行くの。どうぞ、会いに来てくださいね」

どの招きにも礼儀正しく応じながら、ロードは喉に熱いものがこみ上げてくるのを感じた。見知らぬ土地でこれほど温かい歓迎を受けるなど、初めての経験だ。なるほど、バミューダを好きになると、心底夢中になると言われる理由がわかった気がする。

ダンスカークも税関を通過してきたので、重そうな荷物を運んでいる三人のポーターとともに、ロードも通りへ続く広い階段を降りていった。ダンスカークの荷物の鍵はすでに、彼らが滞在する一軒家を用意をした不動産会社の代理人に渡してあった。階段を降りたところでダンスカークが手を差し出した。「どうもありがとう、ロード警視」彼は改まって礼を言った。「おかげで無事に到着できたよ、まったく何事もなく。ずっとわたしが言っていた通りにね。われわれがウォーウィック教区の〈アローバー・ハウス〉に滞在することは知っているね？　きみがニューヨークへ戻る前に、是非一杯飲みに来てくれ」

ロードは「ありがとうございます、できたら伺うようにします」と言って、一行が〝ダブル〟のトローリーと呼ばれる二頭立ての馬車を捕まえ、後ろに引かせた小さな荷台に荷物が山積みされるのを見守った。彼らが去ってしまうと、ようやく責務から解放された実感が湧いた。任務完了。もう何も心配することはない。あとは純粋に楽しむだけの二週間が待っている。

行き交う人混みの中、ロードは階段の下で立っていた。デルタ・レニーの持っていた小型ラジオは申告と納税が必要だったため、そこで待っているようにと言われていたのだ。その後は、〈トゥエンティ・ワン〉というバミューダでも有名なバーで飲んで、彼女とグレート・サウンドを船で渡る。何もかもが、とてもうまくいっている気がした。周りの人々の幸せそうな顔を眺めた。友人を出迎えにきた人、腕を組んで軽やかに階段を降りる新婚旅行のカップル、重い荷物を運ぶポーターたちでさえ満面の笑みを浮かべている。

後ろをちらっと見ると、出迎えの馬車の列の一台に、ディック・フォラードがひとりで座っているのが目にとまった。背筋をぐっと伸ばし、積み上げた荷物に囲まれて、眉をひそめているように見える。明らかに御者を待たせているらしい。

そのとき、明るい雰囲気とは不釣り合いな別の光景が目に入った。背の低い中西部出身のミスター・カルバートが階段を降りながら、後をついてくるポーターを見ては、今日も病気の赤ん坊を抱いている顔色の悪い妻を見て相変わらず不安そうにきょろきょろと辺りを見回していたのだ。彼女は赤ん坊をしっかりと胸に抱え込んでいたが、くるんだ毛布の間から青白い肌が一瞬ロードの目に入った。深刻な不安を抱えた一家だ。その不安が、単なる取り越し苦労であればいいのだが。哀れとしか言いようがない。彼らがほとんど諦めつつも求めている健康と治癒がこの地で叶えられることを、ロードは心から期待した。

カルバート一家までが馬車で行ってしまった後も、ロードはまだデルタを待っていた。階段を降りてくる人は減っている。どうしてこんなに長くかかっているのだろう？　（ロードにはたとえ少額でも関税を納めるのにかかる時間などさっぱりわからなかった）

階段のてっぺんに、杖をついた老人がよろよろと出てきた。その後ろから上品なあつらえのドレスを着た若い女性が現れて、軽やかな小走りで階段を降りてきた。ロードは目を奪われ、彼女が近づいてくるのをじっとみつめていた。小さな足、薄いストッキング、肩につけた蘭のコサージュ。生き生きとした表情の顔があまりにかわいらしく、ロードはそれが誰だかすぐにはわからなかったほどだ。

彼女はそばまで駆けてきてロードに上体を寄せ、手を握った。

「リンク！　わたしたち〈プリンセス〉ホテルにいるわ、少なくともしばらくは。会いに来てくれるわね？　きっとよ！」

彼女はそれだけ言うと背を向け、フォラードの待つ馬車に飛び乗った。彼女の夫は前を向いたまま、御者に何やら指示をした。馬車を見送りながら、ロードはフォラードの眉間のしわが一層深まったように感じた。

第二章　髪にハイビスカス

到着した翌日の夕暮れどき、マイケル・ロードは海を見下ろす広い板石のテラスで、チーク材の椅子に座っていた。目の前の低い壁の向こう側は、下の海辺まで草地が広がっている。ロードの背後のテラスには大小さまざまなテーブルが無造作に置かれ、さらに後ろにはある程度大きな建物が建っていた。建物の中にはバーを備えた広いラウンジがあり、給仕たちが隣のキッチンから忙しく出入りしながら、テーブルのセッティングをしたり、大きなセルフサービスのスタンドにビュッフェ用の料理の大皿を並べたりしている。早めの食事に来た四人連れ客が左側のずっと奥の席にいるのを除けば、テラスはまだロードがひとり占めしていた。

こんなに気分がいいのは、いつ以来だろう。ロードはバミューダが大いに気に入り、デルタ・レニーがサマセットに来るよう説得してくれたことに、滑稽なまでに満足しきっていた。その日は一日じゅうひとりで自然の中を散策して過ごしたが、何もかもが楽しかった。中でも、偶然見つけた小さな砂浜は絶品で、岩陰でこっそり水着を脱ぎ捨ててひと泳ぎした後、体が乾くまでゆっくり太陽を浴びたおかげで、うっすらと健康的な日焼けまでしてきた。少々健康的すぎたかもしれないな、と反省しながら、ロードはチーク材に当たる背中の位置をずらした。

サマセットというのんびりした町を、ロードはたいそう気に入った。緑の木々や緑の芝生、緑の菜園の間に白や黄色の石灰岩の家々が建ち、どこへ行っても花が咲いている。背の高い生垣に咲く赤や白やピンクのオレアンダーの花や、どこにでも野生するポインセッタの花が鮮やかな一方、おびただしい色の爆発のような人工的な庭園も数多くある。下は砂地のはずなのにこれほど豊かに花が咲き誇れるのが、ロードには不思議だった。

　道を歩いている途中で何人もの黒人が声をかけてきたが、横柄でも卑屈でもなく、当たり前の親しさがこもっていた。午後に会うと「おはようございます」、日が沈み始めて、ロードがゲストハウスへ着替えに帰る途中では「おやすみなさい」と挨拶をしてくれた。何もかもがゆったりとして平和そのものだ。今日一日、心配そうな顔どころか、少しでも不安や興奮を伺わせる顔をひとつも見ていない。ニューヨークで日々追い立てられてきた後だけに、バミューダの平穏な静けさは格別にありがたかった。

　突然ロードの隣の椅子に、染みひとつないメス・ジャケット（夏用の丈の短い略式礼服の上着）を来た男がどさりと腰を下ろした。ロードは周りの席を見回してから、男にほほ笑みかけた。

「どうも、ロードと言います」

　相手は弾けるように立ち上がって手を伸ばし、「ハロップ大尉です」と名乗った。「デルタに夕食に誘われて来ました。給仕にこのテーブルだと言われたんですが」

「ええ、ここですよ」ロードも立ち上がった。「英国海軍の方とお見受けしますが？」

「何かの因果ですかね。軍艦積載の〈ウォーラス（偵察用の飛行艇）〉の飛行士をやらされてるんですよ……先に一杯、始めませんか？　ウェイター！……あなたはアメリカから？」

ロードはそうだと言った。「警察の者です、ニューヨークの。ここに来たのは事件がらみだったのですが、今は休暇のようなものです」

「それじゃ、近いうちにわたしの軍艦で昼食をご一緒しましょう」ハロップが親切に誘った。「今は停泊中でね、すぐ乗れますよ」

「それは嬉しいな」

ふたりは座ってカクテルを飲み、水平線に太陽が沈んでいくのを眺めていた。ふたりの頭上には紫と藤色の空が広がり、大きな白い積雲の際が燃えるように緋色に染まっている。左側に砂浜が半マイルカーブを描く先には、青紫の海の中からダニエル・ヘッドが黒々と厳かに立っていた。目の前ではきらきらと連なるさざ波が、幅広の黄金の道となって水平線まで続いており、右手のずっと向こうには作業音が響く造船所の建物があった。水に囲まれ、夕日でこげ茶や濃いオレンジ色に染められた造船所は、目をみはるような異質の近東風建築、たとえばベネチアのビザンチン様式やバグダッドの建物のように見えた。遠くのタワーはまるで尖塔のようで、照明に浮かび上がる姿を見ていると、今にも高い壁の隙間を縫うように流れる運河に格子戸のバルコニーが張り出す光景が見えてきそうだ。

「あの大きいのは何ですか?」ロードが尋ねた。「高い建物の左側の。今、紫色に見えているあれです」

「どれですって?」相手が振り向いて目を凝らす。「ああ、あれは雨水の集水装置ですよ。ここには泉や小川がないものでね。天に頼るしかないんです。造船所には大きなタンクがいくつも設置されていて水も十分にあるのですが、この辺りの民家は小さなタンクしかなく、水不足だという噂です。どのみち、真水など飲んでもうまくはないんですが」

「たしかに水なんて味気ない。という訳で、わたしたちはおかわりといきましょうか?」

「えっ？」

「もう一杯ずつ飲みませんか」

「はて、意味がわからないなあ」ハロップはふざけてから「ウェイター！」と言った。

急に辺りが暗くなってきた。空気が澄んでいるために（バミューダには工場の排煙も、ガソリンの排気ガスもない）、夕暮れの名残りを惜しむ間もなく夜が来る。とは言え、風景は美しさを失うことなく、暗くなった空には星がまたたき、テーブルの間のそこここに置かれた背の高いスタンドには蠟燭の火が灯され、大きなガラスの風よけの中で輝いていた。すでにカップルや大人数のグループがのんびりと歩きながらテラスに出てきたり、ラウンジのポーチにある電灯の下で立ち止まって話したりしている。ロードは同席の男とともに、新しく運ばれてきたグラスを掲げた。

「わたしのペットちゃん！」デルタ・レニーが駆け寄って来るのを見てふたりが慌てて立ち上がると、彼女はハロップ大尉に思いきり抱きついた。「ずいぶん久しぶりね！」大尉もその歓迎ぶりに熱く応え、ロードはふたりの様子を、三十年かけて培ってきた慈悲の心を発揮して眺めた。内心では、この男、まだまだひよっ子じゃないか、せいぜい二十二歳ぐらいか、英国海軍はずいぶん若いのを集めるんだななどと考えを巡らせていた。やがてデルタが体を離した。

ハロップが高らかに「嬉しいキスだね。だが口紅は困るな、ダーリン」と言い、ハンカチで自分の唇にべったりとついた赤い跡を拭き取った。

デルタはロードのほうを向いた。「マイケル、ちょうど中でフォラード夫妻を見かけたから、夕食をご一緒にって誘っておいたわ。あら、あそこにいるのはルイス夫妻じゃないの。イミー！」彼女は声をかけた。「ここよ、こっちよ」

ルイス夫妻がやって来ると、デルタ・レニーはそれぞれを紹介した。イモジェンはせいぜい二十五歳ぐらいの、派手なプリント柄のディナー・ドレスに身を包んだ美しい金髪女性で、まぶしい黄色の小さな花をその黄色い髪にいくつか挿していた。彼女の夫は（どうやら父親じゃなさそうだ、とロードは瞬時に判断した）四十歳前後と思われ、早くも少し付き始めたぜい肉が、いかにも裕福そうな印象を与えていた。ロードには、一見しただけでは裕福だとは誰も思わないような資産家の知人が何人もいたが、ひと目で金持ちとわかる人物は見たことがなかった。それが何となく気に入らず、その男自身の第一印象を測りかねていた。結局、彼がどんな人物であれ、その度が過ぎているのだという結論に落ち着いた。

ロードはデルタの椅子を引いてやってから自分も席に着こうとして、イヴ・フォラードが夫を従えて、蠟燭の灯ったテーブルの間を縫うようにこちらへ近づいてくるのを見つけた。ほほ笑みを浮かべている。シンプルな真紅のドレスを着て、髪にはロードの見たことのない赤い花をつけていた。真っ赤な花の中心から可憐な軸が突き出ていた。何の理由もなくロードの心臓に、まるで猛スピードで堅いものに激突したような衝撃が走った。驚きのあまり、腰を下ろしかけていた椅子に足を引っかけて転びそうになった。

全員そろって席に着いたところへ、夕食が運ばれてきた。「シャンパンはどうした」突然ルイスが言った。「どこにある？　頼んでおいたはずだ」

ルイスが今夜の主人役を務めるとは聞いていないぞ。ロードは、もし自分が主人役なら、まず客の一人ひとりに飲み物の好みを確認するがね、と思いながら、ウェイターに声をかけた。「わたしにはスコッチのソーダ割りをくれないか」ここのワインが口に合わないことは、実証済みだ。

「ああ、ついでに」とハロップが言った。「わたしにはウィスキーのソーダ割りを」

ほかの者たちは驚いた顔でふたりを見ていた。ロードは非難されているように感じたものの、責められる筋合いはなく、気にしないことに決めた。デルタに目を向けると、ギターを肩から提げた大柄な黒人の男がテラスをぶらぶらと歩いているのを呼び寄せようとしているところだった。デルタは男の視線をとらえ、彼がテーブルに近づいてくると大声をあげた。「シドニー、また会えて嬉しいわ。あなた、ずっと続けてたのね。〈バミューダ・バギー・ライド〉を歌ってちょうだい。一年ぶりなの」

黒人の男が嬉しそうに歯を見せた。「ようこそお戻りなせえました、ミス・レニー」ギターを肩から下ろして空いた椅子に片足を載せ、温かい空気に深い声を響かせる。「……最高の女とふたり……バミューダの馬車《バギー》に乗り……」

テーブルでは世間話が始まった。歌手の男はもう一曲歌った後、テーブルの間をぶらぶらと行ってしまい、突然ラウンジのポーチで五、六人編成の地元オーケストラが演奏を始めた。すぐさまハロップがデルタをダンスに誘った。

ロードはテーブルの向こうのイヴをみつめた。「いかがですか?」

彼女はうなずくなり勢いよく席を立った。まるでほかの誰かに誘われる前に早々に逃げ出したがっているようにロードには思えた。フォラードをちらりと見たが、何やらルイスと熱心に話し込んでおり、誰とも踊りに行くつもりはなさそうだ。ロードはイヴ・フォラードを先導して板石の床を横切り、小さなダンスフロアへと連れ出した。

「あなたがここに来るなんて、どういう幸運のいたずらでしょう?」ロードが尋ねた。

「運なんかじゃないわ、リンク。きっとあなたのほうからは、わたしに会いに来てくれないと思ったのよ」

「嘘だとわかっていても、あなたの言葉は耳をくすぐる。ふむ、今のは歌のタイトルになりそうですね。それにしても、あなたのダンスは実に素晴らしい！」

「そうでしょう」イヴも認めた。「大好きなパートナーと一緒だと、特にね。まあ、リンクったら、顔が真っ赤じゃないの」

「しかたないでしょう。からかうのはやめてください。あなたの髪を飾る、その素晴らしく幸運な花は何です？」

「ハイビスカスよ。この花には意味があるの。わたしの――いえ、何でもないわ。ここでは女の子はみんな髪に花を飾るのよ、気づかなかった？　デルタのつけてる花も愛らしいと思わない？　ほら、かわいいボーイフレンドと一緒にこっちへ来るわ」

　それまでデルタが髪に花を挿していたかどうかさえ見ていなかったロードは「そうですね」と上の空で答えた。近づいてくるハロップにぶつからないように、ロードは急いでパートナーにリバースターンをさせた。ハロップの踊りは優雅さよりも力強さを押し出しており、デルタと実に楽しそうに笑い合って、ふたりだけの世界にいるようだった。急なターンをかけられたにもかかわらず、イヴ・フオラードは流れるような慣れた身のこなしでロードのリードに合わせた。

「時計草《パッション・フラワー》ね」彼女が教えた。「デルタの髪に挿してある花よ」

「え？　ああ、あれも何か意味があるのかな？」

「それは、わたしにもわからないわ――ああ、リンク、見て！　船で一緒だった、おかしな男がいるわ。また今日も酔っているみたいね。あそこのポーチのそばまで行ってちょうだい。何を話しているのか聞きたいの。船に乗った最初の夜、喫煙室でそれは面白い話をしてくれたのよ」ロードは言われた通りに人の間を縫うように踊りながらポーチのほうへ進んだが、そばまで行っても、柱にもたれかかり、ふたりの中年の婦人に何やら大仰に話しかけられている男には見覚えがなかった。中くらいの背丈、よれよれとは言えないまでもしわのついたリネンのスーツ、先の尖ったバンダイク髭を顎に生やしたせいで鋭さが強調された小さな顔から、大きな黒い目をぎょろぎょろさせている。イヴに腕を引っ張られるようにして彼に近づき、彼女が一方の婦人の熱心な話を唐突に遮るまでは、ロードには男が酔っているようには見えなかった。

「こんばんは、ソンソ博士」イヴが声をかけた。「お友達を紹介させてください、こちら、リンク・ロードです」

男はかすかに顔をふたりに向け、無表情な大きな目でじっとみつめた。「リンク？」

ためらいもなくイヴが言った。「ええ、リンカーンです」

「リンカーン。有名な名だ。リンカーン・ロード。アリパレーション（〝アリタレーション〟は同じ子音から始まる言葉を並べて頭韻を踏むこと）か。ん？　アリパレーション？」彼は脇にいるふたりの女性を紹介した。「ミセス・ミドル級、こちらミスター・リパレーション。ミセス・スミス、こちらミセス・ヘビー級」それを聞くなり、ふたりの婦人はそそくさといなくなった。

一瞬、ソンソ博士の目に知的な光が宿った。「助かった」彼はすっきりした声で言った。

「博士」イヴが話しかける。「わたし、博士のご専門を忘れてしまって。たしか著名な——そう、何だったかしら？　何が著名でいらっしゃるんでしたっけ？」

「〝精神無学者〟だ」ソンソは厳かに宣言した。人さし指を左右に振る。「完全に客観的。主観的なテクニップは一切なし。ん？　テクニップ？　とにかく、そんなものは絶対使わない。今はベルガー（ハンス・ベルガー。一八七三〜一九四一。ドイツの精神科医。ヒトの脳波の記録に初めて成功した）の装置の研究中。脳波だ。爆発だ。ふふん！」

ロードが真面目な顔で口を挟んだ。「ベルガーの作った装置の話は聞いたことがありますが、実際に見たことはありません。いつかその話をじっくりお聞きしたいですね」

「全部話そう」相手がつぶやく。「全部話す。もちろんだ。会いに来てくれ。家はリドル湾だ。いつでもいい、今夜でもいい」意味ありげにふたりをじっと見た。「一緒に飲もう。中のバーで」返事も待たずに向きを変えると、ほとんどふらつくことなくラウンジのドアから出て行った。

イヴが言った。「素晴らしいわね。貴重な存在だわ。それに、きっと本当に全部話してくれるわよ……さあ、リンク、音楽が止んでいるわ。そろそろ戻らないと」

それでも、テーブルに戻ったのはふたりが最初だった。デルタとハロップはまだ帰ってきていなかったし、金髪のイモジェンの姿もなかった。フォラードとルイスはテーブルに残って椅子を近くに引き寄せ、まだ話に没頭していた。イヴを連れて彼らの背後にある旗の前を通ろうとしたとき、ロードの耳に話の断片が届いた。

「……わたしの大型船を使え。航海に適している。金さえ積めば、何だって可能だ」

「どうだろうな」（こちらはフォラードの声）「誰でもいいわけじゃないんだ。ちゃんと自分の目で選んで――」

「ありがとうございました、イヴ」ロードは彼女の椅子を引きながら言った。彼女と並んでテーブルの端の席に着こうとしたが、座りかけたところでイヴが身を乗り出し、ふたりの顔が近づいた。誰にも聞かれないような低い声でイヴが「リンク、わたしね――」と言いかけたところへ、背の高い男がイモジェン・ルイスをテーブルに送り届けてき、お辞儀とともに椅子を引くと立ち去っていった。イヴはイモジェンのほうへ向き直り、そのすぐ後にデルタとハロップも戻ってきた。

デルタがテーブルの反対側に声をかけた。「近ごろのマーケットはどんな調子ですか、ミスター・ルイス？　少しは上向きになっているのかしら？」

年上のルイスは座ったまま体をひねって彼女のほうに目を向けた。「マーケットはひどいものだ」うんざりしたように言いきった。「だが、キャンメックス・ロイヤリティー社は買いだ、賭けてみるのならな」

フォラードが皮肉っぽく尋ねた。「買うつもりなのかい、デルタ？」イヴが驚いたように夫を見た。「まっぴらね」デルタは可愛い顔をできる限りしかめながら言った。「なけなしの資金で、すでにキャンメックスを買って損してるの。〝株に手を出す素人娘は、借金地獄に落ちる〟って言うでしょう。わたしはそんなの御免だわ」

ルイスが全員を当惑させたのは、その直後のことだった。彼は足元のアイスバケツに手を伸ばし、空になったシャンパンのボトルを手に取った。彼らのテーブルを担当していたウェイターの姿は見えない。ルイスが指を鳴らし、大声で「ウェイター！」と呼ぶのを聞いて、ほかのテーブルの客が何人か振り向いたが、彼は手まで叩いた。それでもまだウェイターは現れず、通りかかった別の使用人が足をとめた。

「おまえがこのテーブルのウェイターか？」

「いいえ。ですが、ただいま――」

「あいつを連れて来い。今すぐ用があるんだ、来週じゃないぞ」

ロードがデルタに何か言い、何分かが過ぎた。その間もルイスはいらいらとテーブルクロスの上を指で叩き、みるみる顔に赤味が増していった。ようやく現れたウェイターは、のんびりとした足取りで、何も持たずにやって来た。

ルイスが嚙みついた。「どこへ行ってた？　シャンパンはどこだ？　頼んだだろう。持って来い！　どうして受け持ちのテーブルに目を配らないんだ？」

ウェイターがおっとりとした口調で答える。「まだ出せねえんです。氷を足したんですが、まだ冷えてねえんです」

「それなら、どうしてもっと早くから冷やしておかなかった？　くそ、こっちは金を払ってるんだ、ちゃんとした接客をしろって言うんだ。よく聞け、さっさと冷たいシャンパンを持って来るんだ、今すぐに、よく冷えたやつをな。でなきゃ、勘定を持って来い。そんなところで突っ立ってこっちを見てるんじゃない、さっさと行け」

「へい」

明らかに冷えたシャンパンは無理だったらしく、ほどなくして戻ってきたウェイターはボトルではなく、勘定書きを数枚持っていた。

「これで全員の夕食分なんだな？　飲み物代も入ってるのか？　よし、合算しろ、いくらになる？」

「ちょっと待ってくれ」フォラードが言いかけた。しかし、真っ赤な頬とにらむような目つきのルイスがウェイターの持っていた勘定をもぎ取り、自ら合計額を計算して紙幣を二枚その黒人の手に押しつけ、「釣りをよこせ」と短く言うのを見て諦めた。ロードはといえば、ルイスに主人役を頼んだつもりはなく、今度こそ頑として拒否したいところだったが、周りから十分すぎるほど注目を集めている状況では、これ以上抗議してもますます同席者たちを気まずくさせるだけだと思った。ルイスは釣り銭をきっちり受け取り、鋭い口調で言った。「ちゃんと仕事ができないなら、チップはやらん」そしてフォラードのほうを向いて言った。「わたしたちはこれで失礼する。ボートで帰るが、向こう岸の〈プリンセス〉まで送っていこうか?」

「いや。まだ一曲も踊っていないんだ。もう少しここにいるよ。十二時半に迎えのボートを頼んである」とフォラードが言った。

相手は小さくうなずき、立ち上がって妻を待った。彼女も立ち上がった。青い顔で、何か言いたいのをこらえているらしく、無言のままテーブルを後にした。ポーチの照明に彼女の黄色い髪が一瞬きらめき、その後を小太りの夫の姿が続いた。

「品がない」それがフォラードの短い感想だった。「たしかに接客もまずかったが、彼のマナーのほうがひどい」

ハロップも気分を害しているらしく、間延びしたようなしゃべり方でデルタに話しかけた。「何とも鼻もちならない金持ちだなぁ。きみの国の産物にしちゃ質が悪いねぇ、大西洋を挟んだ隣人さん。とは言え、わたしの国にも似たようなのがいるよ。たしか、ブライトンでも遭遇したことがあったな」

ロードは「あの男のことは忘れよう」と提案したが、デルタは簡単に忘れてしまえないほど頭に来ていた。

「あの――あの獣《けだもの》が!」彼女は大声で言った。「あいつのせいでイミーがどれほどみじめな思いをしたか、わかる? この手で絞め殺してやりたいわ! わたしがあのふたりを夕食に招待したら、あいつは夕食後にボートを出して、パジェットにある自分の邸でみんなで飲み直そうと言ってたのよ。なのに結局夕食代は全部自分で払って、さっさとボートで帰ってしまうなんて。勝手に乗って行きゃいいのよ、あんな人のボート、見たくもない。それにしても、あまりにもイミーが可哀想じゃないの。ああ、腹が立つ！」

ただデルタをなだめるだけの目的でロードが誘った。「後でわたしが別のボートを手配するから、その辺をひと回りしよう、デルタ。きれいな夜じゃないか。ハロップ、きみももちろん一緒に」

また演奏が始まって、フォラードは妻をフロアへ踊りに連れ出した。ハロップがロードに言った。

「ありがとうございます、でもこの後はご一緒できないんですよ。明朝六時に飛行艇を飛ばさなきゃならないんで。実のところ、あと一曲踊る時間しかないんです。ちょっと失礼していいですか？」ロードがうなずくと、ハロップはデルタの椅子を引いて立ち上がらせた。「ちょっと彼女をなだめてきますよ」

ウェイターが申し訳なさそうにテーブルに現れた。「ほかに何かご用はねえでしょうか？　あと十分でバーが閉まりますんで。ご友人をひどく怒らせて、申し訳ねえですが、しかたなかったんで」

「かまわないよ。そうだな、あのシャンパンがそろそろ冷えているようなら、持って来てもらおうか」ロードはフォラード夫妻とデルタの席を指した。「それと、スコッチのソーダ割りをふたつ。ああ、ところで、十二時半にモーターボートを予約するにはどうすればいい？」

「へい。わたしが手配しましょう。弟に桟橋へ迎えに行かせますんで。たしか、ミスター・ロードでしたね？」

短い曲が終わり、じきにほかの者たちがテーブルに戻ってきた。ハロップ大尉はそこで退席したが、帰る前に自分のグラスのウィスキーを飲み干した。残った者は座って酒をゆっくり飲みながら、徐々に客が出て行くのを眺めていた。

急にイヴが口を開いた。「そろそろ十二時半じゃないかしら。どうなの、リンク？」

「そろそろだね」フォラードが答えてからロードのほうを向いた。「きみの名前は本当にリンクというのか？」

「リンカーンです、わたしの記憶が確かなら」ロードはそう答えながら、イヴは忘れられないようなキスだけでなく、おそらく誰もが忘れないような新しい名前までくれたらしいとしみじみ考えていた。「ですが、マイケルと呼ばれるほうが多いですね」と言い添えた。

ラウンジを通り抜けようとしたとき、暖炉の前の椅子にぐったりと座り込んでいる人影が彼らの目にとまった。イヴが夫の腕をつかむ。「リチャード！　ねえ見て、リチャード。例の博士があそこにいるわ。あなた、覚えていないかしら？　きっとあの人、ひどく酔っているのね。あれじゃとても自転車に乗れそうもないわ。送ってさしあげない？」

フォラードはラウンジの向こうをちらりと見て、大きな笑みを浮かべた。「おっと、本当だ！　あのとき喫煙室で楽しませてもらったお返しをすべきだろうね。どこに住んでいるんだろう？」

「わたしたちが送りますよ」ロードが口を挟んだ。「おかげでわたしたちにも目的地ができるというものです」いくらイヴがその精神医学者を気に入っているとは言え、これほど酔いつぶれているソンソを彼女と同じ小さなボートに乗せて暗い海の上に送り出すわけにはいかないとマイケル（リンカーン）・ロードは思った。面白いことに、デルタ・レニーに対してはその不安を感じなかった。ロードはソンソのほうへ近づき、眠っている男の肩を優しく揺すった。

「起きてください、ソンソ。帰る時間ですよ。わたしたちが家まで送りましょう」

相手は眠りから覚め、大きな目を片方だけ開けた。「脳波など、くそくらえ」そう言うと、楽な姿勢を求めてまた体を丸めた。だがなだめられるうちにどうにか立ち上がると、ひとりで歩けるようだった。とは言え、桟橋に続く下り階段まで来たときには、ロードが危ないと判断してそっと彼の腕をとった。

小型のモーターボートが二艘、埠頭のそばの静かな海に停泊していた。フォラードには当然自分の船がわかっていて、そちらへ向かった。もう一艘の船の操縦士がロードを見てコンクリートの桟橋に飛び降り、精神医学者を後方のコックピットへ入れるのに手を貸したが、ソンソはそこですぐにまた眠り込んだ。そのころにはもう片方のボートが係留ロープをほどき、静かに出航し始めていた。フォラードの「お先に」に続けて、イヴの「さよなら。おやすみなさい、リンク」という声が前方から聞こえた。ロードはふたりが小さくなるのを見送った暗い船体の上の彼女の姿がかすんでいった。やがて操縦士がスロットルを開けると、渦巻く泡を残してボートは見えなくなった。

「どういうつもり？」デルタが桟橋から尋ねる。「新しいボーイフレンドのために、わたしを見捨てる気なの？」

「何だって？　それはこっちの台詞だ！　さっさと乗れよ、別嬪さん。出発しよう」

小さなボートはモーターを響かせてバックで桟橋を離れると向きを変え、船尾を沈ませ、船首を持ち上げるように上下に揺れながら快走を始めた。マングローブ湾を横切り、鉄骨を組み上げたようなワットフォード橋をくぐる。グレート・サウンドに出ると、小さな波が板張りの船体を叩き、疾走感が高まった。遮るもののない海上で、暗い海の透明度、遠くの黒い海岸線、濃い紫色の空が、いやな気分を吹き飛ばした。丘の斜面や石灰岩でできた家や屋根に反射した月の光が、細かな光の点となって輝いていた。ほぼ真正面に見える、細長く低い小島の向こうに建つギブズ・ヒル灯台が、まぶしい光線を規則的に鋭く放ってくる。これほど夜空に明るい星がたくさん出ているのを、ロードは見たことがなかった。左側の、スパニッシュ・ポイントやペンブロークの岸のほうをぼんやりと眺めた。遠くにかすかなリン光が見える気がするが、あれはハミルトンへ向かうフォラードの船の方角じゃないか？

「まだだいぶかかるのかい？」

「そうでもないわ」デルタが言った。「鉄道なら三十五分、船なら十分か十二分ぐらいかしら」

ロードが驚いたことに（以前にもバミューダを訪問したことがあるデルタは驚いていなかったが）、精神医学者が島に着いてせいぜい二十四時間余りしか経っていないにもかかわらず、彼がどこに家を借りたのか、ボートの操縦士は言われなくてもちゃんと把握していた。丘の上に向かう小道のふもとに船着き場があるのだと彼は言った。

モーターの音が低い唸り音に変わり、船は速度を落として岩礁の隙間を縫うようにリドル湾の狭い入口に近づいていった。左舷側で、波の打ちつける岩に建つ港の灯台が赤く点滅している。

デルタがパートナーの腕に自分の腕をからめた。「夜景はお気に召したかしら、モン・プランス？」「歌わないと！」ソンソ博士が急に船首のほうでわめきだした。目が覚めたら、ずいぶんと元気になったらしい。「歌うなら、今歌わないと。今のうちに。その後は、静かにしなきゃならんからな」ボートが栈橋に接岸する間も「絶対に、静かにしなきゃならん」とぶつぶつ言っていた。

「ここからひとりで帰れますか？」ロードが尋ねた。

「ひとりで?」ソンソがいきなり怒りだした。「ひとりでだと! うちに来るんだろう? ついて来い、ふたりとも。飲もう。是非、飲もう。ひとりじゃ帰らないぞ」

デルタがその場を仕切った。「わかったわ。一杯だけお付き合いしましょう、ナイトキャップね。そうしたら、わたしたちは失礼するわよ。ボートは待たせておきましょう」

丘の上のコテージは、家の中と玄関のドアの上に明かりが見えていた。坂道を上るうちに、家の主人はますます元気を取り戻していった。玄関へ向かうころには足取りもしっかりしていた。二度目の挑戦で、ドアに鍵を挿し込むことにも成功した。

小さなリビングルームに入ったところで、思いがけない光景に遭遇した。大型のソファーベッドに座って本を読んでいた女性が、大慌てで立ち上がって出迎えに来たのだ。背が高く、ソンソよりも筋骨隆々とした女性で、ランプの灯りを受けた色黒で頬骨の高い顔は、ロードの目には冷たそうに映った。だが趣味のいい上品な服が、その印象を打ち消している。

ふたりの闖入者はばつが悪そうに立ち止まった。ソンソにしつこいほど音を立てるなと言われていたのは、彼女が理由だろうか? たとえ彼女がすでに寝室で寝ていたとしても、楽しく酒を酌み交わそうとふたりを自宅に招いておいて妻に気づかれないと、ソンソは本気で考えたのだろうか? この女性はこれから恐妻ぶりを発揮して、麺棒を振りかざすつもりだろうか?

精神医学者はわざとらしく丁寧にお辞儀をして、「これ、うちのかみさん」と宣言した。「ミセス・ゾンゾ、ソンゾだ。ハニー、こちら、ミス・レニー。それと、ミスター・リペレー――ああ、違った、ミスター・リンカーン」

女性は機転《サボワ・フェール》の利いた切り回しを余すところなく発揮して、その場を収めた。「静かにしてね、エミール、大声はいけないわ」と言うと、深夜の来客に笑顔で会釈した。「テラスへいらっしゃいませんか？　それと、エミール、お酒をお出しするなら、音を立てないように注意してね」

テラスからは月明かりの海が見下ろせ、暗い島影やグレート・サウンドの向こうの造船所の灯りがきらめいていて、まさに絶景だった。立ったまま見とれていると、遠くから何かが砕け散る音が聞こえた。飲み物を準備していたソンソがグラスを割ったのだ。

「ああ、もう！」女主人が驚いて声をあげた。「あの人ったら、もっと気をつけてもらいたいわ。大きな音を出して！」

しばらくすると精神医学者が飲み物を持って現れ、惨めそうに「ごめん、ハニー」と言った。ロードはこっそりとデルタをつついて、大急ぎでハイボールを飲み始めた。丁寧な応対とは裏腹に、居心地が悪い。ただでさえ気が重い訪問なのに、突然押しかけた申し訳なさと、どうということのない音を病的で不可解なまでに恐れる様子に、忍び足でなければ一歩も踏み出せない気分になる。四分の一マイル以内にほかの家があるとは思えないのに、この異常な振る舞いにどんな理由があるというのだろう？

その謎は、ふたりが帰り際にリビングルームを通ろうとしたとき、すんなりと説明された。女主人がデルタに言ったのだ。「夜は静かにしないといけないいんです。何せこの家は狭くて。すぐ隣の部屋で赤ちゃんが寝ているものですから」

「まあ、そうなんですか？」デルタは高ぶったように言った。「ちょっとだけ覗かせてもらえませんか？」

相手は一瞬ためらったものの、ほほ笑んで言った。「ドアの外からならご覧になってもかまいませんよ。でも、部屋には入らないでくださいね。娘はまだほんの赤ん坊なので」彼女はドアを細く開けて手招きした。

デルタは中を覗いてみたが、直接ベビーベッドに当たっていない月明かりだけでは、マットの中央の小さな盛り上がりしか見えなかった。どちら側が頭なのかさえわからない。

女性が「いつも毛布を顔に被ってしまうんだから」と小声で言いながら静かにベッドへ歩いていった。毛布をかけ直して戻ってくると、デルタには小さな頭の輪郭と、かろうじて頭を守っているらしいまばらな短い髪が見えた。「何てかわいいお嬢ちゃんなの」デルタが女らしい口調で言った。「起きているときに是非またお会いしたいわ」

「ええ」女性が歓迎した。「是非」彼女はふたりを玄関のドアまで見送り、礼儀正しく挨拶をした。ロードたちが立ち去ろうとした瞬間になって、まぐさ石（玄関口の上に水平に渡した石）の下にソンソが顔を突き出した。「おやすみ。ああ！　脳波なんか、くそくらえ」

女が彼の手首をぴしゃりと叩いた。「中へお入りよ、エミール。馬鹿ね、静かになさい！」なるほど、彼女がいくら取り澄ましてごまかそうとしても、精神医学者は外から見えるほど平然としていないのかもしれない。

リドル湾の出口沿いに建つ真っ暗な家々の前を静かに横切るボートの中で（デルタとロードは船尾のコクピットにいた）デルタがそっとロードのそばへ寄った。「そんなしかめつらはやめて。何か気にかかることでもあるの、マイケル？」

「まさか。どんな気がかりがあるというんだ？」

「わたしにわかるわけがないでしょう、耄碌《もうろく》しちゃったの？……グレート・サウンドに出たら、きっと寒いわね。何か肩を温めてくれるものはないかしら……ねえ、今夜がわたしたちの〝今度〟かもしれないわね」

ロードは彼女の肩に腕を回し、そばへ引き寄せた。船の操縦士のシルエットが、彼らの前方の少し上でじっと動かず、船首のほうを見据えているようだ。ゆっくりとロードがデルタのほうを向く。彼女も彼をみつめており、ロードは彼女の顔を上に向けてキスをした。ここは実に美しいところだ。風になびく彼女の髪から甘い香りがした。彼女も優しくキスを返した。その温かさから彼女が心から喜んでいるのが伝わってきた……だが、彼のほうはそうは思えなかった。

まったく、おまえはいったい何が気にかかっているというのだ？

「何を飲めばいいかな」

「〝ホーセズ・ネック〟をふたつ」ハロップに注文し、ロードに向かって付け足した。「今のわたしたちにぴったりだ。すっきりしますよ」らせん状に切ったレモンの皮が入っているただのジンジャーエールを想像したロードはこの提案に疑問を抱き、驚いた顔で相手をみつめた。だが、渡されたグラスにレモンの皮は入っていなかった。それどころか、ジンジャーエールには濃いめのブランデーがミックスされていた。なるほど、こうしてわれわれアメリカ人はイギリス人のことを誤解してしまうのだな、と彼は学習した。

ハロップが言った。「乾杯《チーリオ》」

ふたりは造船所の入口近くにある英国海軍クラブの小さなバーカウンターに立っていた。ロードを昼食に誘ったハロップが待ち合わせに指定したのだ。店の中はまるで万華鏡のようだった。士官がふらりとやって来てはその場に居合わせた全員に一杯ずつ酒をおごり、さっさと自分の分を飲み干すと、お礼の返杯の機会も与えず帰って行く。ついさっきまで混み合っていたかと思うと、いつのまにかロードとハロップしかいなかったりする。

「今日の昼食は〈マラバー〉にお連れしますよ」

「マラバー？」

「陸上戦艦です。丘の上の兵舎のことですよ。会計課に親しいやつがいて、あなたも一緒にどうぞと言われたんです」

「本当にかまわないのか？」

「もちろんですとも。まずはわたしが乗っている〈ウォーマウント〉号に寄らなきゃなりませんが。カクテルパーティーをやってるんですよ」

「なるほど」ロードが言った。「それなら、ここではこれ以上飲まないでおこう」

「そうですね。締めの一杯だけ頼みますか？　いや、そろそろ出たほうがいいかな」

岸壁から見ると、流線形の軽巡洋艦〈ウォーマウント〉号は美しい船だった。長いタラップを上った先に、敬礼をした水兵がひとり直立不動で立っていて、周りには磨き上げられたデッキ、明るいグレイのペンキ、よく磨かれた真鍮の金具があった。だが、そこからふたりは船内へ入り、両脇の補助ロープを握りながら細い金属製の梯子を伝って、船の下へ下へと降りていった。手入れの行き届いた二十丁ほどのライフルが並ぶスタンドの前を通り過ぎて、士官室に到着した。

覚悟していたほどには狭くないその空間には、人がひしめき合っているようだった。海軍士官や飛行士、それに海兵隊の制服の男たちに交じって、グラスを持った私服姿の来客も何人か部屋のあちこちに立っている。全員の話し声が合わさって、部屋の中はうるさかった。ハロップとロードも体を押し込むようにして部屋に入った。

「おはようございます。艦長、こちらはミスター・ロードです。この方がわが戦艦の司令官、トライスモラン艦長ですよ」

〈ウォーマウント〉号の艦長は、金モールのついた袖を伸ばすようにロードの手をしっかり握った。きれいに髭を剃った、筋肉質の引き締まった体つきの男で、五十歳前後に見えた。「お目にかかれて光栄だよ、ミスター・ロード。ウィスキーはどうかね？　それともジンかな？」

トレーの上に小ぶりのグラスをいくつかとピッチャー、ウィスキーのボトルを載せた食堂の給仕係がロードの隣に現れた。「ありがとうございます。ではピンク・ジンをいただきましょう」従卒がグラスにアンゴスチュラ・ビターズを振り入れてからジンを注ぎ、ロードに手渡した。ハロップはフレーバーなしの、ただのジンを頼んだ。

やがてふたりは、炉棚にオードブルの皿がたくさん載った暖炉の前に落ち着いた。ロードはオードブルをいくつかつまんでみて、とてもおいしいと思った。周りでは話し声や、時おり沸き立つような笑い声が続いている。「……なかなかのものだったよ、あれは」「……明日は射撃実習に」「……ぴったりとついてきて」「……まったく、あのコックには腹が立つね」「……もうあの話は聞いたか？　そう、二日前の夜、スティンカーに……」

彼らの後ろで誰かが言った。「あいつじゃないのか、クリントン？」ロードが振り返ると、近くの入口にダンスカークが不安そうに立っていた。先ほど声をかけられていた海兵隊員が人を掻き分けながら彼のそばへ向かっていた。「ようこそ」男が話しかけた。「どうぞ中へ。お元気ですか？」

「今朝のご機嫌はどうだ？」ダンスカークがほほ笑む。「わたしの望むようなものがあると聞いてきたんだ。遅れてすまない」

別の従卒がロードに新しいグラスを差し出しているうちに（この連中の飲みっぷりときたら、ずいぶんペースが速い。だがこっちも負けちゃいない、とロードは考えていた）、海兵隊員がダンスカークを連れて人混みの中を進んでいた。

「おや、刑事さんじゃないか」ダンスカークがロードを見つけて声をあげた。「こんなところで会えるとは思わなかった。ああ、今朝は頭痛がひどい。世間は狭いんだな」彼が海兵隊員を紹介した。「クリントン少佐だ」ロードは、ハロップが席を外す際に話し相手にと引き合わせてくれたふたりの士官を紹介した。「会いに来てくれるはずじゃなかったのか？」

ロードが言った。「そのつもりです。もう少し時間をください。ああ、ハロップが戻ってきました。

ハロップが腕時計を見た。「そろそろ次へ向かわないと。締めの一杯を頼みましょう。従卒！　ミスター・ダンスカーク、こちらはハロップ大尉です」

みんな、ぐっと飲んでくれよ。わたしたちはこれで失礼するから」

ロードは急いで飲み干した最後の一杯が胃にじんわりと沁みるのを感じて、ハロップと梯子をよじ上りながら、英国海軍に深い親近感を抱いていた。いいやつばかりがそろって、実に温かい歓待だったな。はて、何かを覚えておこう、心に留めておかなければと思ったはずなんだが。いったい何だったかな？　なかなかハンサムな艦長だった、たしかトライスモランといったか。だが、彼のことじゃなかったはずだ。まるで事件捜査中に、一見些細なようでいて実は重大な証拠を見落としている気分だ。だが、今は捜査なんてしていないじゃないか。ばかばかしい。ロードは考えないことにした。

古い落とし格子戸を通り、丘のてっぺんの大きな建物に向かって急な斜面を上ると、〈マラバー〉でも酒がたっぷり振る舞われていた。一階の広い部屋の一方の端に、大きなディナー・テーブルが設置されていて、ロードたちが立っていると、ここでも従卒がグラスの載ったトレーを運んできた。六人ほどの招待客がようやく昼食の席に着くころには、ロードも酔いが回り始めているのを自覚していた。とは言え、飲んだことを悔いてはいない。素晴らしい料理を食べながら、ほかの客の話に耳をかたむけた。とても愉快な話ばかりで、ロード自身もふたつばかり披露したものの、何を話したかは二度と思い出せそうになかった。

食事が終わると、「海軍クラブへ行きましょう」とハロップが誘った。「その前に着替えてきます。今夜遅くにハミルトンへ向かう列車に乗らなければならないので。クラブでのんびりしながら、ワットフォードまでボートで連れていってくれる人を探すとしましょう。それとも、ほかに何か予定でも?」

「いや、いいね」ロードが言った。「実にいい。こんなにいいアイディアを聞くのは久しぶりだな」

やがてクラブを後にして、モーターボートで風を切り（誰のボートだかロードにはまるでわかっていなかった）夕暮れの海を渡ってワットフォード橋まで戻りながら、ロードはますます上機嫌になっていた。ハロップとともにサマセットに向かう道を歩いているうちに、素晴らしい考えがひらめいた。「たしかこの通り沿いにバーがあったはずだ」彼は提案した。「大きくて、なかなかいいバーなんだ。今度はわたしにおごらせてくれ」

ハロップが同意した。「列車が来るまで、それ以上にいい時間つぶしもありませんね、先輩」

だいぶ経ったころ、バーテンダーが言った。「お客様、あと五分で列車が出発しますよ」

「そりゃ大変だ」ハロップが言った。「締めの一杯を頼む。急いでくれ！　ああ、ありがとう。わたしはこれで〝風と共に去りぬ〟です。どうもありがとう、ロード。おやすみ《チーリオ》、先輩」

「お礼を言うのはわたしのほうだ」ロードがいかめしく言った。「こちらこそ、ありがとう。今日は心底楽しんだよ」

　辺りはすでに暗くなっており、ロードはほんの少しだけ足元をふらつかせて歩いて帰りながら、ここでは毎日がこんな調子なのだろうかとふと考えた。悪くない人生じゃないか。さて、覚えておこうと思ったのに思い出せないのは、いったい何だったかな？　いや、もういい！　今は任務中じゃないんだ。


　翌日、マイケル・ロードは早朝に目を覚ますと（昨夜はしっかりと早めに床に着いた）、ベッドに横たわったまま灰色の天井をみつめていた。ふたつの考えが頭に浮かぶ。ひとつ目は、すこぶる気分がいいということ。これは九時間の睡眠のたまものに違いない。もうひとつは、何かを思い出さなければならないはずだということ。何であれ、とても良いもののはずなのだが。

　思い出したぞ。そうだった。昨夜寝る前にイヴに電話をかけ、今朝十一時にテニス・スタジアムでテニスをする約束をしたのだ。その後に昼食をご一緒してもいいわよ、とイヴは言っていた。リチャードはミッド・オーシャンでゴルフをしているから一日じゅういないのだと。

　昨夜あれほど飲んでいなければ、彼女に電話をする勇気が振り絞れただろうか、とぼんやり考えてみたが、きっと無理だったと思った。女性と付き合うのは好きだし、特に奥手というわけでもないが、あの人だけは何かが違う気がする。正直に言えば、自分は単に魅かれているだけではなく、すっかり恐れをなしている。彼女自身が怖いわけではなく、彼女に嫌がられるようなことをしでかさないかと怖くてしかたないのだ。ロードは自分でそう認めた。昨夜も電話で馬鹿なことを言い過ぎていなければいいのだが。会うのが少し怖い。何にせよ、自分が取り付けた約束だ、守らないわけにはいくまい。いや、こういう態度はよくないいな、と酒の抜けた頭で思った。

あの人がどうだというのだ？　ずいぶん深刻に考えているじゃないか。たしかに彼女は気のありそうな素振りをしかけてきたが、それはデルタも同じだし、デルタだって美人だ。それなのに、そこには大きな違いがある。たしかにデルタは自分を気に入ってくれているし、それはこちらも同じだが、イヴは自分に好意を持っている、それも間違いなく心から好いてくれている。そして自分もたしかに彼女が好きだ。フォンダ・マンのことは忘れてしまったのか？　かつて友人である心理学博士のポンズが〝男を虜にするプロ〟と断言した女性だ。あれからしばらく経つが、たぶん自分はまだフォンダを愛している。彼女と再会すれば、十分もしないうちにまた恋に落ちてしまうだろう。だが、フォンダはミュージシャンの男と駆け落ちして結婚し、すべては終わったのだ。人間は一生に一度だけ恋に落ちて、それでおしまいなのだろうか？　そう考えるのは感動的ではあるが、きっと一夫一婦制の社会を維持するという明白な目的のために生み出され、伝えられてきた迷信に違いない。ロードは急に、これまで何度も旅をともにしてきた、人の感情の権威であるポンズ博士が、今回も一緒にいてくれればよかったのにと思った。

イヴ・フォラードも、既婚者という点ではフォンダと変わらないのは承知している。だから何だ？　フォラードはすでに一度離婚しているじゃないか。一度も二度も変わりないだろう。いや、何を言ってるんだ！　イヴとは船の上とバミューダに着いてからのふた晩しか会っていないのに、もうそんなことまで考えているのか？　子どもじみた空想はやめろ！

ロードはベッドから飛び起きた。よし、何か腹に入れて、自転車のかごにテニスの用意を放り込んだら、鉄道でウォーウィックまで行こう。まだ七時だった。先にダンスカークのところへ顔を出しても、テニス・スタジアムのある入り江の向こう端のハミルトンまで海沿いを自転車で走る時間はたっぷりある。

計画の前半は滞りなく実行できた。定刻通りに出発した小さな列車はサマセット橋まで快走し、その先は重そうにスピードを落とした。ロードの乗っている二号車には籐の肘かけ椅子が並んでおり、アメリカの特別客車を思わせるような造りだった。世界じゅうのどこの鉄道を探しても、これほど高額な運賃を請求するところはないと思ったが、これが規定通りの、決して高級ではない列車なのだと聞かされた。後ろの車両は、さらに高いのだそうだ。時おり先頭の機関車からガソリンの排煙が漂ってきた（何だ、バミューダにもガソリンの排煙がまったくないわけではないらしい）。車掌は〈アローバー・ハウス〉という建物に聞き覚えはないもののウォーウィックの地理には詳しいらしく、相談の結果ベルモントの停車場で降りることにした。全体的に狭いバミューダの中でも、ウォーウィック教区は比較的小さいほうだ。十分かそこらあれば、自転車で端から端まで走れるだろう。

三十分以上もペダルをこぎ続けたところで、ロードの自信は揺らいでいた。通りがかる人に道を訊いても、誰ひとりわからないという。ある人に教わった道は、明らかに間違っていた。ただでさえ暑さにばてて、慣れない運動に脚が痛みだしていたが、果てしなく連なる丘に追い打ちをかけられるように、ロードは道端の商店で自転車を降りて、今一度道を尋ねることにした。

「アローバー・ハウス？」カウンターの奥の老人がかすれた低い声で言う。「この道の先じゃ。そこの丘のふもとを左へ。右側の二番目の丘の、ずっとてっぺんに門が見える。昔ながらの〈トライブ・ロード〉、古い馬車道じゃ。歩くしかないぞ」

ロードは礼を言って、教えられた通りに進んだ。が、またしても何かが間違っているらしい。二番目の丘のてっぺんには、たしかに柱が二本建っていたが、そこは〈トラクストン・ホール〉の入口だとはっきり書いてあったのだ。ロードはしばらく顔をしかめて立っていた。まあ、もしかするとあの老人が丘の数を間違えたのかもしれない。目の前にはもうひとつ丘が見えていた。ロードはまた石の転がる、穴だらけの道を歩き始めた。道の片側は杉が涼しい木陰をつくり、もう片側にはオレアンダーの咲き乱れる生垣があった。先ほどの老人よりもさらに古くくたびれたような石壁が、影の中に境界線を引くように続いていた。

丘のふもとで、その石壁の切れ目から男がひとり道に出て来ると、ロードの先に立って同じ方向へゆっくりと自転車を押しながら歩き始めた。ロードには男の背中しか見えない。どこか見覚えがあるように思えたが、次の上り坂の途中で追いつきそうになったロードに気づいて振り向いた男の顔を見ると、それが休暇中の病気の男、カルバートだとわかった。カルバートは、おそらくニューヨークからの船旅中に唯一言葉を交わした相手とばったり出会ったことに、大いに驚いているようだった。ロードはカルバートのそばまで近寄ると、足を止めたカルバートの顔が汗で光っているのに気づいた。

「おはようございます。つかぬことを訊きますが、ダンスカークの住んでいる家を知りませんか？ この辺りらしいのですが」

「ダンスカークというのは？」

「わたしが船で同行していた人です。〈アローバー・ハウス〉というところを借りていると言われましてね。この辺りのはずなのですが、見つからなくて」

「ぼくには――えっと――残念ながらわかりませんね」カルバートはおどおどと、まるで自分の無知を責められるのではないかと怯えているように見えた。「ぼくは運動をしに出てきただけなんです」

「具合は良くなりましたか？」ロードが尋ねた。

「それほど悪くはないですね。えっと――ありがとうございます」

「どちらにお泊りですか、ミスター・カルバート？」

相手は指で顎に触れた。「ハミルトンのゲストハウスにひと部屋借りているんです。いや――えっと、ペンブロークだったかな」カルバートはあいまいに言い添えた。「〈プリンセス〉ホテルの近くですよ」額の汗を拭う。「今日は暑いですね。水を飲ませてもらおうと思って、この少し手前にあった家に立ち寄ってたんですよ。ひょっとすると、あそこで訊けば――えっと――お探しの家がわかるかもしれない」

「それは名案ですね。訊いてみます。では、お気をつけて」ロードは元の方角へ引き返し、もう一度丘のふもとへ戻ってきたところで、自分がカルバートの妻子の具合を尋ねもしなかったことに気づいた。こののどかな島に着いて、どうかあのふたりの体調も良くなっていますように。それにしても、あの小さな男はウサギのようにおどおどしていたな。例の石壁の切れ目が左手に見えてきた。そこから奥に向かって両側に杉が並び、草に覆われた細い小道が続いている。元の道から二十フィートほど入ったところに柱が二本、離れて建っていた。片方に〈アローバー〉、もう片方に〈ハウス〉と書いてある。

ロードが中へ入ると、すぐに木々の間から大型の黒い雑種犬が飛び出してきて、怒り狂ったように吠えかかってきた。ダンスカークの犬じゃないな、とロードは思った。元からこの家で飼われていたに違いない。「やあ、ワンちゃん。怪しい者じゃないよ」犬の名前は何だろう。きっと〈ローバー〉だ、この姿を見れば誰だってローバーと名付けずにいられないはずだ。「やめるんだ、ローバー」犬は唐突に鳴きやみ、首をかしげてじっとこちらをみつめている。やがてロードが道の先を進むと、唸り声をあげながら一緒について歩きだし、時おり短く尻尾を振った。

家の前の空き地にデッキチェアがあり、例の保育士がそこに腰かけて縫い物をしていた。その隣の乳母車の中では、クロエが機嫌よく小さな声を立てている。保育士はロードに気づき、笑みを浮かべて立ち上がった。「あっちへお行き、ローバー」彼女が犬に命じる。

「ミスター・ダンスカークはご在宅かい？」

「さあ、どうでしょう。見てきますわ。こちらでお待ちいただけますか？」

数分後に戻ってくるまでに、ロードの耳には間違いなく彼女が「ボブ――ボブ」と、少なくとも二度呼ぶ声が聞こえた。きれいな人だ、おまけに実に幸せそうだ。彼女を見るとそう思わずにいられなかった。きっとバミューダのおかげだな――それとも、ダンスカークのおかげか？

「どこにもいらっしゃらないようですわ」彼女が言った。「少し前にはいらしたのですが。お散歩に出られたのだとしても、じきに戻って来られるはずです。どうぞ中に入ってお待ちください。きっとお会いになりたいはずですから」

ロードは腕時計を確かめた。まだ十時になっていない。「少し待たせてもらうとするか」そう決めて、家の中へ案内してもらった。暗い廊下の先の小さな部屋は、廊下よりは光が入ったものの、けっして明るくはなかった。外では太陽がさんさんと照っているというのに、どの窓にも日光を遮るためのバミューダ・シャッターが吊ってあり、下辺部を外へ押し出してつっかえ棒で留めるため、隙間しか開かないのだ。窓の外に水漆喰の貯水タンクが置いてあるらしく、その水面に反射した光が入るおかげでいくらか明るかった。

「何かお持ちしましょうか？　お酒でも？」

「いや、けっこうだ」ロードはにっこりと笑った。「まだ早いからね。中をぶらぶら見せてもらうよ」

「ここはミスター・ダンスカークが書斎として使っているんですよ。こちらでお待ちいただいて構わないはずです。どうぞおくつろぎください」保育士の娘は愛想よく言い添えて退がり、廊下を通って持ち場へ戻った。

ロードは書斎の中を見て回った。一番明るい窓に面したテーブルの上には使い古されたタイプライターが置かれ、背もたれのまっすぐな、座り心地の悪そうな椅子がその脇にあった。部屋にはほかにも椅子が二、三脚と、低めのカウチか寝椅子のような長椅子が置かれ、壁には大きなタペストリーと何枚もの写真が飾ってあった。部屋の角のひとつには本棚が、椅子の横にはブックスタンドがある。大きなクモが一匹壁を這って、タペストリーの裏に消えた。

なるほど、これがダンスカークの仕事部屋か。ロードは壁の写真を観察したが、驚くことに、それは間違いなくダンスカークのものだった。ということは、少なくとも自分用に部屋を整える用意をして来るぐらいには、長期滞在の心づもりがあったということか。壁のひとつに、額縁に納まったアメリカ中西部の小さな大学の卒業証書と、その横に〈演劇部　一九一五年〉と書いた写真が飾ってあった。ロードは集団の中からダンスカークを探そうと写真に顔を近づけ、ようやく発見した。今より若くほっそりとしたダンスカークが一団の中央に立ち、いかにも苦悩に満ちた顔の若者と腕を組んでいる。この顔は絶対にどこかで見たことがあるぞ。ロードはその場に一分以上も立ったまま、誰だったかを思い出そうと記憶を探った。が、ついにはあきらめた。顎にこれほど目立つ傷痕のある男は、知り合いにいないはずだ。

ぶらぶらしながら窓際のテーブルに近づいてみると、何冊もの本や辞書、箱入りの原稿用紙、それにタイプされた紙が何枚か入った手紙の差出箱がテーブルの上に積み上げてあった。

テーブルから離れて、ブックスタンドの横の椅子に腰を下ろした。ピードモントに火をつけ、本のタイトルをぼんやりと眺める。思いのほか分厚い本ばかりで少し驚いた。エディントン（アーサー・エディントン。一八八二年〜一九四四年。イギリスの天文学者、物理学者）著『物的世界の本質』、ホワイトヘッド（アルフレッド・ノース・ホワイトヘッド。一八六一〜一九四七年。イギリスの数学者、哲学者）の著書が一冊、マーチソン（カール・マーチソン。一八八七年〜一九六一年。アメリカの心理学者）編集の『一九三五年の心理学』。すると突如、驚くべきものを見つけた。ブックスタンドの中央にある大判の緑色の本は、科学を扱った出版物の中でも著名なシリーズの一冊だ。そのタイトルだけで、著者の断固とした主張が伝わってくる。『ふたりのペテン師』、ソンソ著。ソンソと言えばあの男をおいてほかに考えられない。ロードは本を引っぱり出して無造作にページを開いた。

〈現象そのものが本物であることは疑いの余地がない（とソンソは書いていた）。患者たちは落胆や苦悩に満ちた行動をとり、その落胆や苦悩を言葉に表して助けを求める。科学は救世主となって彼らを救いもしなければ治療もしない。それでもなお、彼らの苦しみは、科学的に解明すべきなのだ。

これらの問題に対して精神分析医が出した答えが、空想のたまものである〝コンプレックス〟〝イド〟〝検閲〟〝抑圧〟などの主観的に考え出された用語であり、これらは何ら裏付けを持たない。患者の一部には、これらをもとにした治療を受けて表面的な向上が見られる者がおり、現時点ではこれらの患者に現れた変化によって精神分析医の理論が証明されたと称賛されている。

　だが、落胆のあまり騙されやすくなった人間が救いの手を求める相手は、精神分析医だけではない。占星術や数霊術にすがる者もいる。それらの教義を受けて向上を見せる患者も大勢いる。患者が向上しているように見受けられることが、その理論の科学的実証となるのであれば、すなわち占星術や数霊術にも、少なくとも精神分析学と同等の根拠があることになる。

　仮にわたしが同様に奇抜で同様に空想的かつ幻想的な迷信を考案し、それを使って騙されやすい状態の患者に感銘を与えた結果、その患者に何らかの変化が生じたとしてその作り物の迷信が科学的に証明されたなどと主張すれば、わたしは嘘つきとなる。そのような状況において〈ソンソは結論を述べた〉、わたしはペテン師と何ら変わらない。わたしはペテン師なのだ。そしてそれは、精神分析医も同じだ〉

　ロードはそこで少し考えてみたが、どうやらこの精神医学者の言う〈ふたりのペテン師〉のうちのひとり目は、フロイトを指しているらしい。では、もうひとりはいったい誰だろう？　ロードはページをパラパラとめくって、本の後半を探った。

〈数学は道具であり（とソンソはそのページに書いていた）、実質的な結論を導くためにでっちあげられた概念である。これは特に算術において明らかだ。数学の関わりがより深く、より複雑になるにつれ、このいわゆる〝科学〟にとっての実質的な適用性、唯一の真の正当性は徐々に失われる。

　このプロセスは暴走し、現実の冷静な考察すべてを無視した前提をもとに、意図的に構築したいくつもの数学システムが考案されるに至った。だが、これらを考案したのは科学者ではない。空想家であり、自己満悦家であり、古代ギリシャのお遊びで他者を攪乱しようと企む連中にほかならない。

〝数理〟物理学者という輩は、彼らの言葉を借りれば、何らかの〝高等数学〟システムの馬鹿げた前提条件を発端とし、現実をねじ曲げ、気まぐれな構造へと作り変えようとする。どうりで彼らの唱える〝次元〟なるものが、その推定する元となった前提条件同様に不条理なはずである。

客観的な現実世界には〝次元〟など存在しない。真の点、真の直線、真の面積も存在しない。体積のみが客観的に実存する。同じことが時間にも当てはまる。時間には点も線も面積もなく、唯一存在するとすれば〝時間的体積〟とでも呼ぶものだ。現実空間には三つの〝次元〟があるにもかかわらず、現実時間には〝次元〟がひとつしかなく、さらに客観的現実がまったくの空想にすぎない数学システムによって測ることができるなどというのは、物理でもなく、科学でもない。これはペテンなのだ（以上がソンソの文）〉

ロードは本を閉じた。あの精神医学者は確固たる意見を持った紳士であると同時に、他人に敬意を払うことのない人物なのだな。自分の読み違いでなければ、フロイト博士が放り込まれていた独房に、アインシュタイン博士も仲間入りしたようだ。ロードはそう推論した。

新しい煙草に火をつけ、腕時計に目をやる。大変だ！　もう十時半じゃないか。テニス・スタジアムでの約束は十一時だぞ。本を元に戻し、ダンスカークにメモを残していこうとテーブルへ向かった。ペンが見当たらない。鉛筆もない。タイプライターに入っていた紙を外して、新しい紙に取り替える。タイプに不慣れなロードは、単語を三つ打つだけで三回も間違え、その後は意味のわからないアルファベットの羅列となった。苛立ちのあまり紙を引き抜いて乱暴にポケットに突っ込み、新しい紙を取り出した。今度はもっと時間をかけ、どうにか読めるようなメモに仕上げた。やがて家を後にしながら、我ながら先見の明があったと自賛した。赤ん坊のクロエと保育士の娘の姿がなかったからだ。これではダンスカークへの伝言は頼めなかった。

〈アローバー・ハウス〉を見つけるのがあれほど困難だったにもかかわらず、帰りは実に簡単だった。ここまでたどってきた道をさらに先へ進むと、じきに入り江の海岸沿いを走る、もっと整備された道に出ることができた。ハミルトンは入り江の向こう側だ。半マイルも行かないうちに、それも坂道を下るだけで、ダレル桟橋のある海辺へ出ることができた。そこには運よく小さなフェリーが停泊中で、ロードの自転車はデッキの両側の座席を覆う屋根の上に不安定に積まれた。ハミルトンに到着すると、最初に道を尋ねた相手からテニス・スタジアムへの正しい行き方を教わることができた。教えられた木陰の下の広い道は、実に快適な幹線道路で、馬車や荷台やほかの自転車がたくさん行き交っていた。赤い全天候型《アン・ツー・カー》のコートを見下ろすように建つ緑色の塗装のスタジアムは、整備の行き届いた小ぎれいな建物だった。屋内コートは二面とも使用中で、建物の角を曲がると、屋外の三面も空いていないのがわかった。男性用更衣室に入ろうとしたところへ、小さなロビーの向かいにある女性用更衣室からちょうどイヴ・フォラードが出て来た。スカートのように見える膝上丈の白いショートパンツをはき、白いテニスシャツの襟元を開け、白いサンバイザーを茶色い髪にやや上向きにかぶっていた。そのあまりの愛らしさに、ロードはしばらく最初の声が出なかった。「やあ、どうやら運に見放されたようですね。あなたに会えただけで、わたしはもう十分ですが」

「わたしは十分じゃないわ」イヴが言った。「だから、十一時からコートを予約しておいたの」

ロードは立ち尽くしたまま、わざとらしく驚いた表情を作って彼女をみつめた。「実に、このレディは完璧でいらっしゃる」彼は断言した。「頭まで働くとは」

「さすがリンクだわ。褒めちぎってくれるのね。あなたが着替えてくるまで、コーラでも飲んでいるわね」

「無駄ですよ。たっぷりと走らせてさしあげますから」

「わたしがへばるとでも？」彼女はにっこり笑った。「さあさあ、早く着替えていらっしゃい。コートは一時間しか押さえていないのよ、次の人が来るまでね」彼女はロードを置いてコートの管理人室へ行ってしまった。ロードは小さな更衣室に入ると今のやり取りを振り返り、余計な心配が先に立って臆病になっていた気持ちが、彼女の顔を見たとたんに吹き飛んだことに気づいた。これは留意すべき点だな。


一時間と十五分テニスを楽しんだところで、コートを明け渡すように言われた。テニスのうまいロードが勝ちはしたが、イヴの腕前も大したもので、ボールではなく彼女を目で追っている隙をつかれた攻撃には、さすがの彼も必死で食いつかなければポイントできなかった。イヴは三セット中一セットしか取れなかったが、それはネット越しに美と才能を兼ね備えた彼女の姿を目の当たりにして、時おり目眩さえ覚えていたロードから、何が起きているかわからないうちに奪ったものだった。プレイを終えると、ふたりはまるでサマセットから海を泳いで渡ってきたかのように全身汗びっしょりで疲れきっていた。

「ここには——ありがたいことにね」イヴが教えた。「シャワーがあって、熱いお湯も出るのよ。テニスコートにシャワーがついているのは——バミューダじゅうでも、ここだけなの」

「まさか。ほかにもいくつかテニスコートを見かけましたよ」

「よそでは、汗に濡れたまま——乾くのを待つしかないの。けっこうべたつくのよ」そう言いながら、イヴは女性用のシャワーへ姿を消した。

スタジアムの外でそれぞれ自転車にまたがると、ロードが尋ねた。

「いずこへ、レディ?」

「〈クラブのエース〉はどうかしら。お料理がおいしいし、食事まで、ビア・ガーデンで待てるのがいいわ」

フロント・ストリートのお目当ての店は〈トゥエンティ・ワン〉と同じぐらい有名なバーだったが、こちらは素晴らしいレストランを併設している。ようやく到着したころには、シャワーを浴びる前と変わらないほど体が火照っていた。昼食にはまだ早く、ふたりは店の裏の屋根のないビア・ガーデンで大きな日傘の下に座り、これからキッチンに運ばれるはずのロブスターや魚の入った水槽を眺めた。

ロードが尋ねた。「何か飲みますか、可愛らしい方」

「可愛らしく見えるかもしれないけれど、喉がからからで、店じゅうのお酒を飲み尽くせそうよ。〈フランコ〉をお願い。あなたもそれになさいな、お医者さまの言いつけよ」

ロードが注文を伝えると、やがて飲み物が運ばれてきた。それはフローズン・カクテルらしく、小ぶりのシャンパングラスのようなものに入っていた。飲んでみると、ほどよく冷たく爽やかで、何種類かの果汁を混ぜてあるようだが、苦過ぎも甘過ぎもしない。ロードの舌には、アルコールはまったく入っていないように思えた。

「ジンよ」イヴが教えた。「二杯飲んだらわかるはずだわ。三杯なら確実ね。絶妙にブレンドしてあるのよ、リンク」

ロードはもうひと口飲んでみた。うまく隠れている。その小ずるさも楽しかった。

「ところでね」イヴが唐突に切り出した。「この間の夜は、あの〝精神無学者〟を無事に送り届けてくれたの？　ずいぶん手を焼かされていたように見えたけれど」

「あの人なら、リドル湾に着いたときに起きてくれました……その後、実に奇妙な体験をしましたよ。彼の住まいは丘の上にあって、ナイトキャップにお邪魔したのです。予想外にも、そこに奥さんがいたのですが、これが地味な大女で、ひどく厳しくてね。突然の訪問にもかかわらずそつなく応対してくれたものの、実に奇妙な態度で、足音を忍ばせたり、人が話していると声をひそめさせたりするんです。まるで秘密結社の本部にでも迷い込んだかと思いましたよ、〈呪われし百人組〉とか何とか。結局、それはすべて隣の部屋で赤ん坊が寝ていたからだとわかったのですが、それにしても実に気分が悪かった。何というか、度が過ぎている感じでしたね。あのソンソというのは、どういう人物ですか？　あなたならほかに何かご存じでは？」

「あなたこそどうなの？」イヴが驚いたように訊き返した。「ほかにも何か知っているの？」

「彼があの夜は泥酔していたことと、たぶん科学の分野ではそれなりの権威じゃないかということですね。というのも、結構名の通った専門書のシリーズの中に彼の書いた本を見つけたのです。わたしの受けた印象では、フロイトとアインシュタインに対して明白な異議を唱えているようでしたが、その反論が非常に好戦的だということも知っています。ほかには、よくできた、でも見栄えの悪い奥さんがいること、どうやら子どもがひとりいることぐらいです。さあ、あなたの番ですよ」

「わたしはほとんど何も知らないのよ。少し前に一度見かけただけですもの。〈クイーン〉号に乗った最初の夜に、喫煙室でね。そのときもかなり酔っているようだったわ。わたしたちはコントラクト・ブリッジをしていたのだけれど、あの人はずっとお酒を飲みながら、やたらと口を挟んでくるの。しばらくしてブリッジのダミー役をしていたリチャードが、どういうきっかけだったか、彼に脳波の話を仕向けたの。そうしたら、とても面白い講義をしてくれてね。つまり、自分は真面目に働きすぎたから脳波が真っ平《まったい》らになってしまって、全然〝うねり〟が起きなくなったなんて説くのよ。その〝うねり〟というのは、脳波の観点から見て何か良いものなんじゃないかとわたしには思えたのだけれど。それで、今はその〝うねり〟を増幅しようと実験しているところだ、最大級の爆発を起こしてみせると言っていたの。しつこいほど〝爆発〟にこだわっていたわね。もし本当にアルコールで脳波を爆発させられるのなら、彼は成功しているように見えたわ。ひとしきりそんな話をして、ソファーで眠り込んでしまったの」

「悪い人だとは思わなかったのですか?」ロードが言った。

「その正反対よ。みんなを笑わせてくれる、いい酔っぱらいだったわ」

彼は何気なく話を続けた。「あの船に乗っていた男をもうひとり見かけましたよ、船のベランダカフェであなたにお話しした、中西部から病気の家族を連れて来ている小柄な男です。どこだか〈プリンセス〉のそばに泊まっているらしく、ウォーウィックの丘の途中で、自転車の彼と出会ったのです。運動をしているところだと言っていました」

「自転車に乗って?」

「いや、会ったときは実際に乗ってはいなかったな。押しながら丘を上っていました」

「でもその人なら、心臓病を抱えているって言わなかった? 自転車を押しながら丘を上るなんて、病気の治療法としては最良でも最新でもないように思えるけれど」

ロードは肩をすくめた。「それでも、以前よりは健康そうに見えましたよ。青白かった顔色が良くなっていました」

「お子さんは？」イヴは本気で気にしているようだった。「お嬢ちゃんも良くなってるといいのだけれど」

「わかりません。子どもの体調を尋ね忘れました」

「まさか」

「尋ねればよかったですね、あなたが心配しているとわかっていたなら」

「ありがとう。でもそれじゃ泥棒が逮捕された後で、さっきの警報音は単なる誤作動だったと聞かされた台詞ね」

「美しい方、そんなことを言って、わたしをいじめているつもりですか？」

「いいえ」イヴが言った。「そんなつもりじゃないのよ、本当に。あなたが好きすぎて、そんなことわたしにはできないわよ、リンク」

その言葉にロードは頭が真っ白になった。昼食を終え、ゆっくりとコニャックを飲むころになって、ようやく訊いてみた。「今日のデートについて、ご主人は何とおっしゃっていたんですか？　きっと、あまりいい顔はされなかったのでしょうね」

「何もおっしゃってなんかいないわ。おっしゃるわけがないでしょう、何も知らせていないんだもの」

「それはどう――」

イヴはグラスをテーブルに置いて、はっきりと言った。「聞いてちょうだい、リンク。リチャードは嫉妬深いわ、生まれつきね。わたしはあなたが大好き。一緒にいるのが好き。これからもできるだけ会いに来るつもりだから、彼にあれこれうるさく言われたくないの。お願いだから、あ、な、たがうるさく言うのはやめてちょうだい」

その二時間後、ロードはロイヤル・バミューダ・ヨットクラブの居心地のいいバーで立っていた。サマセット行きのフェリーを待つハロップから〝締めの一杯〟を受け取りながら、イヴが冷静かつ女性的な視線で下した評価について考えていた。


その日からロードはたびたびイヴのことを考えるようになり、一週間が過ぎるころには、ほとんどそれしか考えられなくなっていた。今では、彼女と一緒にいなければ感情的にも肉体的にも何かが欠落しているように感じさえする。彼女がいないときには、自分の中の何かを失ったようだ。

その週は、彼女と二度しか会わなかった。一度目は、デルタを〈プリンセス〉へ夕食とダンスに連れていったとき、偶然一緒になった。頼んでもいないのに、デルタが〈マリン・グリル〉でフォラード夫婦と同席するのに成功したのだ。もう一度は、ハミルトンのクイーンズ通りで、そのときは本当に偶然出会った。ショッピングに出てきたイヴは、即座に延期を決めて行先をニュー・ウィンザーに変更し、ふたりで午後じゅう〈パーム・ガーデン〉のテラス席に座って酒を飲みながら、少なくともそのときのロードにはとても重要なものに感じられる、とりとめもない話をした。

もはや間違いようがない、完全に彼女を愛している。イヴのほうがどう思っているのかはわからないし、見当もつかない。ときには、彼女もまた自分と恋に落ちているんじゃないか、フォラードは単なる見栄えのいい連れとしか見ていないんじゃないかと思うこともあった。が、フォラードこそが彼女の人生で一番大事な存在に違いなく、自分に対しては単にプラトニックな、だが偽りのない好意を示しているだけだという見方に変わることもあった。どちらの考えもただの憶測にすぎないことにロードは気づいていた。こういうときにポンズ博士がいてくれたら、という考えがふたたび浮かぶ。ある晩、自分でも驚くほど強いイヴへの想いに混乱するあまり、思いきってかの心理学博士に手紙を書いてみた。恋愛における反応について、真実は隠したまま、仮説を装った質問を慎重に選んでしたためたのだ。そんな小手先のごまかしに、ポンズが騙されるはずがないと承知していたが、かまうものか、何としても助言が欲しかった。

そうやって一週間が過ぎた。ロードのバミューダ滞在もあっという間に残り少なくなっていた。いざここを出て行く瞬間がきたら、自分はどうすればいいのかまったくわからない。永遠に等しいイヴとの別れを現実の出来事として想像するのは、自分自身の死を考えるのと同じぐらいに無理な話だ。

もちろんその間には、上の空ながらほかのこともいろいろやっていた。ある朝自転車を引っぱり出すと、島の一端にあるサマセットから、反対の端のセント・ジョージまでほぼ一日かけて走った。まともな状態の人間なら、そんな無茶な計画を実行しようなどと思いもしないだろうが、そのときのロードはおそらくまともな状態ではなかったのだ。何にせよ、ようやく目的地に着いて、細い道や路地や石畳の広場を当てもなく走った後、寂しさに駆られて必要以上に酒を飲んだ。無計画のまま夜になってしまったため、急きょ〈セント・ジョージ〉ホテルに部屋をとって一泊した。

翌日、両脚の疲労度を考え、鉄道で帰った。ハミルトンまでは十二マイルしか離れていなかったが、一時間もかかった。第一車庫でソンソが乗り込んでくるのを見かけて、ロードは喜んだ。さらに十二マイル先のサマセットまでの一時間の、少なくともしばらくは話し相手ができそうだ。ソンソは道を渡った〈トゥエンティ・ワン〉の方向から走ってきて発車間際に飛び乗ったにもかかわらず、正午前なためか、まったくの素面《しらふ》だった。イヴから聞いた〝笑わせてくれる〟ような講義を期待して、ロードはすぐに脳波の話題を持ち出した。ソンソは熱のこもった口調で、新技術のおかげで、生きた人間の活動中の脳の中で何が起きているのか、世界で初めて直接調べられるようになったと語った。実際の脳の活動を示す電波や振動を、即座に視覚的に表示できるのだと。まだ一九二九年に発表されたばかりの新しい技術で、これまでは主に診断のために使用されてきた。だがそれは手始めにすぎない――偏見の余地のない客観的な技術であることから、いずれは迷信や推論を凌駕して、脳が実際にどのように活動しているのかを明白にする日が来るだろうと。

「それでも、道のりはまだ遠い」ソンソは認めた。「北アメリカ大陸の地質を調べるのに、闇夜に小さな懐中電灯の灯りひとつを頼りにするようなものだ」

「まだあまり解明されていないのですか？」

「基本となる振動があって、通常は九から十二ヘルツなのだが、さまざまな条件によって変動する。たとえば、精神的な奮闘、情緒不安定、睡眠などだな。この基本波を〈アルファ波〉あるいはこの技術を発明したドイツのベルガー博士にちなんで〈ベルガー・リズム〉と呼ぶこともある。彼が生み出した装置は、主にハーバード・メディカルスクールでハロウェル・デイヴィス博士（一八九六～一九九二。アメリカの生理学者）などによって改良が重ねられてきた。〈アルファ波〉は脳葉の後ろ側、つまり後頭葉で発生し、皮質に伝わる。このとき個人によって周波数が異なり、中には二十五から三十ヘルツになる者もいる。この速い波が〈ベータ波〉と呼ばれるものだ。女性は概して男性よりも周波数が大きい。そういうデータは数多く存在する」

「あまり意味があるように思えませんが」ロードが言った。

「あまりない――今はな。いずれ意味を持つだろう」

「波というのは、それだけですか？」

「とんでもない。たとえば、てんかんがある。てんかんの発作時の脳波記録を見ればわかるが、文字通り〝脳内攪乱〟状態だ。たとえ発作が一過性で、患者自身も気づかない程度だったとしても、脳波は徐々に増幅されて突然通常の振動の百倍ほどの振幅が続き、始まったときと同じく突然鎮まる。てんかんの脳波は衝撃的だ。ある研究者がこの脳内攪乱を、太陽活動が激しく攪乱する黒点周期と比較したことがある。われわれの太陽が、てんかんを患っていないことを祈るしかない」

「ですが」ロードが疑うような口調で尋ねる。「そんなものをどうやって目で見るのですか？　当然、脳の中を覗いてみるわけではないのでしょう？」

「そうだ」ソンソが教える。「脳の中を見ることはしない。だが、技術的には単純なものだ。頭蓋骨内の二ヵ所に電極を一本ずつ挿入、もしくは貼付するだけだ。この電極が振動を感知するのだが、実質的に難しいのはその信号を増幅する技術だ。元の脳波はあまりにも微弱で、約十兆倍に増幅しなければ、記録紙に当てたインク付の針を振れさせたり、スクリーン上に映し出す光点を反応させたりできない。広い部屋をまるごと埋め尽くすほどの増幅器が必要になる。被験者は完全に隔離され、あらゆる電気から遮断されなければならない。この装置は非常に高額なものだから、大規模な大学か、相当な寄付が集まるところでなければ維持できない」

「十兆倍ですか？」

「そうだ。大きな数字だが、何せごく微弱な電流だからな」

ロードは反論した。「それだけ大きく増幅すれば、元の電流は歪められてしまうのでは？」

「わたしは電気技師じゃないんだ」ソンソがきっぱりと言った。「そこは専門家を信じて任せるしかない」

想像していたよりずっと面白くない話じゃないか。きっとソンソが素面《しらふ》だからだ、とロードは思った。もう一度だけ、あおってみることにした。

「〝うねり〟はどうです?」

「〝うねり〟? うねりとは、すなわち波のことだ。うねりがたくさんあるのはいいことだ。脳がきちんと活動している証拠だからな」

もういい。ロードは結論を出した。この話は十分だ。そんな装置を使った実験を、どこでしているのかと尋ね、ときどきニューヨーク大学のを使わせてもらっているとソンソから聞きだした後で、ロードは話題を変えた。

「奥様はどうされてますか? お子さんは? この間の夜は、起こしてしまいませんでしたか?」

精神医学者は苦笑した。「いや、起きなかったよ。また遊びに来てくれ。ただし、必ず事前に電話をくれないか、出かけていることが多いものでな」列車が高い構脚橋をガタガタと渡ったかと思うと、大きくブレーキの唸り音や軋み音を立てながらゆっくり停止した。「灯台だ!」ソンソが叫んだ。「ここで降りる」少ない荷物をひとまとめにして降車口で立ち止まって振り向いた。「電話の件は頼んだぞ。来る前には必ず連絡をくれ」

ソンソが行ってしまうと、ロードは目的地までひとりきりになった。残りの道中のほとんどを、今ごろイヴはどこにいるだろうか、何をしているだろうかと考えながら過ごした。

それが水曜日のことだった。翌週の月曜日には〈クイーン〉号は出航し、手元のチケットを見る限り、ロードはそれに乗る予定になっている。いや、乗らなきゃならない。短いながらも、今回の休暇は無駄にできない貴重な時間だった。バミューダではほとんどなり手がないとはいえ、ニューヨークでは犯罪者はまだまだ人気の高い稼業で、自分が長く留守にすればするほど、とめどなく押し寄せる任務の波は仲間が代わって引き受けなければならなくなる。だが、イヴはどうする？

彼女のことを考えるたびに自分の判断力に自信が持てなくなる。その午後ロードは見せかけの読書用の本を一冊持って人影のないビーチへ赴き、じっくりと、徹底的に考えてみた。もちろん、ここを離れる前に一度会わなければ。邪魔の入らない環境で、自分の考えをきちんと伝えるだけの時間、ふたりきりにならなければ。自然の成り行きでそうなることもない訳ではないだろうが、偶然を当てにしている場合ではない。これは運任せになどできない、一大事なのだ。実のところ、イヴにはフォラードと離婚してくれと言おうと心に決めていた。自分にしては実に唐突で、おそらくは思いがけない行動だと、漠然と自覚している。それはその通りだ。だが、ほかに何ができる？　彼女がニューヨークへ戻ってくるのは、数ヵ月も先になるかもしれない。彼女をふたたび見つけ出すまでには、さらに時間がかかるかもしれない。ひとつだけはっきりしているのは、何もせずに失ってしまうには、彼女の存在はあまりに大きすぎるということだ。

行動を起こすのは自分しかいないのだと、ロードは再認識した。ほかの誰に代わってもらうこともできない。立ち上がると、ゲストハウスの中に入って電話に向かった。〈プリンセス〉にかけたところ、フォラード夫妻はふたりとも外出中だと知らされた。何かご伝言はございますか？　いや、ない。

電話機を離れて歩きだしたところへ、デルタ・レニーが横の廊下から出て来た。彼女は立ち止まり、両足を広げ、両手を腰にあてて仁王立ちになると、じろじろとロードをみつめた。

「お知り合いのダンスカークが、昨日あなたを探してたわよ。マイケル・ロード、どこをほっつき歩いてたの？」

彼は慌てて頭を回転させて答えた。「セント・ジョージだ」

「どうりでばつが悪そうにしてるわけね。あなた、月曜日の船で帰るんでしょう？」彼女が厳しい声で言う。「あんなところで時間を無駄遣いしてるひまなんてないんじゃない？」

「でも、楽しかったよ」ロードは自己弁護した。「あの旧き町並み。風情があってね。非常に趣き深かった」

「どこのバーの話なの？」

「〈カジノ〉さ。それから、広場にあった店も。そう、あの店は絶対だ」

「そんなことだと思ったわ」デルタが言った。「すっかりくたびれてるようだけど」（と頼みもしないのに鋭く見抜いたように言う）「バーに行ったせいじゃなさそうね」と彼女は続けた。「今後はあなたが何をすべきか、わたしが全部決めてあげるわ。明日〈オレアンダー・イン〉でパーティーがあるの。有名な店でね、そこのパーティーも有名なのよ。〝ディッキー〟ハロップと行く約束なの。一緒に来てちょうだい。あなた、テニスもできるわよね、モン・プランス？」

「いや《メ》、そう《ウ》だが《イ》……それ《ア》が《ロ》何《ウ》か？」

「初めての経験をさせてあげるわ」彼女が言った。「社交テニスっていうの。土曜日の午後一緒に行きましょう、教えてあげるから。それ以外の貴公の予定に関しては、随時追って知らせる。さあ、今はラウンジへ行って、わたしに一杯ごちそうしなさい」

「わかったよ」ロードはおとなしく従った。デルタの後について通路を歩きながら、どれだけ予定を詰め込まれようと、ひとつだけどうしても時間を割かなければならない、デルタには知る由もない予定があるのだと考えていた。近いうちにまた〈プリンセス〉に電話をかけようと思ったものの、イヴと話ができたとして、いったい何と言えばいいのか皆目わからなかった。

その夜、もう一度電話をかけた。ミセス・フォラードはまだ戻っていなかった。翌日の午後にもかけて同じ答えが返ってきたとき、フロント係の声にかすかな好奇心が混じっているのを感じ、伝言はないかと尋ねる口調がひときわ執拗な気がした。ロードは伝言を残さなかったが、どこにかければ彼女と話ができるか尋ねてみた。フロント係は何の情報もないとの答えだった。ちくしょう。これ以上何をすればいいんだ？　そろそろ着替えないと、デルタとハロップとの約束に遅れてしまう。

幸運なことにふたりを待たせることはなく、すぐに三人は出発間際の小さな列車に乗ることができた。一級客車に乗ってみると、乗客はほかにひとりしかいなかった。痩せぎすで暗い顔をした英国空軍の制服姿の男だ。

「こんばんは〝太っちょ〟」デルタがにっこり笑って言った。

やつれた男は悲壮な声で「チーリオ」と返した。

「ミスター・ロード」ハロップが紹介する。「こちら、デントン空軍少佐です。シリンダーの調子はどうだい〝太っちょ〟？」

「残念ながら、いいよ」男は答えると、ロードが向かい側の席に座れるように奥へ詰めた。列車が汽笛を鳴らし、ガクンと反動をつけて走り出した。サマセットの中を半マイル走っていくうちは、ゆっくりとした速度でやかましいほどに汽笛を鳴らし、乗り心地はさておき、音だけを聞いている限りは〈フライング・スコッツマン〉（ロンドン－エジンバラ間を走る特急列車）を彷彿とさせた。最後の道路を無事に渡り終えると、それが逆になった。つまり汽笛が止んだかわりに、列車は速度を上げ、危険なほどのスピードではないものの、次々とカーブを曲がるたびに車体が大きく揺れた。一度ならず前の座席につかまらなければならなかったが、ロードは気にとめなかった。

「じきに戦争が始まる」デントンが誰にともなく言った。「もうじきだ。ありがたいことに」そう言うと、表情を変えることなく、平坦で憂鬱そうな口調のまま、次から次へとユーモアたっぷりの話を繰り広げた。口を挟む余地もない。前の話が終わるや否や間髪入れずに次の話が始まるのだ。イヴと会う約束を取りつけられずに気落ちしていたロードも、ついつられて笑い続けていた。そろって列車を降り、〈オレアンダー・イン〉に向かって歩きだすころには、ロードは脇腹を押さえ、目に涙まで浮かべていた。

こうして幸先よくパーティーが始まった。〈オレアンダー・イン〉は丘のふもとに建っていた。道沿いの長い塀の前を通って門を入ると、家と貯水タンクの間に小道が続き、椅子やテーブルが並ぶテラスをいくつか通り過ぎた奥の立派な建物の一階に小さなバーがあった。まるで塗り替えたばかりのようなピンクの壁と青いシャッターが夕陽を浴びてきらめき、バーから低く広がる草地の向こうには、西方向のリトル・サウンドに向かって細長い海が広がっていた。

ようやく上階で夕食のテーブルが準備できたと呼ばれるころには、バーはすっかり混み合っていた。デントンはほかのグループに合流しており、そこから爆笑が湧き起こっていた。どのダイニンググルームも混んでいて、あちこちの話し声が騒々しく響いている。十人かそれ以上のグループが、声を合わせて歌い始めた。店の特製メニューは〈バミューダ・ロブスター〉らしく、ロードもそれを堪能したが、驚くことにロブスターとは名ばかりのまったく別物の大型ザリガニで、ロブスターのような爪はついていなかった。食事を終えるころには、外はすっかり日が落ちていた。

だが真っ暗ではなかったようで、テーブルを並べたテラスに向かって小道を戻っていた三人の姿を、ソンソが見つけた。「おっ！　ご立派な友人たち。〈ニーガス〉（ワインに砂糖、レモン、ナツメグを入れてお湯で割ったカクテル）を一杯、付き合ってくれんか？」彼は明るく照らされたバーの入口を身振りで指した。

「リキュールでしたら、いただきましょう」ロードが答えた。

ハロップが言った。「わたしたちは先に行って、どこかでテーブルを抑えておきます。後で来てください」

バーに着くとソンソが言った。「わたしはあの丘のてっぺんに住んでるんだ。いや、そうか。きみはもう知ってるんだな」

ソンソの家がここからそんなに近かったとは気づかず、ロードが尋ねた。「今夜は奥様も来ているんですか？」

「かみさんが？　いや。来ない。赤ん坊を見てくれる人がいないからな。ずっとあいつがついてなきゃならない。あの赤ん坊に！」まるでうまい冗談にこらえきれなくなったかのように、彼は突然笑いだした。思った以上に酔っているようだ、とロードは考えた。

「ここは、どういった人たちが来ているのですか？」ロードはバーに出入りする客の多さと、カウンターの奥の数人の若者たちが客の注文に応えようと忙しく立ち働いている様子に圧倒されていた。

ソンソはいかめしい、少し不機嫌そうな顔で答えた。「大勢、とても大勢の客が来る。ほとんどが観光客だ。バミューダ人も何人か。海軍はほとんど来ない。人が多い、とても多い」

しばらくしてバーを後にするころには、外の景色はすっかり変わっていた。頭上に吊るされた明るい照明が、隙間なく並ぶテーブルを照らしていたが、どこも満席だった。北風が思いのほか冷たく、バーの入口の反対側にある煉瓦造りの屋外用暖炉では薪が勢いよく燃え、火花が糸を引くように舞い上がって浮かんで瞬いて消えていった。客の何人かがテーブルの間を歩いており、バーで働く若者のふたりが酒をついだばかりのグラスを大きなトレーに載せて運び、空いたグラスを下げていく。一方の端には、地元の黒人ミュージシャン三人組が、テーブル席の奥にある狭いフロアで踊りたいという客のために、誰もが知っているダンス曲を演奏していた。

「テーブルを回ってくる」唐突にソンソが言いだした。「循環する。血液循環の原理、ハーベーによる発見、一六二八年」そう言い残し、ふたりが立っていたドア口から人混みの中へ姿を消した。

ロードは辺りを見回した。きっとここに集まっているのは、彼が初めて島に到着したときに船の周りで高速船を乗り回していた人たち、もしくは同じような人たちに違いない。あっちにもこっちにも、あのときの目を見張るような服装の人間がいる。赤いズボン、窓の日よけを思わせる縞模様のシャツ、これまでに見たことのないような履き物が何種類か。娘たちの多くはパンツスタイルで、ひとり残らずハイビスカスの花を髪に挿している。くそ、そんなものを飾るのはやめてくれ。デルタもハロップもどこにもいない。ダンスフロアの向こうの暗がりからカップルが出てきて、腕をからませてぶらぶらと歩いてくる。お祭り気分で浮かれているに違いない。どうして自分ひとりがこんなところでひねくれていなければならないのだろう。ロードは仲間を探しに歩きだした。

ふたりを見つけるのは難しくなかった。一番下のテラスで小さなテーブルに座っていたのだ。もうひとり仲間が増えたらしく、背の高い（立ち上がったときにわかった）髭がもじゃもじゃと生えた、見るからに芸術家風の男が一緒だった。絵描きだろうか。おおかたの客とは違って島民と同じような服装を難なく着こなし、本物のバミューダ人らしく見えた。虹色のシルクのシャツに赤いサッシュを巻き、空のような真っ青なズボンと、見たことのない底の分厚い木のサンダルを履いている。

ハロップがロードに声をかけた。「あなたの席を死守するのは、それは大変だったんですよ。こっちに来て座ってください」

「マイケル・ロード——こちらはシェルトン・リーよ」デルタが言った。「シェルトンは毎年バミューダへ来て、お決まりの小さなコテージに泊まるの。使用人を雇わずにね。料理も自分でするのよ。ときどきわたしが行ってお掃除してあげなきゃ、あっという間にひどく散らかるに違いないわ。さて、このマイケルはね」彼女はシェルトンに向かって話を続けた。「バミューダは初めてだけど、今は来た当初ほど気に入ってないみたいなの」

「素晴らしいところだよ」シェルトンが驚くほど優しい声で言った。「ぼくはもうひと月前に来たんだ。何ものにも代えがたいよ」

デルタがロードのほうを向いてからかうように言った。「おいおい、お嬢さん、もう飲んできたのかい？」

「二杯もだよ。いつも二杯飲むんだ」

「それじゃ足りないわ。今すぐもう一杯飲んで、それからわたしと踊るのよ……ウェイター！」

それからしばらく——いや、ずいぶん経っていたのかもしれない。デルタと二回踊って、ミュージシャンの演奏に合わせて〈バミューダ・バギー・ライド〉や〈ベイビー・ユー・キャント・ハブ・ワン〉など何曲も歌った後だった——テーブルのグラスはどれも空いていて、ロードがおかわりを持って来ると申し出た。気分はすっかり陽気になり、あと数日以内にどうにかイヴを見つけ出してやるぞという自信が湧いていた。今夜のところは、このパーティーがとても幸せな経験になっていた。だが、その夜がどれほど幸せなものになるか、ロードはまだ知らなかった。彼がそれを実感したのは、その直後だった。

薄暗いテラスの下を通りかかったときだ。忘れようのない声に呼び止められた。「リンク！　こんばんは。こっちへ上がってらっしゃいな」

ロードは持っていた空のグラスをひとつ落とした。そんなことはどうでもよかった。足元を探そうともしなかった。一瞬、自分の感覚を疑ったが、間違いない、イヴだ。大きめのテーブルにリチャード・フォラードと座っていて、どうやら何人か同席していた客が帰った後らしい。ロードはテラスの床に飛び乗り、大急ぎで彼女の元へ近づいた。

フォラードが驚いたように彼を迎えた。「座ってくれ、ロード、その席にどうぞ」いつになく機嫌がいいようで、今までに見せたことのない親しげな様子だ。

「誰かと一緒なの、リンク？」

「今はあなたと一緒ですよ」ロードが答える。「いったいいつからここにいたんですか？」

「いいえ、これから誰かと約束があるのかと訊いたのよ」

「いかようにもいたしましょう。デルタと、あのハロップという若い男と一緒に来たのですが、わたしが抜けても気にしませんよ。ハロップは逆に喜ぶぐらいで」

「ほらね？」イヴがフォラードに向けて言った。「これでわたしのことは気にせずにマンデル夫妻と行ってくれてかまわないわ、何ならひと晩じゅうでも。彼に送って帰ってもらうから。いいでしょう、リンク？」

「それはもちろん、喜んでお送りします」外には馬車が何台も止まっていた。〈プリンセス〉までそれに乗って帰ればいい。そうすれば彼の胸につかえていることを残らず伝える時間ができるだろう。〈プリンセス〉なら自分もひと晩泊まれるシングルの部屋が空いているはずだ。馬車で話をした後で、一睡でもできるとすればだが。ロードは、きっとフォラードがこの提案にいい顔をしないだろうと予想した。

だが、またも驚くはめになった。「ありがとう、ロード。本当にかまわないのかい？ そうしてもらえるなら、わたしはすぐに失礼するよ。夫妻はもう桟橋に着いているころだ。急がないと。おやすみ、イヴ」本当にこれで決まったのだとロードが認識する前に、フォラードはさっさと行ってしまった。

ロードが高らかに言った。「わたしの体じゅうに幸運を呼ぶという蹄鉄がぶら下がっているはずなのですが、おかしいな、何も感じない。あなたには見えていますか？ どうしてわたしにこんな幸運が舞い込んできたのでしょう？」

「さっきあなたを見かけたのよ」イヴが打ち明けた。「この後リチャードのお仲間と出かけるはずだったのだけれど、やめることにしたの。今夜はあなたに会いたかったのよ」

警鐘が鳴らない。ロードが危険を察知する警鐘は、まったく鳴らなかった。自分たちのテーブルへイヴを連れて戻り、改めてみんなのおかわりを取りに行く途中でも、自分が何をしに行くのか覚えていられないほどの幸福感に包まれていた。

デルタとハロップは大急ぎで酒を飲み干した。ふたりは最終列車に乗らなければならず、それは一番近い停車場を、信じられないほど早い時刻——真夜中の十二時に発車すると言うのだ。デルタはロードにおやすみの挨拶をすると、半笑いを浮かべて〝わたしと一緒にいれば幸せにしてあげるのに〟

とでも言うような表情で彼をみつめた。それからリーのほうへ向き直って言った。「おやすみ、シェルトン。あ、そうだ。土曜日の夜、サマセットからの最終列車に乗ってくるから、迎えに来てホテルまで送ってくれない？　ありがとう。あんまり夜更かししちゃ駄目よ、シル」

　そうしてふたりは帰っていった。ロードはもう一杯飲み、イヴともう一度踊った。テーブルに戻ると、リーはどこかへ行ってしまったようだ。「そろそろ」ロードがおそるおそる切り出す。「帰る手配をしに行ってきます、馬車が出払ってしまう前に」

「そうね、それがいいわ。支度をして行くから、門のところで落ち合いましょう」

　幌を下ろしたヴィクトリア型の馬車にイヴが乗り込む手助けをすると、彼女が尋ねた。「バミューダの馬車の旅《バギー・ライド》は初めてかしら、リンク？」

「ええ。でも、これから何度でも乗りたいですね」

「まずは一回目が気に入るかどうか、試してからね」ロードは彼女をじっと見た。御者が鞭を打ち、馬がはるか遠いハミルトンに向かって、丘をゆっくりと上り始めた。イヴが言った。「肩を抱いてちょうだい。何も言わないで。ただじっと肩を寄せ合って座っていたいの」彼女は小さなため息をついて目を閉じた。

　特別な夜だった。〈オレアンダー・イン〉の人工的な灯りを離れると、西の空高くに大きな月がかかっていた。信じられないほど美しく光る月が、白い珊瑚砂を敷き詰めた道を銀色に輝かせ、馬車のランタンが放つ二本の小さな黄色い光を掻き消している。木の葉やオレアンダーの生垣や群生する木が道の上に断続的に黒い影を落とし、目の前の空は紫というより濃紺に近く、星がちりばめられている。先ほどまでの風は止んで、夜気は穏やかですがすがしかった。ロードの左腕の中のイヴはシートに背中を預け、顔や体にふりそそぐ月の光がその美しい輪郭を優しく映し出している。

ロードは押し黙っていた。何も言うなと命じられたのに加え、彼女の体に触れているせいで頭がくらくらして、一時的に言葉を失っていたのだ。彼女を見下ろすと、反射的に腕に力が入った。

イヴが目を開けて顔を上げ、二度ゆっくりとキスをした。それからまた体を寄せて彼の肩に頭を載せた。彼女がささやく。「リンク、あなたって本当に優しいのね」そう言うなり、相手に何も言わせないかのように細く冷たい指先を彼の唇に当てた。当然ながら、ロードはその指にキスをした。

そうやって一マイルが過ぎた。さらにもう一マイル。ハミルトンまであとどのぐらいなのか、さっぱり見当もつかなかったが、そろそろ話を切り出さなければとロードは考えていた。またとないチャンスだ、これほど恵まれた機会は二度と訪れない。美しい夜、イヴが見せる愛情、何もかもが絶好絶好のお膳立てに違いない。フォラードの信頼を裏切っていいものだろうか？　もちろん、かまうものか。何もかもが家へ送り届けてくれと言いだしたのは、フォラードではなく、イヴだ。これはすべてイヴが企んだことなのだ。そんなことを思い悩むうちにさらに一マイル半が過ぎ、ロードは何とか話を切り出そうと自分を奮い立たせていた。彼の腕の中で静かにもたれかかるイヴが、とても幸せそうに見えた。

とにかく、何か言わなければ。今しかない。彼が口を開いた。「イヴ――」

彼女が起きだし、彼の顔が見えるように上体を少し離した。しっかりと目を開け、完全に目が覚めているようだ。ロードが話を続けるより早く、彼女が遮った。

「リンク、今夜はどうしてもあなたに会いたかったの、言いたいことがあったから。けれど、いざとなるとなかなか言いだせないものね。でも――でも、そう、覚えているかしら、〈クイーン〉号で話したことがあったでしょう――子どもについて。わたしにね、子どもができるの。女の子だと嬉しいのだけれど」

ロードはかつて大口径のリボルバーで撃たれ、反動の大きさに体を半回転させて倒れ込んだことがあった。鈍器で頭を殴られ、意識を失ったことも何度かある。だが、これほどの衝撃は初めてで、しばらくの間すべてが空白になった。真っ白になった頭の中でロードは懸命に繰り返していた。腕を動かすな、絶対に腕を動かすな。

どうにかしゃべれるようになるまでどのぐらいかかったかは定かではないが、口から出た声は驚くほど平静で普段と変わりなかった。「すごいじゃないですか、イヴ。あなたの望んだ通りになりましたね」

もう離婚の話などできない。あれほど子どもを切望した末に、ようやくその願いが叶いそうな女性に、とてもそんなことは言えない。離婚話がもたらす感情のもつれなど、今はもってのほかだ。少なくともあと一年は絶対に。いや、さらに遠い将来についてほのめかすことも公平じゃない。今は何も言えない。言おうと思っていたことは何ひとつ。かわりにひと言だけ言った。「女の子だといいですね、イヴ」

「そうね、リンク。ありがとう。わたし――わたし不安だったの、あなたが喜んでくれないんじゃないかと」彼女の声はいつもより小さかった。

「大喜びですよ」(内心では〝いずれは喜んであげなくては〟と考えていた)このときもまた、自分の口から出た声が笑いさえ含んでいたことに驚いた。どうやらこの危機に際して、自分ではない何者かが自分を乗っ取っているらしい。どうかそいつがもう少し持ちこたえてくれますように。

幸いなことに、それほど長く持ちこたえる必要はなかった。次に何か言う前に、馬車はもうハミルトンのすぐそばまで来ていた。その辺りから先の道は照明も明るく、ロードはイヴの肩から腕を引っ込めた。〈プリンセス〉に着くまで何分もかからなかった。

馬車を降りるイヴに手を貸し、暗い正面玄関から小さなロビーへと連れていった。ホテルのフロントやメイン・ラウンジからは長い廊下で隔たれている。もう〈プリンセス〉に泊まることはできない。二度と眠ることとさえないように思え、今夜は一睡もできそうになかった。

薄暗いロビーにほかに人影はなかった。ロードが彼女を抱きしめてキスをすると、彼女もキスを返した。「おやすみ、大好きなリンク」

彼が言った。「さよなら、イヴ」これで本当のさよならなのだと気づいた。

ロードは正面玄関の階段を降りて、御者に尋ねた。「もう一度サマセットへ行ってくれないか?」

「へい。この時間だと、高くつきますがね」

ロードが言った。「出してくれ」

後になって振り返っても、帰りの馬車のことはほとんど記憶になかったが、ずっと心の中で繰り返していたことだけは覚えていた。こんなのは不公平だ。愛していると伝えることもできないなんて。愛している人に向かって、と。たぶん自己憐憫に浸っていたのだろうが、それも覚えていない。ほかのことは一切覚えていない。記憶にはなくとも、とにかく目的地に着いて、馬車を降りて、運賃を支払って、自分の部屋に戻ったに違いなかった。

気がつくと、灯りをつけたまま自分の部屋の中に立っていた。郵便が届いていたらしい。テーブルに封書が置いてあり、どういうわけかロードはそれを破って開けた。ポンズ博士からの長い返事だった。だが、ロードの胸に残ったのは一文だけだ。

その文はロードに向けたアドバイスだった。〈恋愛の反応かどうかを確認するには、劇的だが確実な方法がある。相手の女性のために身を引くことができるなら、きみは間違いなくその女性を愛しているはずだ。きっといつまでも忘れられない愛になるだろう〉と手紙には書き添えてあった。

ひと言余計だし、もう手遅れだよ、とロードは思った。


朝食に現れたとき、ロードはまだよれよれの白い夜会服のままだったが、早朝でほかには客がいなかったため、その姿で誰かをぎょっとさせたりショックを与えたりすることはなかった。ウェイトレスが珍しそうにじろじろと眺めていた。ロードはコーヒーを一杯飲んだだけで席を立った。

だが階段で、いつも早起きのデルタにばったり会ってしまった。今度はさすがのデルタも心底びっくりしていた。口を少し開け、両手を腰に当てることもしなかった。

「マイケル！　何てひどい顔をしてるの！」

ロードは「ああ」と言って彼女を押しのけると、ドアから出ていった。自転車を見つけて、その場を離れた。

足元の道からほとんど視線を上げずに自転車をこぎ続けた。固い珊瑚砂、舞い上がる砂埃、割れた岩やかけらが視界の下を流れていく。時おり行く手にちらりと目をやるが、すぐにまた路面へ視線を戻す。急な上り坂にさしかかり、自転車を降りて押して歩いた。少しすると、また乗った。太陽が高くなってきた。そんな調子で何時間かが過ぎ、さらに時間が流れていった。ふと交差点を曲がって別の道に入ってみることもあった。道はいくらでもあった。

今何時ごろなのか、見慣れない教区のどの辺りを走っているのか、何もわからなかった。とにかく暑かった。そして、不思議なことがいくつか起きた。

まずは〈アローバー・ハウス〉の前を通り過ぎたことだ。だが〈アローバー・ハウス〉であるはずがない。あそこは自転車に乗って入れないところだ。〝古い道じゃ〟〝トライブ・ロード〟〝歩くしかないぞ〟だが、木陰の下のアプローチに黒い犬までいる。こちらへ歩いてくる保育士の娘と、黒い乳母車もぼんやりと見える気がする。その後にスコールが来てひどい雨と雷に見舞われたが、それは現実の出来事だったらしく、ずぶ濡れになった。

その後、広い草原の外周に沿って走った。ゴルフコースなのかもしれない。ティー・グラウンドらしき一帯から十フィートも離れないところに、イヴとフォラードが立っている。おかしなことに、フォラードの顔に髭が生えている。いや、あのふたりのはずがない、小さな子ども、赤ん坊を連れているのだから。あのふたりに赤ん坊はいない――今はまだ。デルタも一緒にいるらしい。それはさすがに変だ、彼女はサマセットにいるのだから。誰かが自分に声をかけたので、顔をうつむけて思いきりペダルをこいだ。

どういうわけか、酒を飲みたいとは思わなかった。だがずいぶん走ってから道端の店に入って、食べ物を求めた。小さく汚い店で、ポルトガル人や黒人の客が何人かいたが、彼らはロードが入ってきたのをちらりと見ると静かに店を出て行った。カウンターの奥にいた男がアイスクリームコーンと、何かしらオレンジの香りのする飲み物の瓶を売ってくれた。

その日はずっと、足元を流れていく路面と、突進する自転車を避けようとして怒鳴り声を上げる馬車の御者以外、ほとんど何も認識していなかった。やがて暗くなり、何となく灯りを求めて走っていたところ、いつの間にかサマセットの自分のゲストハウスへ続く道に戻っていたことに気づいて、心底驚いた。

もはや心身ともに疲れ切っていた。何も考えられない頭の中に、ただ終焉という言葉が浮かんでいた。この先自分には二度と何も訪れない。永遠に。着ているものを脱いで足元に落とし、前の晩からずっとベッドの上に用意されていたパジャマに袖を通した。そのままベッドカバーの上に倒れ込んだ……


翌朝十時、ロードの部屋のドアに、遠慮がちに様子を伺うようなノックがあった。ロードは十四時間ほど前に横になった姿勢のままで眠り続けていた。ノックの音が少し大きく、しつこくなっていった……

静かに横たわったまま、ぼんやりと目が覚めてきたが、そこは夢の中ではなかった。霞のかかったような頭の中で、自分の体が十分に休息をとれたことに何となく気づいた。だがそれとは別に、これ以上目を覚ましてはいけない、このまま眠っていたほうがいい理由があったような気がした。その予感が不安をあおる。どういうわけか、それが正しい選択だとわかっていたからだ。だが同時に、起きることも正しい選択だ。いつだって起きるのは正しいことに決まっているじゃないか。起きちゃ駄目だ、と予感が言う。ちくしょう、とロードは思った。これは何なんだ？　はっきりさせようじゃないか。

体をねじるようにして上体を起こして座ると、意識がはっきりしてきた。頭を記憶が駆け巡った……

ドアのノックは続いている。もはや、単なる連打に変わっていた。ロードはベッドカバーの下に潜り込んで、声を絞り出した。「どうぞ」

デルタ・レニーがドアを開けた。怯えたような顔で入ってきたが、じっくりとロードの様子を観察してもなお、その表情は変わらなかった。ひと言、「何てことなの」と言った。

「どうかしたのか？」

「あなたこそ」

「わたしは平気だ」

「平気なの、本当に？」デルタはそう訊きながらも、ロードが間違いなく生きていて、少なくとも話ができるとわかって、少し安心したようだ。「あなたが落ち込んでる姿は見たくないわ」

ロードはそれにには答えず、デルタもまた何と言えばいいかと考えあぐねていた。彼女には、昨日のうちにだいたいの事情は読めていた。もちろん、詳しいことまではわかるはずもなく、自分と同じ女という生き物が、これほど男を絶望の淵に立たせられるのかと知って、かなり動揺もしていた。だが、それはよくあることだと知っていたし、それがまさに今の状況だともわかっていた。マイケル・ロードの力になりたいなら、自分が知っていると悟られてはいけない。もちろん、力になりたかった。彼が好きだったし、かわいそうにも思っていたからだ。

そこで、デルタはきっぱりと言った。「いいかげん、遠出して深酒をするのはやめなさい。ここからサマセット橋までの間で、昨日酔っぱらってるあなたを見かけたという目撃証人が何人もいるのよ。はるか東のギブズ・ヒルじゃ、現地人まで驚かせたって言うじゃない。何かの訓練でもしてるつもり？　今日の午後わたしとテニスに行くって約束、忘れてない？」

「今日――今日は相手になれそうにない。次の機会にしてくれないか。別の日に」

「別の日って――」デルタは口をつぐんだが、ずる賢そうに言った。「お腹が空いてるんじゃない？　ふわっふわの、真っ黄色のスクランブルエッグなんて、たまらないでしょう？　それにカリカリのベーコン。コーヒーも」

「その通りだ」片肘をついて上体を起こしたロードの目には、明らかに光が宿っていた。「腹が減りすぎて死にそうだ。今何時だ？」

「十時よ。もう遅いわ」彼女が静かに言った。「このゲストハウスじゃ、あと数時間は食事を出してもらえないわよ。でも」彼女は付け加えた。「わたし、昨日のうちにここのコテージに移ったから、お望みを叶えてあげられるわ。冷蔵庫にはパイナップルジュースが冷えてるの。それに生クリームもあるから、シリアルにかけて食べられるわよ。卵とベーコンの話だって、からかったわけじゃないんだから。シャワーを浴びて着替えたら、訪ねていらっしゃいな。ミス・レニーのコテージと言えばわかるはずよ」

「そういうことなら」ロードが命令口調で言った。「ここで何をしている？　さっさと出て行け、このふしだら娘」

ロードは本当に空腹だったので、デルタの用意した朝食を心から堪能したが、その後で絶望的な空虚感に襲われた。楽しみに思えることが何ひとつない、この先には何も待っていない。ニューヨークの街や、そこで待ち受けている仕事が何ともわびしく思えた。現実味が感じられない。「さあ、ビーチへ行くわよ」デルタが言った。ロードはただ従った。ほかにどうすればいい？　ここに閉じこもろうと、ビーチへ出かけようと、どれほどの違いがあるというのだ？

砂浜に着くと、ロードは水際から離れて、ヤシの木陰に寝そべった。水着だけになったデルタは

――彼女の持っているうちで一番油断ならない服装だ――入り江に向かってしぶきを跳ね上げながら走っていった。ロードは目を閉じた。しばらくするとデルタが戻ってきて彼の隣の、木陰のすぐ外に腰を下ろした。彼女は何も言わない。黙っているのが賢明だと知っているのだ。彼をひとりにしないようにただそばに座り、ときどき海へ泳ぎに行っては戻ってくる。

だがロードがありがたいと思ったのは、彼女の賢明さではなく(そんなことには気づかなかった)、彼女の気遣いでもなく(そんなものは要らなかった)、興味深いことに、彼女の美しさだった。折に触れて彼女に目をやるうちに、まるで美しい景色を見るまいと目を堅く閉じていた男が、それでも瞼に当たる光のまぶしさがわかると発見したのと同じ思いがした。たとえ自分とは無縁であっても、そういう美がこの世に存在すると確認できただけで、何となく慰められると思った。自分に向けられていなくても、美は優しく元気づけてくれるものだった。そのことに感謝を覚えた。

昼食の後、約束通りテニスをしに行った。行かないわけがない。ビーチに行ったのと同じ理屈だ。テニスコートは――どうやら小さな会員制のクラブのようだったが、特定のゲストにも開放されているらしい――少し離れたところにあった。たかだか二マイルちょっとの距離だったが、自転車で走るふたりの顔に風が心地よく吹きかかった。最後の難関は終わりの見えない上り坂で、その先にテニスクラブの敷地が見えてきた小さな木のパビリオン、屋内外に散らばったテーブルや椅子、それにクレイコートが二面。コートは何もない山のてっぺんにあり、あらゆる方向から吹く風をまともに受けそうに見えた。現に今も風が吹きつけていた。

いくらか元気を取り戻していたロードは、長いベンチに座っている少人数のグループにデルタが自分を紹介するのを聞いて彼らに会釈をした。そこでデルタは姿を消し、ロードはベンチの端に座った。

目の前の二面のコートでは、男女混合ダブルスの二試合が繰り広げられている。奇妙だと思ったのは、どういう基準で試合相手が決められているのかがよくわからないせいだ。

ちょうど今、男性選手の頭上に上がったはずのロブが彼の背後で跳ねてまた高く上がり、風に運ばれてベンチや椅子の後ろにまで飛んでいった。男性選手はボールを追いかけて空いていた椅子を飛び越え、懸命にラケットを伸ばして大きく振ると、ボールは丘の上を越えて見えなくなった。見ていた人々の目が一斉に彼に釘づけになり、ロードの隣のネズミに似た若い女性がうっとりとした声で叫んだ。「艦長さんったら、素晴らしい腕前だわ。何とも機敏な動きじゃない、州の代表選手だったんですってよ！」

ロードの見たことのない背の低い男が小走りでやってきた。茶色いズボンは明らかにサイズが大きすぎるようで、両足首で裾をひと折りしてあるのがはっきりわかる。

「あんたがロードか？　ふむ！　四人で入れるか？　向こう側のコートだ、ちょうど前のが終わったとこだ」

驚いたロードが言った。「わたしは――その――ミス・レニーと一緒に来たんです。戻ってくるのを待って、彼女に確かめてから――」だが男はとうにいなくなっていた。

じきにまた戻ってきた。「四人戦だよ、四人戦」彼が怒鳴る。「あんたを待ってるんだ」

普段なら腹を立てていたかもしれないが、今のロードは投げやりだった。立ち上がり、初対面の三人がいる奥のコートへ向かった。ロードがサーブをしても、パートナーがベースラインの彼のそばから動いてくれなかったため邪魔になってネットに近づけなかったが、よく知りもしない（名前すら知らない）女性に向かって、さっさとネットそばの守備位置につけとは言えなかった。いくらか時間が過ぎ、六対五でロードたちはリードを許していた。

「お疲れさま」相手チームのペアが大声で言いながらコートを出て行った。ロードのパートナーも「お疲れさま」と言って背を向けた。

きっと何かの間違いだろうと思いながら、低い声でパートナーに言ってみた。「スコアはまだ六対五ですよね」

「ええ、そうね。でもここではいつもサドンデス式でやるのよ」

ベンチへ戻ると、デルタがにこにこしながら近づいてきた。「どうだった？」

ロードが言った。「突然死《サドンデス》だそうだ」

午後がゆっくりと流れていった。仕切り屋の男が行ったり来たりしながら試合を組み、その場の全員に向かって、誰と誰がペアを組んでいつコートに出るべきかを伝えるのだった。彼のズボンの裾は、今度はふた折りされて足首を厚く覆っていた。

ロードにはデルタとペアを組む機会も、敵として試合をする機会もなかった。午後じゅう見知らぬ人たちに囲まれて過ごした。ほかの状況であれば、新しい出会いを楽しみ、話に花も咲かせただろうが、いくぶん上の空の今は、そんなことに何の意味も見いだせなかった。ひょっとするとこの若い男は同伴してきた女性とほんの少しは一緒にいたいんじゃないだろうか、などとは誰ひとり思わないようだ。実のところ、ロード自身もどちらでもよかった。一緒に来たのがイヴだとしたら——いや待て、イヴのことを考えてはいけない。

やがて、トレーを持った人たちが忙しく動き回っていることに気づいた。ロードは紅茶とサンドイッチ、ケーキを勧められた。運動している最中とあって、暑さは感じても腹は減っておらず、初めは遠慮したものの、それが失礼に当たるらしいと感じて受け取ることにした。特に期待もせずに口に入れたが、じきにその料理がたいへんおいしいことに気づいた。特にケーキは格別で、結局三個もたいらげた。

アメリカ人、バミューダ人、イギリス人が入り混じり、立ったままおしゃべりを楽しんでいる。だがロードには他国籍の人が相手の会話は煩わしく、特に言い回しを理解できないことが多かった。今も男性の〝四人戦〟に出ろと指示されたが、それが男子ダブルスのことだとわかるまで苦労した。

今回のパートナーには見覚えがあったが、すぐには誰だかわからなかった。きちんとした男性で、半ズボンを穿いてはいるがテニス用のショートパンツではない。裾が長めで、まるで普通のズボンをひざの位置ですっぱりと切り落としたような印象だ。試合を始めてしばらく経ったころ、ようやくロードが大声で言った。「ああ、そうか、艦長ですね？　トライスモラン艦長じゃありませんか？〈ウォーマウント〉号の艦長の目がきらめいた。「そう呼ばれているね。いつ気づくかと待っていたんだよ、ミスター・ロード」明らかに艦長のほうは記憶力が優れているようだ。

それに、何度かおかしな動きはあったものの、テニスもかなり上手だ。少なくとも今日のロードよりはうまい。相手ペアのアメリカ人と若いバミューダ人も積極的に動いたので、じきに試合は白熱したものとなった。状況に慣れてきたロードは、次第に楽しめるようになっていた。平和な光景、行儀よく会話を交わす人々、それに、出番がきたときだけ体を動かすのが、のんびりと楽しい気晴らしとなった。

そのとき、早足の馬に引かれた小さな馬車が山の尾根を上ってきた。平地に出ると馬は駆け足に変わり、小さなパビリオンの前で止まるころには息が上がっていた。英国海軍の下士官の制服を着た男が馬車を降りてきた。

サーブの途中だったトライスモランがボールを落とした。「失礼」彼が言った。「部下の従卒です」コートから出て男と何やら立ち話を始めた。従卒がさっと敬礼をし、急いで馬車へ向かった。トライスモランがコートに戻ってきた。

「みなさん」彼が呼びかける。「申し訳ないのですが、すぐに船に戻らなければならなくなりました。ミスター・ロード、あなたにもハミルトンから緊急の呼び出しがかかっているそうだ。警察本部長のハートリー大佐が、島じゅうあなたを探している。みなさん、試合を放棄してすみません。また再試合をやりましょう。では失礼します。ありがとうございました」

ロードは訳がわからないまま後に続いた。ハートリーが自分にいったい何の用だろう？　緊急？　デルタを見つけてわかる範囲で事情を話した。トライスモランは先にパビリオンに行って、中年の女性と握手を交わしている。「今日はありがとうございました、ミセス・ウィンスロー。残念ながらお先に失礼します。大変楽しかったですよ」ただデルタに連れて来られただけのロードは、この催しを開いてくれたのが誰かも知らなかったが、艦長に続いて主催者にいとまの挨拶をした。

「乗ってくれ」艦長がロードを招いた。「途中まで送っていこう。自転車よりも速いはずだ。わたしたちの自転車は後で誰かに取りに来させよう」

ロードは馬車に乗り込んだ。馬車は大きく横に揺れながら坂を下り、サマセットへ戻っていった。従卒は手綱さばきがうまく、警音ベルやクラクションを鳴らさなくても、全速力で駆ける蹄の地響きだけで歩行者は道を空けた。ロードは両手でしっかりと小さなシートにしがみついた。

「いつもこんな走り方をするのですか？」馬車が急な角を大回りするように曲がり、よろめくようにまた道の左側を走りだすのを見てロードが大声で叫んだ。

トランスモランが「いや」と短く答えた。「事情がわからないからだ。すでにわたしの戦艦は急ピッチで出航の準備を進めている。提督命令が出されたらしい」

「それ以上はわからないのですか？」

「そうだ。救助を求めている船があるのかもしれないが、通常はわれわれの出番ではないはずだ。ひょっとするとニューヨークからの飛行機が海に落ちたのか。何もわからないのだよ」

「ですが、何だってわたしまでが呼び出されるのでしょう？」ロードが不満そうに言う。

「きみ、まさかサマセットで銀行強盗でもしたんじゃないだろうね？　とにかく、緊急とのことだ。何の用かは見当がつかない」

馬車はすでにサマセットの中を走り抜けている。車体を傾けながらいくつもの角を曲がり、郵便局や警察署の前を通り過ぎ、坂を下ってマングローブ湾へ、さらにワットフォードへ向かった。ワットフォード橋で御者は荒い息をしている馬を止めた。階段の先に〈ウォーマウント〉号のはしけと、一隻のモーターボートが並んで停泊している。小さなキャビンのあるその細長いボートは、英国空軍の旗を掲げていた。

背後で憂いを帯びた声がした。「ああ、やはりミスター・ロードを連れてきてくださったんですね。その可能性に賭けて迎えにきたのです」柱にもたれかかっていた空軍少佐のデントンが痩せた体を起こして、吸っていた煙草を投げ捨てた。「わたしもハミルトンへ呼び出されているので。彼を送っていきますよ」

空軍のボートは速かった。唸りをあげてグレート・サウンドに滑り出し、船首がたてる水しぶきの上を浮くように走る。午後の海は美しく、丘の上ほど風は強くなかった。陽射しを浴びて、青やグリーン、それに綿のような雲の白さがまぶしい。平和な風景に仕上げをほどこすかのように、外洋へ向かう〈モナーク〉号がゆったりとスパニッシュ・ポイントを旋回している。

ロードは造船所の方向に目をやった。まだ係留中の〈ウォーマウント〉号の煙突からもくもくと煙が上がっている。見ているうちに、防波堤から小さな飛行機が飛び立った。もう一機が後に続く。沖に停泊していた巡洋艦の端から、さらに小さな点が発射され、高く上がって先の二機と並んだ。一〇〇〇フィートも上らないうちに、三機はそれぞれの方向へ散っていった。

ボートの操縦席で体を縮めていたロードは、デントンに大声で呼びかけた。「ところで、これはいったい何の騒ぎだい?」

空軍少佐が答えた。「戦争ってわけじゃない。見た限り、地震でもなさそうだ。理由はともかく、ハートリーはわたしたちに会いたがっているんだ。寂しいのかもしれないな。わたしが思うに、全部彼の冗談なのかもな……冗談と言えば、こんな話は知ってるかい?……」

第三章　混乱のバミューダ

バミューダ警察本部はパーラメント・ストリートの坂の上、植民地議会議事堂のある公園の向かいに建っていた。二階建ての立派な石造りの建物で、一八九〇年代の様式らしく見えるが、実際に建てられたのはもう少し後かもしれない。

一階には、調書作成用の机がひとつと許認可申請室がいくつか並んでいた。ロードを連れたデントン空軍少佐はその前を素通りし、板敷きの階段を上がって本部長室へ向かった。そこは広々とした部屋で、ニューヨーク市警の本部長室同様に、立派な金具のついた重厚なデスクがオフィスの真ん中に鎮座していた。デスクの後ろに座っていたハートリー大佐が、報告に来ていた巡査部長を部屋から追い立ててドアを閉めた。多忙な仕事の合間に何かの儀式の出席まで詰め込んでいたらしく、礼装用の純白の制服に身を固めている。上着の銀ボタンや肩の装飾がきらめいていた。同じ装飾を施した真っ白のヘルメットがテーブルの角に置いてあり、儀礼刀を吊るした剣帯が椅子の背にかかっていた。

「よく来てくれた、ふたりとも。座ってくれ。少しだけ待っていてもらえるかね?」ハートリーはデスクの上の受話器を上げ、部下に何やら短く伝えた。

ロードたちは座り心地のよさそうな椅子に腰を下ろした。デントンがロードに煙草入れと火を差し出した。ロードはまだ困惑しきっていたが、別の悩みで頭がいっぱいになっていても、突然の呼び出し今の状況には興味を覚えずにいられなかった。軍服に似た本部長の礼服が好奇心を掻きたてる。

ハートリー大佐が電話を置いた。

デントンがのんびりとした口調で尋ねた。「どうしました、大佐。開戦でもない、地震でもない、ハリケーンでもなさそうですね。赤狩りですか？　革命ですか？」

ロードは警察本部長がさほど不安そうな様子でないことに気づいた。だが同時に、険しい表情を浮かべて苛立っているようにも見えた。「そういうことじゃない。が、非常に不愉快で前例のない話だ。このバミューダで誘拐事件が発生したのだよ」

ハートリーの言葉を聴いていたふたりのうち、どちらがより激しく驚いたかは甲乙つけがたかった。バミューダで誘拐事件が起こり得るか、〈クイーン〉号でハートリーと議論したとき、ロードはその可能性があると主張していたものの、まさか現実に起きるとは思っていなかった。ロードが大声をあげた。「まさか、クロエ・ダンスカークじゃないでしょうね、本部長！」

「まさしく、その子だ。だからこそ、きみを探し回っていたのだ。被害者はアメリカ国籍の幼児」ハートリーはデントンに情報を伝えた。「年齢は一歳半。ウォーウィックでさらわれた。そこで頼みなんだが、〝太っちょ〟」彼は懇願するように付け加えた。「総督から出してもらった偵察機三機が島の周囲を飛んで、沖の漁船などをすべて確認している。だが、もっと捜索範囲を広げたいのだ。最低でも百マイルか百五十マイル先までは押さえたい。捜索目標は小型の高速船で——船で逃げているとすればだが——おそらくアメリカ合衆国を目指して航行中と思われる。今すぐきみの隊から少なくともあと二機、貸してもらえないだろうか、日が暮れる前に」

「武器を装備してすぐに飛ばせるのが三機あります」デントンが長い脚をカーペットの外へ投げ出す

ように伸ばした。いつもの平坦な口調で言う。「ほら、これでわたしの脚がすっかり見えるでしょう、デズモンド。あなたのほうは、まだ何か隠してるんじゃないですか？　どうしてこれが愉快犯のほら話じゃないと言い切れるんです？」

ハートリーが言った。「ほら話でないことは明白だ。このわたし自身が誘拐犯と話をしたのだからな」

ロードは隣の部屋からニューヨークへ電話をかけた。

「マクヘンリー？　もしもし、マクヘンリーか？　ロードだ。本部長と話がしたい……誰と面談中だろうとかまうものか。緊急事態なんだ」

少し経って、歯切れのよい本部長の声が受話器から聞こえてきた。「もしもし、わたしだ」

「本部長、バミューダにいるロードです。ダンスカークの子どもが行方不明になりました。四時間前から姿が見えなくなり、誘拐された可能性が高い。わたしは月曜日の船で帰国予定です。何か指示はありますか？」

数秒間の沈黙が流れた。「犯人が島の外へ逃亡した可能性は？」

「ないとは言いきれません。今のところは」

「至急ＦＢＩに連絡を入れる。警視、きみは当面バミューダにとどまるように。現地警察に最大限協力したまえ。最新の資料ときみへの正式な指令書を、明日の航空便でそちらへ送る。何か新しい情報があったら、マクヘンリー警部を通じてすぐに知らせてくれ」

「了解」

「これからすぐにそちらの本部長の指揮を仰げそうか？　よし。以上だ、警視」

「失礼します、本部長。ああ、もう一点だけ。これはバミューダ人による犯罪ではなさそうです。捜査にはアメリカ警察の情報が不可欠かと」

「そのためにきみに残ってもらうのだ。現時点で特に必要なものはあるか？　ないな？　では、幸運を祈る。以上だ」

「失礼します」


本部長室に戻ると、デントンがデスクで電話を終えるところだった。「——離陸準備が整い次第すぐにだ。それから、わたしの偵察機の準備も始めておいてくれ。十五分ほどで戻る」

受話器を置いて、小さくうなずいた。「チーリオ」驚くほど素早く彼の長身が部屋から消えた。

ロードは先ほどの椅子に腰を下ろし、バミューダの警察本部長と向かい合った。「わたしもここにとどまって、捜査の支援をするよう指示されました。お役に立つことがあれば。指令書は明日届きます。この時点でできる限りの手は打たれたようですね。これまでに何が起きたのか、話していただけませんか？」

「簡単な話だ。ダンスカークがウォーウィックの自宅からここへ電話をかけてきたのが午後一時。雇っている保育士が乳母車に娘を乗せて、おそらくサウス・ショア方面へ十一時半ごろ散歩に出かけた。遅くとも十二時半には戻ってくるはずだったが、まだ帰ってこないという内容だった。通報があったとき、わたしはここにいなくてね。受付を通して、うちの〝ナンバー・スリー〟が応対した。単にダンスカークの心配のしすぎだと彼が判断したのは妥当だろう。ウォーウィック署の巡査に一報を入れ、その保育士の女性と赤ん坊はきっとどこかの裏道で迷子になっているに違いないから、自転車で巡回しながら探すように命じた。見つけたら〈アローバー・ハウス〉へ連れて帰るようにと。わたしが二時十五分ごろにここへ戻ってきたときには、特にわたしに報告するほどのことだとは誰も思わなかったようだ。それきり何の情報もなかった。娘は無事に戻ったのだろうと推測された。

午後三時、ダンスカークがここに現れて、わたしに会わせてくれと要求したそうだ。保育士と赤ん坊がまだ戻らないという。捜索の指示を受けていた巡査が、ふたりが戻っているのかを確認しようと〈アローバー・ハウス〉へ立ち寄ったので、ダンスカークは引き続き探すよう頼んだらしい。だがそれだけでは不十分だと考え、自ら警察本部へ出向いたというわけだ。以前に誘拐の予告があったと説明し、予告状の一通を見せてくれたよ。

三時七分にダンスカーク宛ての電話が本部にかかってきて、この部屋に転送された。彼はしばらく黙って聞いていたが、いきなり電話を切り、誘拐犯からだ、たぶんまたかかってくると言った。わたしは信じられなかったが、同じ回線の子機で待機した。すると、本当にまた電話があった。

明らかに声色を変えたカンドリクスと名乗る人間がその朝の出来事に触れ、交渉に応じる意思があるのなら、ダンスカークに以前請求した通りの〝個人広告〟を〈ガゼット〉紙に載せるよう指示した。子どもは身代金と引き換えだと。ダンスカークは、保育士はどうしたのかと詰め寄った。声は〝大丈夫だ。早く安心したいだろう？〟と言った。

その時点でわたしも会話に割って入った。警察本部長だと名乗り、今日の午後五時までに子どもと保育士を〈アローバー・ハウス〉あるいは警察本部に無事に返さなければ、自分の首を絞めることになるぞと言った。犯人どもはそこで電話を切ったが、そんな条件に従うとはとても思えない」

ロードが言った。「わたしも同感です。どこから電話をかけてきたのでしょう?」

「わからん。バミューダでは自動交換機を導入していて、電話は制限なしにかけられる。探り当てるのは不可能だ。諸島のどこからかかってきてもおかしくない。あるいは、係留中の船の中からでも」

「先ほど〈モナーク〉号が出航しましたよ」ロードが突然声を上げた。「ご存じですか?」

ハートリーがほほ笑んだ。「〈モナーク〉ならまだ外海へ出ていない。だが、埠頭を離れたのは犯人から電話がかかる七分前、電話のあった時間にはすでに入り江の中へ出ていて、回線はつながらなかったはずだ」

「共犯者がいたのでは? 〈モナーク〉号に疑いの目を向けさせないように、わざと仲間を島に残したとか?」

「もちろん、その可能性はある。〈モナーク〉には、マレー・アンカレッジで待機するよう指示した。今ごろはそこで、船の乗組員と、わたしがセント・ジョージ署から送り込んだ一隊が船内を慎重に捜索している最中だろう。四時に出航予定の〈レディ・ロドニー〉号が、ちょうど出発してしまったが、そちらも湾内で投錨し、そこで捜索を受けることになっている」

「船に関しては、それですべてですか?」

「いや、違う。不定期の貨物船が今朝十時に西インド諸島に向けて出航した。正午にはサウス・ショア沖にいたはずで、小さな高速船を使えば追いつくことができただろう。〈ウォーマウント〉号が向かっているから、停船させて捜索するはずだ。貨物船が航路を変えても心配ない。〈ウォーマウント〉のほうが二倍の速度が出る上に、飛行機を二機搭載している」

「それはまた」とロードは突っ込んだ感想を述べた。「大変な協力が得られるものですね。警察の捜査に、いつもこうやって海軍や空軍が使えるのですか?」

「そんなことはない」ハートリーはきっぱりと否定して首を横に振った。「だが、必要と判断した際に要請を出すことはできる。ほとんど前例はなく、これほどの規模の協力は初めてだ。何せ、誘拐だからな！　われわれにとっては、きわめて重大事なのだよ、警視。殺人と同じくらいに。バミューダでは許されないことだ。二十四時間以内に犯人を捕らえなければならん。むろん、そうするつもりだ」本部長は自信たっぷりに言った。

「ところで、ダンスカークは今どこです？」

「何人かの巡査とともに、ウォーウィック教区内を探している。子どもが迷子になったとか、保育士が事故に遭ったというような可能性はほとんどないだろうが。もちろん、島じゅうに捜索情報が出されている。現時点では何の報告もない。今は待つしかないだろう。

以上でほぼすべてだ」ハートリーはそう言ってから付け足した。「島には今、オランダの潜水艦が寄港している。今回のこととつながりはないだろうが、艦長が親切にも艦内の捜索と、タラップに二十四時間見張りを立てることを申し出てくれた。入り江の奥のグラナウェイ・ディープには、アメリカの大型ヨットが一隻投錨中で、そのヨットには、われわれはほとんど何の権限も持っていないが、所有者に直接話をしたところ、航行計画を事前に知らせてくれると約束し、バミューダを出る際には船内を捜索するために警察官をひとり派遣してほしいと言ってくれた。犯人を確保できるまでは、これから入港する船も厳しく捜索するつもりだ。さらにヨットなどの船が島へ来た場合には、港長が停留位置を指定し、監視下に置く」

「どうやらこれで、やつらの逃亡経路は完全に遮断され——」

デスクの電話が鳴りだし、ハートリーが素早く受話器をとった。じっと耳を澄ませ、やがて口を開いた。「地面を踏み荒さないように注意してくれ。ジェンクス警部補佐を向かわせる。サウス・ショアへ行って、すぐにその近辺から捜索を開始するんだ」

受話器を下ろすとロードに言った。「保育士のエプロンが発見されたそうだ。ダンスカークが確認した。ウォーウィックのサウス・ショア側にあるトライブ・ロード脇らしい。ずたずたに破れていて、ダンスカークが半狂乱になっている。殺人じゃないかと疑っているようだ。わたしも現場に行きたいところだが――」

また電話が鳴った。今度の報告は短かった。本部長が視線を上げた。

「〈ウォーマウント〉号が、グラッシー湾（グレート・サウンドの最北端）を無事に通過したそうだ」

ロードがサマセットへ戻ってきたのは――ダンスカークの一件に関する捜査資料を引っぱり出して読み直そうと、一度帰ってきたのだ――夕食時間が終わる寸前だった。外は暗くなりかけていた。ゲストハウスへ向かって歩いていると、海の向こうから飛行機が轟音を響かせながら飛んできて、造船所のほうへ機体を傾けた。空からの捜索は、今日はこれで打ち切りらしい。

当然ながら、夜になれば逃走に成功する確率は高くなる。何か手は打ってあるのだろうかと考えながら海の見渡せるところへ出てみると、その答えが少しわかった。水平線の奥のほうの夕闇に一瞬サーチライトが光り、海上を偵察しているのが〈ウォーマウント〉号だけでないことを物語っていたのだ。

遅い夕食を済ませ、自分ひとりのために残って給仕をしてくれたウェイトレスにチップを渡した。

階段を上り、人影のない通路を通って自分の部屋へ向かう。誰もいない。きっとほかの客は映画を見に出かけたか、別棟のラウンジへコーヒーを、その後には酒を飲みに行っているのだろう。とにかくファイルを調べるのが先決だ。

だが、ファイルはなくなっていた。少なくとも、ざっと探した限りでは見つからなかった。ロードは手を止めて思い出そうとした。たしかに黒い鞄の底にしまって、上からパジャマを載せたはずだ。ここへ来る船の中では鞄に鍵をかけていたが、ハミルトンに着いてからは荷物はどれも鍵をかけていない。それよりも、入国審査で中身を調べられるのに備え、〈クイーン〉号を降りるときに鍵を開けておいた。客室係が船室から荷物を運び出した後、Cデッキのロビーに置きっぱなしになっていたとしたら、船が島の海岸沿いを巡っていた間じゅう、痕跡を残さずに中を調べることは誰にでもできたはずだ。とは言え、自分を責めることはできなかった。バミューダに到着した時点で彼の任務は完了し、それとともにあの資料は重要性を失っていたのだから。

これこそ、犯人が初めて犯した、完全に愚かな過ちだ。ロードには新たなコピーなどたやすく入手できる一方、犯人は資料を盗むことによって、誘拐犯自身か協力者がサマセットにいるという証拠を残してしまったのだ。しかも、ロードの部屋を知っていて、留守中に荷物を探れるほどこのゲストハウスに通じていることになる。もっとも、〈クイーン〉号が入港する前に資料が盗まれていたのなら話は別だが。

まずはその空想上の空き巣になったつもりで動いてみよう。資料をしまった場所に間違いはないと確信していたものの、ロードは荷物の中だけでなく、タンスや引き出し、ついには部屋じゅうをくまなく探してみた。資料は見つからなかった。

煙草に火をつけ、ファイルの中身を思い出そうとした。どんな書類が入っていただろう？　二通の予告状、タイプライターの照合結果。ほかには大したものは入っていなかった。発生当初からの事件の要約、日付、担当捜査官の氏名、彼らの報告書。だが当時は何ひとつ役に立つものではなかったはずだ。どれをとっても、わざわざ盗み出すリスクと、盗まれたことが発覚すれば犯人の手がかりが露呈するリスクを負うほどの重要性があるようには思えなかった。ど素人でもなければ、こんな過ちを犯すはずがない。

これで犯人の素性がさらにはっきりしてきた、とロードは考えた。これがロングアイランドで起きていたのなら、ざっと八千万人のうちの誰の仕業かもわからないが、バミューダの管区内とあっては劇的に対象者が絞られる。第一に犯人はアメリカ人で、ご多聞にもれず、頭の切れる人間だ。バミューダに滞在中のアメリカ人はかなり多いが、八千万人はいない。次に、犯人は素人だ。おそらく前科の記録はないだろう。さらに、小さな子どもを連れていて当面は生かしておくつもりなら、きっと女の共犯者がいるに違いない。

もうひとつの条件として、犯人はダンスカークと同じ船か、それより後の便でバミューダに来たはずだ。ポキプシーに電話をかけてきたということは、ダンスカークよりも早い船に乗っていたはずはないが、あの午後出航した〈クイーン〉なら十分間に合う。ただし、どの船に乗るかは、直前になるまで決められなかっただろう。これで調査の糸口ができた。〈クイーン〉号に予約を入れるのが遅かった乗客のリストを、ニューヨーク市警に手配してもらおう。ハミルトンへ戻るときにサマセット署へ寄って、資料の新しいコピーとともに本国へ要請することにした。

そう決めるとひと晩泊まる用意をして鞄に詰め、列車の時刻にはまだ早かったので、ラウンジへ向かうことにした。入口に小さなスーツケースが置いてあるのを見て、ロードもその脇に自分の鞄を下ろした。中に入って、見知らぬ客に交じって座り、酒を注文した。

少ししてラウンジを出てみると、彼の鞄の横のスーツケースに、ちょうどデルタ・レニーが手を伸ばしているところだった。「あら、戻ってたのね？　なのに、また出かけちゃうの？　最終列車に乗るつもりなら、運がいいわ。わたしも明日は朝早くからベルモントでゴルフの約束があるから、今夜はその近くのホテルに泊まることにしたの。一緒に乗って行けるわね」灯りの下でロードを興味深そうにみつめてから、暗い道へ歩きだした。

「前よりは元気そうね」彼女が言った。

「前？」

「今朝よ。さっきはあんなに慌ててどこへ行ったの？　何かあったの？」

ロードが尋ねた。「きみはバミューダが好きかい、デルタ？」

「もちろんよ」

「誘拐事件が起きたんだ。でも、このことは黙っていてくれ。リゾートとしては、評判が下がるからな」

「何ですって！」彼女が悲鳴をあげた。「本当なの？　そんなことが起きるなんて信じられないわ。この島で？　詳しく教えて、マイケル」

ロードは主な点をかいつまんで話し、誰にも言わないように念押ししたが、被害者がダンスカークの娘だと聞くとデルタはふたたび悲鳴をあげた。事件をより身近に感じたようだ。ロードが付け足す。「おまけに、わたしの部屋からファイルが盗まれているのがわかった。この事件に関するファイルだ。

このことについても口を閉じておいてくれよ。ただし、目はしっかり開けておくんだ。何か手がかりになるようなものを見つけてくれたら、一杯おごるよ。ここの事情に詳しい人間のはずなんだ」

サマセット署に着いても、ロードは資料の盗難の件は届けなかった。ゲストハウスの使用人による単なる盗みではないと確信していたからだ。本国への通信を依頼し、担当の巡査部長に最新情報を尋ねた。彼はデルタにやや鋭い視線を投げかけてから、情報はないと答えた。

「実に不思議です」彼は続けた。「この島じゃ、魚の群れに襲いかかるバラクーダのように、あっという間に噂が駆け巡るものですが、部下のもとには誰からもこの件に関する情報が寄せられないどころか、事件が起きたことすら誰も知らないらしいのです。島のこちら側に停泊中の船はすべて調べたし、今夜は見張りを何人か立たせていますが、残りの部下はまだ外を捜索中です」そしてにやりと笑って言った。「あなたのお国より捜査態勢は小さいかもしれませんがね、警視、今夜はどこのバーも閉店時間を一時間延長してもいいと通達を出してあるんです。何か情報がつかめるかもしれませんからね」

「ありがとう、巡査部長。うまくいくといいな。明後日ぐらいにはまた様子を見にくるよ」

列車は混み合っていたが、堅い板貼りのベンチが何列も平行に並んだ外見から〝トースト立て〟と呼ばれる車両の最後部に、ふたりは何とか席を見つけた。乗客のほとんどが黒人で、土曜日の夜とあって陽気で賑やかだった。離れた席どうしで大声が飛び交う。デルタが言った。「一緒に来てくれてよかったわ、マイケル」車両の前方では、六人から八人ぐらいのグループがふたつ、競うように歌い始め、互いの声を掻き消そうと声を張り上げていた。一番にぎやかな一団の中央にいる普段着の黒人は、さっき警察署で会った男だとロードは気づいた。誰よりも大はしゃぎしているように見える。車掌がいなくなると、内緒でラムのボトルを客に回しだした。

ベルモントの停留所が近づくと、ロードはデルタをホテルまで送ろうと言ったが、堅く断られた。

「いいのよ、マイケル、ゴルフコースを突っ切って行くから。どのみちシェルトンが迎えに来てくれるはずだし。覚えてるでしょう？　このままハミルトンへ向かってちょうだい。あなた、今朝は遅くまで寝ていたようだけど」彼女はにっこりしながら言った。「その後はけっこう忙しい一日だったんだもの。それに、寝る前にもう一度警察本部へも寄るつもりでしょう？　さっさとお行き、坊や、途中で〈トゥエンティ・ワン〉に寄り道するんじゃないわよ。どうせ寄れっこないわね。もう閉店時間を過ぎてるんだから」

そうだった、ロードは思い出した。デルタに叩き起こされて、この世の終わりに直面したのは、まだ今朝のことだったか。イヴ……ああ――イヴ。


日曜日の朝のフロント・ストリートには、まったく人の姿がなかった。マイケル・ロードはあらゆる商店が閉まったままの通りを、シャッターの降りた〈トゥエンティ・ワン〉と、同じくシャッターの降りた〈クラブのエース〉の前を通り過ぎて曲がり、坂を上って警察本部へ向かった。前夜遅くに来たときは、まだ何の情報も入っていなかった。〈ウォーマウント〉号から報告はなく、警察も何も見つけられないでいた。赤ん坊と保育士はまるきり消えてしまったかのようだった。

すでにデスクに着いていたハートリー大佐に出迎えられたものの、状況は昨夜と大差なかった。

「船の捜索はすべて終えた」彼は言った。「〈モナーク〉号と〈レディ・ロドニー〉号に乗っている人間を全員調べ、確認が取れた。特に子どもは念入りに調べた。〈ウォーマウント〉号のトライスモラン艦長からも、一時間ほど前に連絡があった。例の貨物船を発見したそうだ。幸運なことに英国船籍だったらしく、船長が捜索にすんなり賛同してくれた。トライスモラン艦長が自ら貨物船に乗り込み、何ひとつ怪しむべき点はないと確信したそうだ。もちろん、あの船に関してはわたしもそれほど疑っていたわけではないが。船で逃走とは、あまりに露骨だからな」

「ほかの方面も手は打ってありますか？　飛行機は？」

「偵察機では、昨日の午後は何も見つけられなかった。デントンたちの協力と海軍から出してもらった戦艦搭載機を使って、犯行直後に高速モーターボートで島を出た場合に行ける最大限の範囲内を調べてもらった。ボートまでも全部だ——何千艘もあるわけじゃないが——所在のわからないものはなかった。偵察機が見つけたのは漁船が数隻だけで、犯行後に島を出たとすればそこまでたどり着くにはスピードの遅すぎるボートばかりだ。どれも島へ戻る途上か、引き返そうとしているところだった。その全部が、昨夜のうちに島に帰港している」

「なるほど。いや、わたしが訊きたかったのは偵察機のことではなく、犯人が飛行機で逃げたのではないかということです」

「ふむ！」ハートリーが言った。「陸上機ならかなりの注目を集めるはずだ。ここにはそんな飛行機はないし、離着陸する場所はほとんどない。水上機にしても、人目は引いただろう。島じゅうに捜索の手配を出してあるのだ。偵察機を出す前に飛び立った飛行機は一機もなかった……考えられる方法はもうひとつある。高速船で沖へ出て、待たせていた水上機に乗り換える方法だ。うまく落ち合うには、双方ともに技術が要るだろうが。この案をつぶすために、朝一番に飛び立った海軍の飛行艇に可能性のありそうなボートを全て調べさせた。水上機がすでに飛び立っていたとしても、ボートは発見できるはずだからな」

ロードが結論を出した。「つまり、誘拐犯も、捕らわれている被害者たちも、まだこの島にいるということですね」

「そうだとも」大佐がきっぱりと言った。「しかも、そう長くは隠れていられないだろう」

「なぜです?」

「ここにはプロの犯罪者はいないからだ。隠れ家などあるはずがない」

「プロの仕事だとは思いません、つまりプロの誘拐犯ということですが」ロードはファイルを盗まれた件と、そこから導き出した犯人像について話した。「この十八時間であなたたちが集めた情報から、この島では本物のギャングが誘拐をやりおおせるわけがないことはよくわかりました。実行する前に、とっくに捕まっていたでしょう。少なくとも、子どもをさらって逃げようとした時点で」

ハートリーが同意した。「その通りだ。その手の犯罪はバミューダでは起こり得ない。だからこそ、ダンスカークに関する報告を真剣に取りあげることができなかったのだ。身代金を要求する男と直接話をするまでは」

「やつらは素人です」ロードは繰り返した。「少なくとも誘拐に関しては素人です。さて、犯人たちはまだ島にいるのですね。しかも、一見ごく普通の観光客にしか見えないと。どうやって見つけるつもりですか?」

「それほど難しいことではないだろう」本部長が請け合った。「考えてもみたまえ。ここに犯人の男がいるとする。きみの言う通り、おそらく女も一緒だろう。どこにいるかはわからないが、そこに赤ん坊と保育士が加わった。赤ん坊はしゃべらないとしても、力づくで拉致された大人の保育士はどうだ？　それを抜きに考えても、今まで子どものいなかったカップルが突然赤ん坊を連れていたら、人の目を引くはずだ。島にはいつもゴシップが飛び交っている。すぐにわれわれの耳に届くだろう」

「まさか、ゴシップを待つおつもりでは？」

「とんでもない」ハートリーが苦笑した。「ホテルはどこも捜索したし、今後も目を光らせるよう忠告しておいた。もっとも、ホテルには泊まらないだろうがな。きっとゲストハウスを選ぶだろう。それで思い出した。今朝はわたしもゲストハウスの捜索に出るつもりだ、ハミルトンから部下をひとり連れて。よかったら一緒に来るといい。ゲストハウスの数は多い。時間がかかるかもしれないが、それで成果が得られなければ、次は賃貸用の一軒家に取りかかるつもりだ。さらに必要なら、個人の持ち家まで調べよう。ただ、そこへ至る前に何かしら手がかりが見つかると確信しているがね」

ドアを続けざまに軽くノックする音がして、本部長が顔を上げた。「行こうか。ああ、わかっているよ、ベイカー。もう準備はできている。さあ警視、一緒に出るとしよう」

次の三時間というもの、ハミルトンじゅうに無数にあるゲストハウスを次々と訪ねてまわった。大規模や中規模のもののほかに、一般家屋の普段は使わない部屋に下宿人をひとり、場合によるとふたり受け入れているだけのところもあった。捜査はどこへ行っても似たような手順で行われた。私服警官のベイカーが建物の家主に面会を求め、警察が密かに探している、幼い子どもを連れた男か女を知らないかと尋ねるのだ。大人と子どものふたりだけかもしれませんが、ひょっとすると最大で男ひとり、女ふたり、子どもひとりの四人連れの可能性もあります。もしもそのような一団が部屋を探しに来たら、お手数でも警察本部のベイカー宛てにご一報いただけませんか？　彼は決して子どもを探していると強調しなかった。子どもはあくまでも、探している人物を特定するための特徴のひとつに過ぎないという言い方だった。

今日は私服姿のハートリーが、その間にさりげなく建物の周りを観察した。ロードも一緒に見て回ったが、顔を覚えている保育士のほかに何を探せばいいか皆目わからず、大して役に立っている気がしなかった。何にせよ、得られるものは何ひとつなく、子どもを連れた新規の客はおろか、保育士の娘らしい人物の情報も一切なかった。

足を使った捜査が終わりに近づいたころ、〈バミューディアナ〉ホテルからピッツ・ベイ・ロード沿いのゲストハウスを順に訪ねているところで、カルバートとばったり会った。港へ続く急な坂を上った先に建つ、大きめだが地味なゲストハウスの正面の階段に腰を下ろしていたのだ。ロードは足を止めて声をかけ、ハートリーたちはそのまま階段を上っていった。ここでもまた同じような結果に終わるのが目に見えていたロードは、カルバートと並んで腰を下ろした。

「おはようございます。船が着いた日に比べると、ずいぶんとお元気そうですね。少し日焼けもされて」

「ええ」カルバートが神経質そうに顎を触りだすのを見て、彼がいつもそうやるのは、顔の下半分を守ろうという気持ちの表れではないかとロードは一瞬思った。上半分に比べると、色が白い気がした。カルバートにしては、溢れんばかりの明るい声で言った。「そうなんです、健康になったんですよ。ここに来たのが本当にぼくの体には良かったらしくて。妻もずいぶん回復しました」

「それは何よりですね。奥さんもお近くに?」

「今は休んでいます」カルバートが説明する。「というのも、昨日は丸一日忙しくてね。早起きして、セント・ジョージまで行ってきたんです。途中で水族館に寄って――あそこは素晴らしいところですよ、ミスター・ロード——一日じゅう出かけてきました。帰ってきたのは夕食時間を回ってからでした。たしかに、家内も良くなっているみたいで、調子がいいですよ」

「そうですか、それはよかった。お嬢ちゃんの具合はいかがです?」

「ええ、すっきりした顔をして、最近じゃあんまり泣かなくなりました」彼が階段の奥を指さした先には、ポーチの木陰に安物の乳母車が置いてあった。「今はぼくが子守りをする番でね。子どものことは詳しくないけど、ぼくの目には元気そうに見えますよ」

ロードは苦々しい思いで聞いていた。ひと足遅かった。今の言葉をイヴに伝えられたら喜んでくれただろうに。今となってはそのすべもない。ロードは立ち上がって乳母車の中を覗いてみた。興味を惹かれたというより、単なる礼儀にすぎなかったが、たしかにカルバートの言う通りだと無感動に思った。やっとカールがわかるまで伸びた黒髪の赤ん坊は、仰向けに寝そべったまま両足をもぞもぞさせて、頭上に吊るした安っぽいゴムのリングが風にそっと揺れるたびに嬉しそうな声をあげていた。

カルバートがまた話しかけた。「ぼくたち一家は、本当にここが気に入っているんです、ミスター・ロード。もう少し長くいようかと思いましてね」

「ほう? どのぐらいですか?」

「とりあえず、あと一週間、もしかしたら二週間。少しばかり金も残っているので……ああ——えっと——あれは、あなたのお仲間では?」

「そうですね。ではまた。お会いできてよかったですよ、ミスター・カルバート」

「近くへ来たら、是非また寄ってくださいよ」遠ざかるロードにカルバートが声をかけた。「家内にも会ってもらいたいので」

警察本部へ歩いて戻りながら、人間の立場はあっという間に入れ変わるものだとロードは考えていた。ここへ来る船の上では、苦悩と不安にさいなまれていたのはカルバートで、酒をおごってやったのは自分のほうだった。それが今、すっかり心配そうな表情の消えた彼が、自分を誘ってくれている。反対にこちらは、今以上の不幸は一生訪れないだろうと思うほど苦しんでいる。おい、やめろ。ロードは自分を戒めた。彼女のことを考えるのはよせ。

ハートリーに向かって、思いついたことを口にした。「ゲストハウスの家主たちは、みな信用できるんですか？　中には誘拐犯と協力している者がいたりしませんか？」

「それは考えられんな」大佐はそっけなく答えた。「彼らはバミューダ人であり、ここはイギリス領だ。警察を欺こうとはせんだろう。特に今回の一件では」

本部ではダンスカークが待ち構えていた。その印象は一変していた。気楽な自信過剰家は陰をひそめ、気がふれんばかりの不安ですっかりやつれていた。

「大変だ、やつらは本当にやったんだよ、ロード」彼は叫んだ。「何かわかったのか、本部長？」

「犯人は島から出ていません」ハートリーが請け合った。「今わかっているのはそれだけです。現在捜査中です。必ず見つけますよ」

「急いで見つけてくれ。これがどういうことか、わかっているのか？　ちくしょう！　絶対にやつらを見つけなければ！　本部長、新聞に例の広告を出したい」

「まだです、ミスター・ダンスカーク。まだそれは許可できません。犯人は島にいるのです、きっと逮捕できます」

その後も十分ほどもなだめられて、ダンスカークはようやく出て行った。本部長が安堵のため息をついた。「かけてくれ、警視。例のエプロンに関する鑑識の結果が出ているなら、きみにも聞いてもらいたいのだ」彼はデスクの受話器を上げて指示を出した。

「ああ、そうでしたね。現場では何か見つかったんですか?」

「大した発見はなかった。だが、見通しは良くないな。まず、ダンスカークから聞いた乳母車の特徴だが、黒くて日よけがついており、タイヤは細いゴム製だそうだ。あの一帯では車輪の跡は見つかっていないが、道の表面は堅いからいずれにしても痕跡は残らないだろう。

エプロンは道から二十ヤードほど外れた雑木林の中で発見された。そこの土は柔らかく、足跡がいくつか残っていたが、すべて女性の、おそらくは保育士自身のものと思われる。靴底の小さなフレンチヒールの跡で、ほとんどどれも不鮮明なため、唯一の特徴はそのヒールだ。もう少し大きな足跡もあったのだが、慎重に計測した結果、エプロンを最初に発見した巡査のつけたものだと判明した。

重大な手がかりはエプロンしかないが、それがどうにも腑に落ちないのだ。金曜日の午後のスコールの後は、雨は一滴も降っていない。にもかかわらず、まっさらのエプロンにいくつも泥はねがついていたのはなぜだろう? 彼女が初めから汚れたエプロンを着けていたはずはないだろうし、それはダンスカークも否定している。

とは言え、そんなものは些細な疑問点にすぎない」ハートリーは話を続けた。「エプロンには、はっきりとした手がかりが残されていたのだ。小さな染みで、わたしの目には間違いなく指紋に見えた。あの小ささから推測すると、小指の指紋の一部ではないかと思う。鑑識で写真を撮って引き伸ばし、ほかに潜在指紋がないか調べさせている。それにあの染みの色、どうも嫌な予感がする……ああ、持って来てくれたか、ベイカー。それはデスクの上に置いてくれ、報告書だけもらおう。自分の目で見てくれないか、警視」

大佐が報告書を受け取っている間に、ロードはエプロンを観察した。たしかにエプロンは汚れており、泥がついて乾燥したように見えた。体の後ろ側で留める紐の一本がちぎれ、ほつれている。下の裾近くに、たぶん本部長が言っていた消えかけの染みがあったものの、不鮮明すぎて何とも言えなかった。

「何ということだ」ハートリーが小さな声で言った。「写真には指紋がふたつ写っている。もうひとつはエプロンの紐に残っていた。この写真をニューヨークへ送ってもらいたいが、そちらのデータではどのみち一致するものは見つからないだろう。保育士の娘の指紋かもしれん……エプロンにはたしかに泥もついているが、きみが今見ているのは、人間の血液だそうだ」


その三日後、ロードはサマセットに戻っていた。少なくとも犯人のうちのひとりが一時的にサマセットにいたことを考えると(ファイルを〝先行入手〟する目的で)、そこを捜査の拠点にする意味はあると、ハートリーと意見が一致したのだ。さらなる情報を求めて、同じ人物がここへ戻ってくることは考えられる。だが三日間というもの、目に見える動きは何もなかった。

誘拐犯はどこかサマセットとハミルトンの双方から遠くないところにいるはずだが、その居場所につながるような尻尾を出すことはなかった。他方面からの情報も収穫がなかった。住人のゴシップが耳に入るたびに丹念に調査したものの、その内容は犯人の追及よりも、良からぬ結果を期待するような噂ばかりだった。ただ、ロードがニューヨークへ問い合わせた結果が早速月曜日の午後に届いた。

手元には現在、元の資料のコピーが二通もある――そこにはニューヨーク市警の本部長から鉛筆で

〈どちらか紛失した場合に備えて〉と走り書きがしてあった。だがロードには、やはり盗まれるほどの重要情報は何も入っていないように思われた。新しいファイルに加えられている情報といえば、憶測に基づいたものだった。

その新しい資料によれば、ＦＢＩの疑いの目はジョセフ・ネープルなる人物に向けられているようだ。犯罪行為を繰り返す詐欺師。中ぐらいの背丈で髭はなく、顎に筋状の深い傷がある。禁酒法時代に酒を密輸していたギャングの下っ端だったときについた傷らしい。とは言え、もともとスラム街にいるような男ではなく、少なくとも一年は医学大学に通い（その間にニューヨーク州内で犯罪行為を疑われた）、化学についての知識もかなりある。酒の密輸に協力していたのも、その化学知識を買われたからで、調達する密輸酒の量を減らせるように、有毒な、あるいは毒に近いような合成酒造りをギャングに指南していたのだ。

それ以来、彼はさらに犯罪者としての地位を上げ、今ではアメリカ東部随一の口のうまい詐欺師として成功しているらしい。間違いなく彼の手による二件の大仕事のほかに、数件の事件にも関与が十分疑われながら、これまでに有罪となったのは一件だけ、それも偽造小切手の使用という軽犯罪だ。彼が関わっていたとわかっている事件でも、裁判に持ち込めるほどの証言を被害者から引き出すことはできなかった。たいていの犯罪にはまだ若い娘か大人の女性の協力者がいたが、それぞれの事件で別の女を使ったのか、同一人物なのかまではわかっていない。これまで誘拐に関わったことはなく、言い換えれば、この分野に限っては素人と呼ぶこともできる。かつて外見を偽るために明らかに異質な赤毛のかつらをかぶったこともあったが、普段は素顔のままでいると思われる。

ダンスカークに脅迫状を送った疑いでＦＢＩが探しているのは、この男なのか。資料には、彼がいつもの〝立ち回り先〟から姿を消したとも書いてあった。行方を捜している理由についての記載はなく、ロードはこの情報に賭けるべきか捨てるべきか、選択を迫られた。結果的に、賭けてみることにした。これでようやく、単なる想像を越えて確固とした人物像が見えてきた上に、これまでわかっている限りの、この事件における誘拐犯らしい小物の特徴を十分に備えた男でもあった。それにFBIが追っているのなら、この男が犯人である可能性は高い。すぐに彼の指紋情報と写真を要請した。

数ある偽名のどれかを使ったネープルとおぼしき人物と、はたして自分は船の上、もしくはバミューダに着いてから接触したのだろうか？　手元の資料だけでは言い切ることはできなかったが、頼んでおいた船の予約者情報を見ると、ある一点に目を引かれた。

〈クイーン〉号に予約を入れるのが遅かった乗客に関する報告書はごく短かった。〈リチャード・フォラード夫妻、出航当日の朝。カルバート夫妻および子、出航前日。エミール・ソンソ夫妻および子、出航四日前（ダンスカーク自身が予約を入れたこの日までを、ロードは調査条件に指定していた）〉ほかにミスター・ディートリッヒとミスター・レモンなる人物も間際に予約を入れていたが、どちらも渡航をキャンセルしており、それ以後の便にも乗っていない。

リストの中では、ソンソの名が際立っている気がした。ロードは初めて会った瞬間から、控えめに言っても、あの男はどこかおかしいと感じていた。ダンスカークとまったく同じ日に船の切符を買ったというのは、ソンソが仮に誘拐に関わっているとすれば、ずいぶんと対応が素早いように思える。だが一方で、ダンスカークとスティール夫妻が秘密裏に決めたはずの内容が、ロングアイランドの邸から洩れていたのも事実だ。ポキプシーにかかってきた電話を思い出せ。その後ある情報が舞い込み、ソンソこそが追っ手をかわしているミスター・ネープルなのか、〝妻〟と称する女共犯者を伴っているのか、急いで確認する必要が出て来た。

その情報とは、先週の土曜日、つまり誘拐のあった日の、ハミルトンのある商店の売り上げリストだった。小さなスプーン、プッシャー（幼児用に食べ物をつぶす道具）、取っ手つきコップ、おむつ一ダース、おむつカバー一ダース、赤ん坊の衣類数点。言いかえるなら、一歳を超えたぐらいの赤ん坊の世話に必要な品々だ。この報告は火曜日にハートリーに届けられ、店員の証言によれば、購入したのはミセス・ソンソと特徴のよく似た女だったという。

ソンソ夫妻はバミューダに赤ん坊を連れてきているのは知っていたが、ロードとハートリーは、すでに子どもがいるコテージにもうひとり連れてくるほうが、何もないところへいきなり赤ん坊が現れるよりも人目につかないと考えた。ロードはひとまず、ニューヨークに要請したソンソに関する資料と、ポンズ博士に送った脳波についての質問状の返事を待ちたいと思ったが、ハートリーはすぐに行動を起こしたがった。そういうわけでロードは今、そのハミルトンの店員を連れて精神医学者の元へ向かっているところだった。

訪ねていったのは昼下がりで、ソンソ夫妻はそろってコテージの前でデッキチェアに寝そべっていた。ロードたちが近づくと、妻は立ち上がって家の中に入ったが、店員に彼女をじっくりと観察してもらうだけの時間はあった。店員は打ち合わせた台詞通りに「思った通り、入口はこちらです」とロードに告げ、まるでたまたま刑事を道案内してきたかのように、元来た道を戻っていった。そうか、あの品物を買い求めたのはやはりミセス・ソンソだったか。

精神医学者はその時点で目を開け、椅子の下に置いてあったグラスを取ってぐびりとひと口飲むと、けだるそうに大声を出した。「はあ。ロード・リンカーンか。いいアリパレーションだ。座って。酒を飲め。脳波にいいぞ。今、小さい波を大きくしてるんだ」そう言うなり立ち上がり、妻に続いてドア口から家の中へ消えた。

ロードは、あの大きな目がネーブルの手配書でふれられていないのはなぜだろうと考えた。とびきり大きな目じゃないか。あれも変装だろうか？　ベラドンナ（瞳孔を開かせる目薬）か？　よく手入れされたバンダイク髭までが、撃たれたという傷痕を隠しているように思える。家の中から赤ん坊が不機嫌そうに泣く声に続いて、何かが割れる、聞き違えようのない音が聞こえた。またしてもソンソがグラスを割ったのだな。すっかり酔っぱらっているか、よほど泥酔したふりがうまいのか。泣いている赤ん坊を抱いた女が外へ出てきた。ロードに会釈をして子どもを乳母車に乗せる。乳母車は黒くなく、日よけもついていないが、明らかに新品だ。赤ん坊の黒髪と浅黒い肌が見えた。色黒のミセス・ソンソと同じような色だった。

両手にひとつずつグラスを持って戻ってきた夫に、ミセス・ソンソが言った。「散歩に行ってくるわ、じきに戻ります」ソンソをじっとにらむような視線は意味ありげで、まるで何かを警告しているようにロードには感じられた。

軽く手を振って、ソンソはすべてを受け流した。自己流で混ぜ合わせた酒を早速味見したらしく、グラスの中身は半分に減っていた。「早く飲め、追いつけなくなるぞ」つぶやくように言った。「ほら、飲め」口をつけていないほうのグラスを置くと、半分しか残っていない自分の分をまた飲んだ。

ロードが言った。「万年筆を失くしたようなんです。この間の夜、こちらで落とさなかったでしょうか？」

「万年筆？　いや、万年筆は知らない」

「この辺を探してもかまいませんか？」

「見てこい、見てこい。急げ、飲む時間がなくなるぞ」

ずいぶんうまくいったな。リビングに入りながらロードは思った。リビングだけでなく、バスルームとベッドルーム、さらにひとつしかない衣裳ダンスまで見て回るのに、さほど時間はかからなかった。ふたり目の子どもがいるような痕跡はない。自分は詳しいわけではないが、引き出しふたつ分の内容物では、子どもひとりにも足りないぐらいだと思われた。どんな素人でも、この酒に毒を入れるような馬鹿な真似はしないだろうと考えながら、試しに口をつけてみた。非常に上質のスコッチの味がした。

あとは小さなキッチンの中をざっと見て回れば終わりだ。ドアを開け、深く考えもせずに中を見回したため、危うく見落としそうになった。窓の下には急ごしらえの揺りかごがあって、その中に別の赤ん坊が寝ているではないか。

大きく二歩でそばへ寄った。だが、赤ん坊はクロエ・ダンスカークではなかった。まず、月齢が低すぎる。さらに、いくらロードの目には赤ん坊がみんな同じに見えるとは言え、浅黒い肌で黒い瞳のこの子と、青い目と金髪のクロエの違いぐらいはわかる。いったいこの家はどうなってるんだ？　心の中で問いかけた。

外に出ると、無遠慮にソンソに質問をぶつけた。「キッチンにいるのは、誰の赤ん坊ですか？」

ソンソは驚いて、飲みかけていた酒を詰まらせた。「知らん。赤ん坊？　キッチン？　ああ、きっとポルトガル人の女のだ、家の掃除に来る」そう言ってまたグラスを傾けた。

「土曜日はどこにいましたか、ソンソ？　正午ごろは？」

「今日は、質問ばかりだ。飲め。えらく質問の多い男だ」

「答えてください」

「土曜日か。ハミルトンにいた、覚えている。九時四十五分の列車は、いつも遅れる。いまいましい乳母車を買わなきゃならなかった。ふふん！　一日かかった」

「それは土曜日で間違いないんですね？」

「もちろん、土曜日だ。覚えてる。そら、帰ってきた」

彼の言う通り、ミセス・ソンソが乳母車を押しながら、外国人風の女性と一緒に歩いてくるところだった。女性の服は清潔ながら、明らかに仕事着だ。乳母車の赤ん坊は泣き止んでいた。片手ずつ上げ下げしながら「マーマ」と言った。ロードはミセス・ソンソの隣の女性に顔を向けた。

「キッチンにいるのは、あなたの子どもですか？」

「はあ、その通り。わたしの赤ちゃん」

「名前を伺ってもいいですか？」

「わたし、名前はシルーラ」そう言ってにらみつけてくる。「あなた、誰？　わたしの赤ちゃん、ほっといて」怒った足取りでキッチンのドアへと立ち去った。

残されたミセス・ソンソは、乳母車から赤ん坊を下ろしていた。またしても泣き始めている。彼女が冷たい声で訊いた。「いったい何のおつもりですか、ミスター・ロード？」

ソンソが大声で。「飲め、飲め！」と言うとロードに近づいて、肩を揺すった。

その言葉に従って、ロードはひと口飲んだ。彼女の質問に答えて言った。「好奇心ですよ、単なる好奇心です」

「好奇心というのは」彼女が諭した。「たいてい、はた迷惑なものです」

「おっしゃる通り。そうわかっていても、やめられないものなのです。あなたは土曜日にハミルトンで小さなスプーン、プッシャー、取っ手つきのコップ、おむつ、それにおむつカバーなるものを買いましたね。なぜです？」

ミセス・ソンソがかっと目を見開いた。驚くほど茶色い瞳だった。「そんなことがあなたと何の関係があるのかさっぱりわかりませんが、金曜日にビーチへ行っている隙に、子どものものを全部盗まれたんです。こんな泥棒の出るところだったなんて！」

「警察には届けましたか？」

「それが何の役に立つと言うんですか？　届けていません。週に一度掃除に来ていた黒人の女をくびにして、さっきのポルトガル人を雇ったんです。これからは、留守にするときは鍵をかけて出るようにします。これであなたの好奇心が満たされたのでしたら」彼女は皮肉たっぷりに言った。「この子を連れて家に入らせていただきます」

ロードはソンソのほうを向いた。「すみませんでしたね、ネープルー――」そこで口をつぐむ。

その名前を聞いて何かしら感じたとしても、精神医学者はまったく反応を示さなかった。「ナポリ？　行ったことがないな、ナポリ。もう一杯、飲め」

「マ、マ、マークを放ったのでしょう？」

「マルク？　ドイツにも行ったことがないな。今のドイツは、自信過剰だ、ふふん！」

コテージの中で電話が鳴りだした。瞬時にロードはドアを通ってリビングルームに入った。誰が電話をかけてきたのか知りたい。大急ぎで受話器を取ると、驚いたことに、自分を探しているハートリー大佐の声が聞こえてきた。

「ソンソについての資料が届いたぞ、警視。かなりの量だ。この場で全部伝えるのは無理だ。できるだけ早く戻ってきてくれ。だが一点だけ、今伝えたほうがよさそうなことがある。ソンソに、やつの姪が誰かを尋ねてみるといい。きっと動揺するに違いない……いや、ソンソに訊いてみてくれ。では」

ロードが受話器を戻すと、ミセス・ソンソがベッドルームにつながるドア口に立っており、険しい声で言った。「とても不愉快だわ。どうぞお引き取りください」

「電話はわたし宛てでした。ですがご心配なく、ちょうど失礼するところです」

「もういらっしゃらなくて結構ですから」

「それは――どうでしょうね」ロードはそう答え、ソンソを探しに外へ出た。

「ハミルトンへ戻らなければならなくなりました。ごちそうさまでした」

「もう一杯、飲め。片翼じゃ飛べない。馬鹿げてる」

「これ以上は結構です……ああ、ところで、姪御さんの名前は何というんですか、ソンソ?」

相手はグラスの縁越しにじっと考えるような目でロードをみつめていたが、訳知り顔でにんまり笑った。「あんたは――ひっく――もう知ってるはずだ」いたずらっぽい口調で続ける。「名前は、イヴ・フォラード」そう言うと、急に口が半開きになった。「おや、何の話をしていたかな?」

ロードがハミルトンへ着いたときには、ハートリーはセント・ジョージに呼び出されており、本部長と会うのは翌日の朝まで待たなければならなかった。だが翌朝ロードが予告なしに本部長室のドアを開けたときも、さらに待たされることになった。大げさな苦悶の表情を浮かべた大佐は、上等な服を着た男性的な体格の婦人と何やら熱心に話をしている最中だったのだ。ロードは慌てて部屋を出たが、ようやく本部長の体が空いたと知らされるまで優に十五分は待たされた。

ふたたび部屋に入って行くと、ハートリーは苛立ったような暗い顔つきでデスクを指で叩いていた。そして前置きもなしにいきなり怒鳴りだした。「婦人参政権運動家どもときたら！　毎年同じ幼稚な抗議を繰り返すのだ。選挙権がないのだから税金は払わん、とな。おかげでわたしの部下が茶番のようなオークションを開き、ブローチやら古びた椅子やらを出品して、彼女たちが競り落とした数ポンドを税金の支払いに充てなきゃならん。いつもならお互いを思いやりながら進めるのだが、今回ばかりは部下も我慢の限界に達したようだ。無理もない、わたしも頭に来ている。

さらにあの婦人は、日曜の午後にスタジアムでテニスをするのを禁止しろとまで言いだした。そんなことができると思うか？　わたしは法の執行官なのであって、今の法律では日曜日のテニスは違法ではないし、それは今後も変わらない。百五十年前のニューイングランドの村のような〝ブルー・ロウ（聖書に基づいて安息日を守るために、日曜日のあらゆる活動を禁じた法律）〟を施行して日曜日にスタジアムを閉鎖させたら、観光業がパーになることはわかっているはずだ。それなのに、どっちも思い通りにしたいという、そこが彼女らの問題なのだ。

しかも、話はそれだけで終わらない。そうだ、まだ続きがあるとも。次に抗議の槍玉に上がったのは、外国人が不在の間に自宅を貸し出す行為だ。それではバミューダ人の不利益になると言ってな。これについては法律に明記されているのだが、彼女は具体的な訴えを起こさない、もしくは起こせないのだよ。まったくあの女どもときたら、外国人が土地を買ってくれるのはありがたい、バミューダ人の建築業者や大工に大金を払って家を建ててくれるのも大歓迎、住んでくれるならどんどん島に来て金を使ってくれと言っている。それなら、島を留守にしている間、誰かに家を貸したいと言って何が悪い？　きっと自分たちには太刀打ちできない相手だからこそ、あれほど躍起になっているのだろうよ」

ハートリーはようやく息を継ぎ、ロードは自分の意見を挟んだ。「今朝の本部長は、ずいぶんバミューダ人に厳しくていらっしゃる。外国人というのがわが同胞を指しているのなら、何人かここの土地を所有しているアメリカ人に会いましたよ。ですが抗議の声などわたしは聞いたことがないし、むしろいい話しか出てきません」

ハートリーが認めた。「そうだろうな。わたしがうんざりしているだけだ。ここの住人はみな善良で、大英帝国内でも特に素晴らしい人々だ。きっとこの誘拐事件のせいだな。もう四日になるというのに、まったく何の進展もない」

ひとつの事件の捜査には何週間、ときには何ヵ月もかかることがよくあり、ロードには落胆するようなこととは思えなかったが、あえて反論するのは控えた。そのかわりに尋ねた。「何か新しい情報はありますか？」

「資料が届いている。ソンソに関するもの以外に、わたしが要請しておいたものもある。ところで、やつの姪が誰かは教えてもらったかね？」

「ええ」

「彼女を知っているのか、そのイヴ・フォラードとかいう女性を？」

ロードは無機質に「ええ」と答えた。

「ああ、そうか。われわれと同じ船に乗っていたんだったな……昨日の午後、彼女をここへ呼び出した」

ロードは話の続きを待った。

「彼女はソンソが叔父だとは全然知らなかったが、見物料を払ってでも会う価値のある人物だ、すぐにでも会いに行ってみると言っていた。父親の兄弟の中に、いわば〝一族の面汚し〟がひとりいたのだと言う。距離を置くうちにその人物はいつしかアフリカへと流れ、それきり音沙汰がなくなったらしい。彼女は一度も会ったことがなかったそうだ。彼女が言うには、親族の誰もが彼を煙たがっていたのだと。だから、それがソンソだと知りようもなかったのだと。それは真実かもしれんな」ハートリーは話を締めくくった。「だが、嘘かもしれん」

「どうして嘘だと思うんですか?」

ハートリーは疑わしそうに肩をすくめた。「ソンソは厄介を起こしている。しまいには、改名まですするはめになった。一方、彼女の叔父だというのも間違いない。そういう性質は家系的だからな」そう言うと、ロードが顔を真っ赤にしているのに驚いたが、話を続けた。「それに、夫のフォラードについても考えてみた。あいつは向こう見ずな悪人だ。たいへんな財産に囲まれて育ち、金さえ出せば何でもまかり通ると思い込んでいる。法律など守るに値しないと。例の首飾りの件がそうだ。妻が欲しいと言ったから、彼女のために盗んだのだ」

「知っています」ロードが言った。

「それなら、妻が欲しいと言えば、赤ん坊だって躊躇なく盗むだろう。今回の誘拐は、いかにもやつがやりそうなことだ。向こう見ず以外の何でもない。われわれの眼前だろうがお構いなしだ。だが厄介なのは、やつにアリバイがあることだ。土曜日には〈プリンセス〉で市民団体主催の昼食会があって、わたしも参加を余儀なくされた。一日じゅう礼装のままでな。十一時から一時過ぎまでずっとそこにいたが、その間に何度か彼ら夫妻を見かけた」

「ところで」ロードが話題を変えようとした。「ついでにほかの人間のアリバイも調べたほうがいいでしょうね。ソンソは土曜日には一日じゅうここ、ハミルトンにいて、奥さんと一緒に新しい乳母車を買ったと言っていました。彼らが言うには、金曜日の午後に赤ん坊のものを何もかも盗まれたらしいのです。その話が本当なら、誘拐犯は赤ん坊の面倒を見るための用意を持ち込まずに、ソンソたちから盗んだものを使っているのかもしれません。もっとも、誘拐するならあらかじめ準備してくるだろうとは思うのですが。それから、アリバイを確認してもらいたい人がもうひとりいます。カルバートです」

ハートリーがボタンを押して部下のベイカーを呼んだ。「ミセス・ソンソのアリバイは確認できている。土曜日の十一時四十五分ごろ何点か買い物をし、十二時十五分にさらに買い足している。ソンソについても調べよう。カルバートというのは誰だ?」

「無害な観光客と言えるでしょう。ですが、どうも自分から土曜日のアリバイを釈明したように思えたのです。セント・ジョージと水族館へ出かけ、行きは早朝の列車、帰りは遅い列車。わたしは自発的なアリバイは信用しないことにしているんです。確認したほうがいいでしょう」

「そうだな」ベイカーが部屋に入ってくると、本部長は指示を言い渡し、「必要なら何人でも警察官を連れていけ。そろそろ何か見つけてもいいころだ」とつけ足して追い出した。それからロードのほうを振り向いて言った。「ほら、フォラードに関する資料だ、読んでみるといい」

資料を受け取りながら、果たして公的な立場を利用して恋敵《こいがたき》の過去を覗き見してもいいものか、という考えが頭をよぎった。もちろん、かまわないとも。問題などない。もう自分は競争を外れたのだから。

ずいぶんと長い報告書だった。ボストン生まれ、現在三十五歳、間もなく三十六歳になる。学歴はグロトン・スクールからハーバード大学。ブロードウェイ界隈でさんざん浮名を流した後、一、フローレンス・デラロア（本名マギー・シモンズ）というコーラスガールと結婚。七年の婚姻期間中に（子どもなし）、複数回の危険運転とスピード違反を犯し、飲酒運転中に重大事故を起こしたために運転免許証の取り消し一回（すぐに再交付）。自宅であるマンションのロビーで妻が〝従兄〟と称する男性といるところに鉢合わせし、危うく彼の首の骨を折るほど殴って追い出したため、ついに妻から離婚される。離婚理由、異常な嫉妬心と精神的虐待。届出場所、リノ。一年後、二、イヴ・ターン、ニューヨークの旧家の娘と再婚。イヴの実家はプライベート・バンキングの富裕層、社会的に一目置かれる家柄だが、飛び抜けて金持ちではない。バミューダにて首飾り騒動を起こす。最近の二年間で〝ラグ〟と呼ばれる株式市場の信用詐欺に遭い、大金を失う。この詐欺行為はネープルが使う手法として知られている。フォラードは告訴を拒否。ニューヨークにマンション、ロングアイランドに自宅、ニューポートに別宅。一年の大半を旅行、特に海外旅行に費やす。報告書はそこまでだった。

ロードは資料を返した。「前科は特にありませんね、免許取り消しぐらいで」

「それに、指紋の記録もない」

「ソンソの報告書も見てみましょう」

エミール・ターン。ニューヨーク生まれ、現在四十九歳（その年齢には見えないな、とロードは思った）。中高生のときに三つの全寮制私立進学校から脱走、最終的にエール大学シェフィールド理学校を飲酒過多により四年生で強制退学。ニューヨークで犯罪者すれすれの仲間と交流。文書捏造の疑いで逮捕、一族の影響力により証拠不十分で不起訴となる。戦争時に親独活動。徴兵忌避者。親族からターン姓を使うことに不服を申し立てられ、自身も名乗りたくないとの理由で、法的にソンソと改姓。アフリカに渡り、以後十五年間行方不明。五年前にいくばくかの金《かね》と、妻と名乗る女性とともにニューヨークへ帰る。女性についての情報なし。合衆国で養子を迎えようとしたが、過去の悪評のために申請が却下される。アフリカで少なくとも一度は解雇されたとの噂。またしても飲酒過多が原因。帰国後の活動は不明。〝当報告書は不完全である。犯罪歴なし〟

　ロードが言った。「どうにも結びつきませんね。あの男は、高度に専門的な科学書を執筆しているんですよ」

「おそらく」ハートリーがある種のそっけなさを見せて言った。「警察は高度に専門的な科学書になじみがないのだろう。ちょっと待ってくれ。資料だけじゃない、たしかきみ宛てに手紙が届いていたんだった。警察本部の住所に送ってきたということは、何か事件の手がかりが入っているのかもしれん」そう言って封筒を投げてよこした。

　ロードはそれをキャッチし、破って開けた。「ポンズ博士からですよ。絶好のタイミングですね」

〈エミール・ソンソについて〉手紙はそんな書き出しだった。〈何かの分野の博士であることは間違いないだろうが、精神医学者ではなさそうだ。プリンストン大学で取得したのは精神医学ではなく、教育学の博士号だ。（ポンズに言わせれば、それは単に博士と名乗りたいだけの、本当の博士号とは呼べないものだそうだ）アメリカ精神医学会《APA》会員の資格はない。ニューヨーク大学の装置はいじらせてもらっているのかもしれないが、確認できていない。『ふたりのペテン師』なる著書はまだ読んでいないため、コメントできない。

脳波について。昨今は多方面、主に医療分野において研究が進められている。安静時の脳細胞の代謝による周期的な放電が波となって現れるという原理だ。脳の中で安静状態にある割合が大きいほど、より多くの脳細胞が何百万個単位で結合し、記録が可能なほど大きな放電が得られる。精神的または感情的な影響を受けるとこの波は弱まり、放電している細胞が混乱状態に陥る。アルコールによる刺激にを受けると感情的な影響が高まり、波は大きくなるのではなく、平坦になる。

きみは実に奇妙な質問ばかり送ってくる〉手紙はこう締めくくられていた。〈いったいどんな面倒に巻き込まれたというのだ、マイケル？　わたしも近いうちにバミューダへ船旅に出る予定だ。着いたら連絡する。きみもそれを待っているはずだ。ポンズ〉

ロードは手紙を畳んでポケットにしまった。「ソンソは博士の資格は持っています」ハートリーに伝える。「それに、あの本も書いています。が、彼の言っていた脳波の話が正しいかどうかは不明です。調べ直してみなければ。彼は――」ダンスカークが有無を言わせない迫力でドアをノックしたかと思うと、いきなり部屋に入ってきた。「本部長、あの個人広告を〈ガゼット〉に載せたい。あんたが許可しないと言うのなら、ほかに誘拐犯に接触する方法を探すまでだ」疲労から顔は真っ青だった。すっかり神経が高ぶってはいるが、あくまでも真剣なようだ。

ハートリーがなだめるように言った。「どうぞおかけください、ミスター・ダンスカーク。捜査は進展しているんですよ。ちょうどよかった、いらっしゃったついでにお訊きしたいのですが、どうして身代金を用意してあることを教えてくださらなかったのですか？　ニューヨークから紙幣の番号リストが届きました。十五万ドル分の小額紙幣だそうですね。その金を、お持ちなんですね？」

「持っている。スティール夫妻に持って行くように言われたのだ」

「どの銀行に預けました？」

「どこにも。すぐに使えるように手元に置いてある。よく聞いてくれ、わたしは身代金を支払うつもりだ。犯人はその後であんたたちが捕まえればいい。逮捕しようとしまいと、わたしにとってはどうでもいい。ふたりが無事に戻ってきてくれさえすれば」

「ここで言い争っても何の解決にもなりません」ロードが言葉を挟んだ。「ダンスカーク、お子さんと保育士を見つけたいのでしょう？　それは本部長も同じ思いです。人質の解放後に犯人を捕まえて裁判にかけるのが彼の使命です。新聞広告を載せることに不都合はないとわたしは思いますが、どうするかは最終的な決定権と同時に最終的な責任も負う、この本部長が判断することです。それ以外で、われわれが探している人物と接触できる方法に心当たりがあるのでしたら、是非試してください。ただし、そのときはわれわれにもご一報をお願いします」

ハートリーが説明した。「身代金の支払いを認めることで、犯行が成功するのをただ黙って見過ごすわけにはいかないのです。捜査範囲を広げるべきです。まずはニューヨークから乗ってきた船の中で、メリデン船長の夕食のテーブルに同席していた人間から始めましょう」

「わかりました。エルドン・モルガンはどういった人物ですか？」ロードが尋ねた。

「バミューダの旧家出身で、ビジネスマンとして成功している。植民地議会の議員でもある。誘拐容疑で彼を調べるのは時間の無駄だろうな」

「賛成です。すでにフォラード夫妻は調べたとなると、残るのは誰ですか？　わたしたち以外には、ミス・レニーと、ホールデン母娘ですか。どこにでもいるアメリカの典型的な中流の上といった階級の女性たちですよ。犯罪を犯すような要素はあまり感じませんが」

ダンスカークが言った。「そんなところを探すのは、見当違いもいいところだ。無駄な努力はやめろ。まったく、あんたたちには誘拐犯を追いかけてもらいたいね、無害な観光客でなく」

電話が鳴り、本部長が出た。まる一分以上も誰かと話していた。「どっちのアリバイも確認できたそうだ。ソンソはその時間はずっとハミルトンにいた。きみの言っていたカルバートとかいう男は列車に乗り、午前九時三十八分にセント・ジョージに到着した。水族館には十一時半過ぎに行って、一時間か、もう少し長くいたらしい」

つまり、土曜日の午前中の所在について、全員が本当のことを言っていたことになる。デルタがロードに朝食を作ってくれ、ビーチとテニスに連れ出していた時間だ。ずいぶんと昔のことのように思える。

「船長のテーブルなんか忘れろ」ダンスカークが繰り返した。「その謎めいたネープルとかいう男さえ絡んでなきゃ、わたしなら真っ先にソンソを疑うがね、アリバイがあろうとなかろうと」

イヴ・フォラードはハミルトン最大のデパートの一軒を出て、フロント・ストリートを東向きに歩きだした。暖かい午後で、彼女は全身白ずくめだった。白い靴、短いプリーツスカート、それに白いシルクのブラウス。肌はすでに黄金色に日焼けし、茶色い髪に白い花を飾っている。小さなフレンチヒールの靴が、熱い路面に小刻みに響く。

彼女は無意識のうちに眉をひそめていた。ハートリーならそれを罪の意識から来る不安の表れだと言い、ロードなら紛れもなく魅力的な表情だと言っただろう。曇り顔の原因を知っていたなら、なおさらだ。なぜなら、そのときイヴは〈オレアンダー・イン〉の夜からまる一週間になるというのに、一度もロードの顔を見ていないと考えていたからだ。もちろん、彼があの馬車の中で何を言うつもりだったかはわかっていたし、あえて彼に言わせないようにしたのも自分だ。望み通り何も言わないでくれたところも、傷つけた後の反応を見ても、ますます彼が好きになった。彼の言葉を聞きたくないわけではなかった。むしろ、聞きたくてしかたがなかったのだが、今はまだ駄目だ、早すぎる。だが、このまま会えなくなってしまったら、永遠に聞くことができなくなる。初めは彼に、ただ心から好感を抱いただけだった。今は十分に冷静な頭で考えて、それ以上の気持ちになっていることに気づいてしまった。

イヴが通りかかったところへ、デルタ・レニーが友人のリーと一緒に〈トゥエンティ・ワン〉の階段を降りてきた。彼の身なりは相変わらず派手で、またあのぎょっとするようなサンダルを履いていたが、明らかに急いでいるらしく、会釈のひとつもせずに急ぎ足で通りを歩いていってしまった。

「ねえ！」デルタがイヴに声をかけた。「ディッキー・ハロップを見かけなかった？　もう十分も前に待ち合わせをしてたんだけど」

「え！　ええ、見かけなかったわ……あなた、最近マイケル・ロードと会っていない？」

「会ったわ」

「彼、どこにいるの？　何かあったの？」

「それはあなたが一番よく知ってるはずでしょう」デルタが言った。

イヴは、そういうことか、と思った。「きっと誘拐がらみの捜査で忙しいのね？」

「ああ、そのことも知ってるの？　懸命に捜索してるようだけど。ニューヨークのような訳にはいかないみたい。あまり進展は望めそうにないと思うわ」

イヴが言った。「もちろん、彼なら進展させるわよ。ここの人たちに余計な邪魔をされなければ……見て、噂をすれば、ちょうど来たわ……リンク！　ちょっと来てちょうだい、わたしたちに冷たい飲み物をごちそうしてくれるぐらいの時間はあるでしょう？」

埠頭に向かってフロント・ストリートを歩いていたロードは足を止めた。うまく断わる言い訳が思いつかなかった。「ええ、フェリーに乗るまで三十分ちょっとあります」彼はふたりの後から店の階段を上った。

もちろん、彼女とは遅かれ早かれどこかで顔を合わせなければならなかった。いずれ必ず。これだけ頻繁にハミルトンに顔を出すようになったのでは、特に。彼の気持ちの大半は混乱で占められていた。加えて、彼女の変わりない美しさに対する驚きに。どういうわけか、彼女は変わってしまっているだろうと思い込んでいたようだ。死んでしまったかのように考えていた。だが、彼女は何も変わっていなかった。美しいままだ。いつになく美しいぐらいだ。上の階のベランダで飲み物を注文すると、ロードは黙り込んだ。何と言えばいいかわからないばかりか、何か言えば状況がいっそう悪くなるような気がして、そのまま口をつぐみ続けた。

イヴがデルタに尋ねた。「あなたも先週の日曜日に、ベルモント・トーナメントに出るはずじゃなかった？　何かあったの？　お見かけしなかったけれど」

「あら、出てたわよ。でもあまりにひどい成績で、九ホールで辞退したの。わたしはあなたを見かけたわよ」

イヴは返事をしなかったが、その沈黙が意味していることが伝わり、ロードはつい口を挟まずにはいられなくなった。「デルタは確かに行きましたよ。わたしと同じ列車に乗っていましたから」それだけ言うと、また黙り込んだ。

「彼は今、犯罪のことで頭がいっぱいなの」デルタが説明した。

イヴがロードに言った。「わたしね、昨日本部長に呼び出されて、例の〝精神無学者〟がアフリカで行方不明になっていたわたしの叔父だったなんて言われたの。それがね、その話は本当だったのよ。あの後、叔父に会いに行ったの。まるで短編小説みたいだと思わない？　それにしても、警察本部に行ったときには、あなたに会えるかと思ったのに」

「次回は必ずいるようにしましょう」ロードがはっきりと言った。「何があろうと」

イヴは空になったグラスを置いた。「もう行かなくては。ああ、いいのよ、リンク、あなたはデルタと残ってちょうだい」イヴは優しい口調で付け加えた。「彼女は約束をすっぽかされてしまったようだし、わたしはもともとひとりで出かけるつもりだったから。お仕事、頑張ってね。時間ができたら、あなたの友人のことも思い出してちょうだいね」ロードが何も言わないうちに、イヴは去ってしまった。

「ばかばかしい！」デルタが言い捨てた。「あの人ったら、わたしがあなたの捜査はちっとも進展してないって言ったものだから、あんなに機嫌を損ねちゃって。それとも、進展してるの？」

「彼女が肩を持ってくれたのはありがたいが」彼は認めた。「きみとイヴのどちらが正しいか賭けをするなら、わたしはきみが勝つほうに賭けるだろうね」

銀行の前を通って〈プリンセス〉に向かいながら、イヴは考えていた。あの生意気な小娘、失恋したての男を立ち直らせるのが、いかにもお得意そうだわ。ちょうど同じころ、ロードにこそ伝えなかったものの、デルタも心の中で、イヴとは少し表現は違うが、やはり褒め言葉とはほど遠いことを考えていた。

さらにちょうど同じころ、〈バミューダ銀行〉の頭取が興奮気味に、ハートリー本部長と電話で話していた。「たった今、アメリカ合衆国の二十ドル紙幣〝＄Ｂ一二八八七九六六Ａ〟が、ある大型店からの預入金の中で見つかりました。警察から配られた身代金の紙幣リストの番号と同じです！」

デルタと一緒にフェリーに乗ろうとしていたロードを、大佐の部下が見つけて警察本部へ連れ戻すと、ハートリーが新情報を伝えた。「誘拐事件の身代金が出回り始めたようだ。今いくつか問い合わせをする一方で、ダンスカークを呼びに行かせている。よかったら今夜はうちで夕食をとらないか。たぶん徹夜仕事になるだろうからな」

素晴らしい食事を済ませたふたりが警察本部に戻った後、ハートリーが十五分ほど報告書に目を通す間、ロードは前日に届いたネープルの顔写真をもう一度よく見ようと、鑑識課へぶらぶらと歩いていった。指紋の記録はないとのことで、届いた資料に含まれていなかった。写真の中のネープルの顔から悪い印象は受けないが、今まで見た中でもまったく目立つような特徴のない顔だった。だからなのか、どこかで見たような気がしてくる。フォラードであるはずはない。フォラードは背が高いのだから。いずれにしろ、ふたりの経歴に一致するところはない。中背の男か。ソンソである可能性は？　あるいは、カルバートか？　今バミューダにいて、この事件と関わりがありそうに思える人物のうち、中背なのはそのふたりぐらいだ。あのバンダイク髭がなければ、ソンソに見えなくはない。だが、顎の傷痕をとれば、カルバートに少し似ている気もする。問題は、おおぜいの人とどこかしら似ている一方、完全に同一人物と断言できるほどそっくりではないことだ。特に顎髭か口髭をつけて変装しているとしたら。詐欺師にとっては最高の小道具だな、とロードは思いながら、写真を置いて指紋鑑定官を探しに行った。

その男の個人的な見解によれば、エプロンについていた指紋はおそらく女性のものと思われたが、もちろん断定はできないという。保育士の部屋に残っていた指紋のどれとも一致せず、たぶん彼女のではないだろうが、行方がわからない以上、それも断言できなかった。

「指紋が偽造できることは、もちろん知っているだろうね？」ロードが尋ねた。

「知りませんでした。どうやるんですか？」

「元の指紋から写真製版を作るんだ。その型に柔らかい物体、たとえば湿った紙などを押しつける。さらにその紙を、指紋をつけたいところに押し当てる」

「可能だとは思います。でも、今回のエプロンの血痕はそんな偽造工作ではないと思いますよ」

「そうだろうね」ロードは同意し、ハートリーのところへ戻った。

「あいつがどこにいるか、知らないか。ダンスカークのことだ」ロードが部屋に入るなり、大佐が怒った声で言った。「まだ来ないんだが、いつ、誰にあの金を渡したのか、はっきりと説明してもらいたいものだ」そう言うと、明るい表情に変わった。「実は、ようやく手がかりがつかめそうなんだ、警視」

「何があったんです？　あの二十ドル札を使った人物がわかったんですか？」

「そこまではっきりとは言えないが、それに近い。あの紙幣は今日の午後のうちに〈トリミンガム〉

という店で使われたが、一日じゅう混雑していた上に、あの店は比較的高額な商品を扱っている。その特定の紙幣をどの客が使ったかは、誰も覚えていない。今日の口座決済の記録を調べても無駄だ、その紙幣は現金決済で使われたのだからな。だが、現金決済の買い物のうち、品物の配達を指示されたものだけは購入者がわかる。

現金で買った品物の配達依頼は七件しかない。そのうち四件はバミューダ人宛てで、三件がアメリカ人の住人もしくは観光客だ。そのアメリカ人のうちのふたりは三ヵ月以上ここに滞在しているから、予告状がアメリカに送られたときと、きみの報告にあったように犯人がポキプシーに電話をかけてきたときには、そのふたりはすでにこの島にいたわけだ。もちろん、あの紙幣を使った人物が自分で品物を持ち帰った可能性も考えられる。

だが、残った一件の配達先が〈プリンセス〉ホテルに滞在中のミセス・リチャード・フォラードだったことは、実に意味がありそうだ」

ロードがきまり悪そうに顔を赤く染めると、ハートリーが付け加えた。「どうかしたのか？　ミセス・フォラードの名前が出るたびに、どうしてきみはそういう表情をするんだね？」そんなにわかりやすく顔に出ていたのか。

ニューヨークの刑事が慎重に切り出した。「彼女に誤った容疑をかけたまま話を進めているように見えるのです。今のままでは起訴できません、証拠が足りません。どうして彼女を疑うのですか？」

「説明しただろう。夫の評判を見てみろ。法を守ろうともしない男だ。彼女が子どもが欲しいと言えば——たいていの女性はひどく欲しがるものらしいからな——あの男なら躊躇しないはずだ。彼は前妻との間にも子どもがいなかったのは覚えているだろう。七年間も結婚していたにもかかわらず」

「でも、養子を迎えればいいじゃないですか?」

「やつは生まれながらの悪人なのだ。妻が真珠の首飾りが欲しいと言ったとき、やつは買いに行ったんじゃない、他人から盗んだのだ。なぜなら、彼女が特定の首飾りを欲しがったからだ。もしかすると彼女は自分で産めないから、あの特定の赤ん坊が欲しいと言ったのかもしれない。おまけに、彼女が身代金の一部を持っているのではないかという疑いまで出てきた。これからダンスカークを責めてた結果、彼が犯人との独自交渉に成功して身代金を渡したと白状しても驚かんよ」

ロードはしばらく黙ったままだった。ハートリーは焦っている。でなければ、こんな過ちは犯さないはずだ。自分のものにしたくて子どもをさらったのなら、その子を返す見返りに身代金を受け取るのは筋が通らない。それに、そもそもフォラードにはあり余るほどの財産があり、これ以上金を脅し取る必要などない。そして最後に、実はイヴ自身に子どもができるのだと伝えさえすれば、すぐにでもハートリーの説をつぶすことができるだろう。ただ、イヴに関するその個人的な情報は、やむにやまれぬ状況に陥らない限り、誰にも明かすつもりはなかった。

「あの夫婦には無理ですよ」ロードは指摘した。「あのふたりにはさらってきた赤ん坊を〈プリンセス〉に隠すことなどできません、ましてや保育士まで」

「ソンソがいる」大佐が短く答えた。「叔父だぞ。法を何とも思わないやつがもうひとりいるじゃないか」

「あそこの赤ん坊は見てきました。月齢も性別も合致しますが、外見はクロエ・ダンスカークとまるきり違っていましたよ」

「きみは一歳児を見分けられるのかね?」

ロードは白状した。「いいえ、あまり見分けがつきません。ですが、金髪と黒髪の違いぐらいはわかります」

「一歳で黒髪という子はめったにいないものだ、たとえ両親ともに黒髪でも。何らかの薬品を混ぜて、たとえば日焼けオイルと毛染めなどを何回も髪に塗ったとも考えられる」

「ですが〝マーマ〟と言っていたんですよ。クロエ・ダンスカークには母親がいません。一年以上前に亡くなっています。ソンソは赤ん坊をひとりアメリカから連れてきて、今あの家には赤ん坊がひとりしかいないのです。ところで、あのシルーラとかいう女の確認は取れましたか？」

「確認した。ひどく非協力的な女性ではあるが、それ以外では非常に評判がいい。シルーラ自身には子どもが九人いて、彼女の家にはそれ以外の子どもはいなかった。それどころか、実は現在八人しかいない。子どものひとりは、イースト・エンドに住む自分の姉のところに行っていると説明したらしい」

「では、その家には未確認の赤ん坊はいないと——」

開いたままのドアをベイカーがノックし、「下にミスター・ダンスカークが来ています」と伝えた。

「すぐにここへ通してくれ」

ほどなくして、行方不明になっている赤ん坊の父親が入口に姿を見せた。服装はいくぶん乱れ、髪がはねて顔にかかっている。「外はひどい風が吹いている。フェリーが休航になってね。呼び出しを受けても、自転車で来るしかなかった」

ハートリーの声が険しくなった。「ドアを閉めてください。そこにかけて。あの身代金を、あるいは金の一部を誰に渡したんです？」

「わたし――わたしが――誰に――何だって？」ダンスカークがしどろもどろに言った。

「とぼけないでいただきたい、ダンスカーク。これ以上は見過ごせませんぞ。あの紙幣の一枚が今日の午後〈トリミンガム・ストア〉で支払いに使われたのです。いつ犯人と連絡を取ったんです？　相手は誰でしたか？」

ダンスカークは我に返った。「おい、よく聞け」彼は話を始めた。「これは何かの馬鹿げた間違いだ。わたしは誘拐犯と連絡もとっていなければ、いったいどうやってやつらを見つければいいのか見当もつかない。きっとわたし自身が誤って身代金用の紙幣を使ってしまったに違いない。いったいどうして――いや、そうか、やっぱりそうだ！　たしか今朝、〈トリミンガム〉で買い物をしたんだった。すぐに確認してみるが、それに違いない。ほかに考えられないのだから」

「それなら、今日はずっとどこにいたんですか？　この五時間というもの、あなたに連絡がしたくて探し回っていたのですよ。常に連絡が取れるようにしていただかないと困るのはご存じでしょう？　誰と会っていたんです？」

「今朝ここを出た後、〈トリミンガム〉で買い物をしてからボートでサマセットに帰った。きみたちと別れた後は、ひとりも知り合いに会っていない。ミス・レニーを除けばだが。彼女には今日の午後遅くに会ったが、それも偶然だった。夕方家に帰って、その後ここへ向かった。だが、自転車に乗ってくるしかなかった。何せ、ひどい強風でね」

たしかにその通りだった。外の通りを激しい突風が吹き上げ、外海からサウス・ショアに打ち寄せる大波が、半マイル先まで聞こえるほどの轟音を絶え間なく響かせていた。

暗い海面から黒い波が高くそびえたかと思うと、すべてを打ち砕く白波となって鋭い岩場や砂浜に執拗に襲いかかる。その波に呑まれて、うねる海面に見え隠れしながら、何かが海岸沿いに西へと流されて行く。小さな入り江に打ち寄せられ、また沖へと引き戻される。やがてそれはふたつに増えて、岩だらけの岬に当たって跳ね返され、時おり互いにぶつかり合って鈍い音を立てるものの、波の音で聞こえない。やがて別の入り江にまで流されていった。ふたつは波に高くへ放り上げられ、押し固められた堅い砂地に強く打ちつけられた。続く引き波にさらわれる……また放り出され、叩きつけられる……

警察本部では、ハートリー大佐がまだ質問を繰り返していた。「誘拐犯とは、どこで会ったんです?」

ダンスカークは否定し続けていた。

翌朝、風はすっかり止んでいた。雲ひとつない青空に、金色の朝日が昇った。木の葉の緑、海の青と緑、砂の白さがまぶしく、早朝の空気は爽やかで優しかった。

農夫のホリーは午前六時から牛の世話をした後、広いタマネギ畑で農作業に精を出し、八時半にひと休みして海で泳ごうと思った。古い海水パンツを腕にかけ(こんな朝早くからでも女性連れの観光客がホエール湾まで遊びに来ることもあるので、念のための用心だ)、海辺に向かって木陰の小道をゆっくりと歩いていった。

砂浜の半ばまで来たところで、前日の風や波が残していったものが目に入った。

成人した農夫のホリーは、それまでに何度も動物を殺し、人間の死に立ち会った経験もあった。気が弱い質《たち》でもなかった。おまけに、近くへ寄ったわけでもなかった。それでもその光景を遠くから見ただけで顔から血の気が失せ、転がるようにエヴァンズ湾に向かう道を走り出した。

ロードとハートリーが、モーターボートで海面を打ちつけるようにサウンドを突っ切ってエヴァンズ湾に着くころには、すでに何人か集まっていた。砂浜を警備する地元の巡査がその一団に背中でさえぎるように、現場から十分離れた位置に立っていた。黒人の男だったが、今はその顔色は緑がかって見えた。

ハートリー大佐はというと、すっかり肝が据わっていた。巡査に敬礼を返すと、ずたずたになった――ほとんど判別できない状態の――人間の死体のそばまでまっすぐ進み、立ち止まって見下ろした。顔の大部分がえぐり取られ、片足がなくなっている。引き裂かれ、破れた衣服の残骸に覆われた胴体部分は、岩にぶつかったり、強く岸に打ちつけられたりして損壊が激しく、一週間も水に浸かっていたために変色していた。ロードはいくらその死体を見ようとしても、すぐにまた平穏な海岸のほうへ視線と神経を逸らせてしまうのだった。

すると、首だったと思しき部位に何か金属のようなものが光るのを見つけた。どうにか膝をついて金色の細い鎖を外すと、小さな十字架がついていた。ハンカチで擦り、艶が出るまで磨いてみる。十字架の裏に、小さな刻印文字が見えた――〝マリー・マーカム〟 ロードはその装飾品をハートリーのほうへ差し出した。

「保育士の娘です。ダンスカークに確認させるまでもないでしょう」

「車はまだか?」大佐が催促する。「すぐに運んで解剖せねばならん。午後には埋葬する」

「まだ――まだそこまでは腐敗していませんよ?」

ハートリーがわけを説明した。「バミューダ法で定められているのだ。日没前に死亡した者は、ない、いい、いいいぴとたりとも翌日の日没までに埋葬しなければならない」

巡査がおそるおそる近づいてきた。「あの、本部長。もうひとつあったんでさ」

そのときになって初めて、ビーチのさらに先にある、ひと回り小さなかたまりに彼らは気づいた。ロードは恐怖と怒りでうなじの毛が逆立つのを感じた。何ということだ、犯人は赤ん坊も殺すつもりでさらったというのか？　あまりに非道な残虐行為に目の裏側が熱くなり、もし自分が誰よりも早く犯人を見つけ出したら、逮捕などするものかと決意を固めていた。文明的な裁判を受けさせてやるのは、あまりに生ぬるい。

布にくるまれた、その哀れなかたまりのそばにハートリーと一緒にひざまずくなり、安堵のあまり、思わず笑い出しそうになった。それは小さな死体ではなく、ぼろぼろに傷ついた、子どもそっくりの模型だったからだ。腹話術師が使うような、精巧に造られた人形だった。

サマセットのゲストハウスの電話が鳴った。使用人がロードを探しに行き、やがて彼を電話機のところまで案内した。

「もしもし、レイトンと申しますが」感じのいい声が聞こえてきた。「アメリカ合衆国領事館の領事です。アメリカ国民三名が現在占有している土地建物を対象に、捜索令状が出されたとの報告を受けました。リチャード・フォラード、エミール・ソンソ、それにジョセフ・カルバートです。書類にあなたの名前がありまして、どうやらご到着以来、ハートリー本部長の捜査に協力されているそうですね。この捜索令状が妥当なものなのか、ご意見を伺えませんか。フォラードは捜索には間違いなく猛烈に抗議するだろうと思われますが」

「フォラードに対する令状は妥当なものだとは思いません。ほかのふたりは妥当でしょう。ですが、抗議できるものではないと思いますよ。フォラードについてもです。令状はきわめて凶悪な犯罪に関するものですから。誘拐と殺人です」

「えっ！」アメリカ領事が言った。「では、わたしは干渉しないほうがよさそうですね」

電話を終えたロードは自分の部屋に戻り、読みかけていた捜査メモを見返した。容疑は殺人で間違いない。警察医が保育士の遺体から三十二口径の銃弾を摘出することに成功したのだ。幸いなことに（そう言ってよいかどうかは疑問だが）、弾丸は頭部に撃ち込まれたまま、解剖時までそこに留まっていた。

遺体発見以来すっかり取り乱して怒り狂っているダンスカークは、ソンソとカルバートの元にいる赤ん坊を確認するために警察官に同行させられていた。その赤ん坊がクロエかどうかを判別する能力に関して本部長はロードを信用しておらず、その点ではロードもまったく同感だった。なにせ肌や髪の色を別にすれば、幼い子どもの顔の区別などまるでつかないというのに、その肝心の肌や髪の色を変えられるらしいのだから。今後はさらに三十二口径のピストルを捜索対象に家宅捜索も行われるだろう。

こんなとき、デルタがサマセットにいてくれたらよかったのに、と思った。ファイルを盗まれた一件を忘れたわけではないが、盗難が発覚して以来ロード自身はほとんどサマセットを留守にしており、その件についてはまったく調査できずにいた。もしかするとデルタなら何か見つけられるかもしれない。だが別の宿泊客が言うには、デルタはその朝、ロードとハートリーがまだホエール湾にいた時間帯にゲストハウスを出て、何でも一日か二日ほど留守にすると言っていたらしい。ルイス夫妻の名前を口にしていたようだった。ではイモジェンの四十歳の夫とは仲直りしたのだろうか、とロードはふと考えた。サマセットに着いて最初の夕食会でデルタを怒らせた、あの金持ちらしく見えすぎる男だ。女友だちの家を訪ねれば、彼女の夫とも顔を合わせないわけにはいくまい。

ロードは読んでいた捜査メモと、囮としてわざとサマセットに置いていった資料のコピーに視線を戻した。今回の件でハートリーはフォラード夫妻を容疑者と仮定した捜査を進めているが、これはよほど慎重に調べなければならない。

一見したところでは、その疑いには根拠がなかった。なぜなら、ここで推定される動機は、彼らが子どもを物理的に永久に手元に置くことだからだ。きちんと法的手順さえ踏めば、それは違法でも何でもない。通常の養子縁組で望みは十分叶えられただろうし、フォラード夫妻なら何の問題もなく申請が認められたはずだ。たしかにフォラードは向こう見ずで異常なところがあり、裕福であることの意味を、責任を伴うものどころか、何らかの免罪符だと勘違いしているところはある。突然ロードの記憶に、初めてソンソと会った夜に、ラウンジの外の夕食のテーブルで聞こえた、フォラードとルイスの会話の断片がよみがえった。

ルイスは自分のボートを使って何かをするという話をしており、十分な金さえあれば何だってできると言っていた。それに対するフォラードの返事はたしか、どれでもいいわけじゃない、自分で選びたいのだと――何を、と言っていたかな？　手にしたものを？　盗んだものを？　手に入れたものを？　ロードにはどうしても思い出せなかったが、そもそもそこは聞こえなかったのかもしれない。その後の展開と照らし合わせて、その会話に深い意味はあったのだろうか？　ひょっとすると、孤児院からやみくもに子どもを引き取るのではなく、好みに合うような赤ん坊をじっくりと探して、その子を誘拐しようとしていた、という意味だったとは考えられないだろうか？　ルイスとフォラードは熱心に話し合っていたが、そんな凶悪な共謀をしている人間が公けの場で計画を話すとは考えにくい。それに、ほかのすべての船と同様に一斉捜索を受けたルイスのボートが、犯罪に使われたはずがない。

さらに、現実的に不可能だという事実に加えて、ハートリーによる捜索の結果からも、フォラード夫妻が〈プリンセス〉ホテルに子どもを隠していないこと、そして夫妻が確実にそのホテルに滞在していることが証明された。だがここで、イヴを介してフォラードとソンソの関係が意味を持ってくる。最悪のシナリオを仮定するなら、イヴ自身は否定しているものの、実際には〝一族の厄介者〟だった叔父とずっと連絡を取っていて、ソンソを共謀者とする誘拐計画を立て、示し合わせてダンスカークの赤ん坊をさらったとも考えられる。そんな馬鹿な、何があってもイヴを疑うことなどできるものか、絶対に。だが、ハートリーならそうは思わないだろう。

フォラードたちの犯行だという仮定を押し進めるなら、最初に届いた予告状や身代金の要求は目くらましだったと説明できる。もしもフォラードがかくも異様な動機に基づいてこの誘拐を企んだのだとすれば、表向きにはプロの仕業に見えるように、金が目的だと思わせることが肝要だろう。警察は通常の犯罪者タイプを追い求めて見当違いの捜査を余儀なくされる。だが、身代金が実際に要求されることはなく、世界じゅうの新聞に〝個人広告〟を出しても反応が返ってくるはずがない。誘拐をするのであれば、比較的安全な計画だ。

だが、決定的な反証がある。あの夜ハミルトンへ向かう馬車の中でイヴが打ち明けた話だ。自分の子ができるのだと。あれほど深く傷つけられた残酷な情報を、ロードは忘れられるはずがない。すると突然気づいた。何てことだ！　彼女は、自分で出産するとは言っていない。子どもができると言ったただけだ！　かつてフォラードが彼女のために首飾りを盗んだときにも、似たような言い回しをしたのかもしれない。子どもを〝得る〟ためには、間違いなく三通りの方法が考えられる。出産か、養子縁組か、誘拐か。

何という因果な稼業だろう！　もしもこの仮説が正しいとを証明できたら、イヴにフォラードと離婚してくれと大手を振って伝えられると同時に、彼女を誘拐容疑で逮捕しなければならなくなる。だが、それは馬鹿げている。実におかしな話だ。たいていの妊婦は〝出産する予定がある〟とは言わないで〝子どもができる〟と言うではないか。わたしとしたことが、いったい何を考えていたのだろう。彼女をそんな疑いの目で見てしまったとは。彼女のことをまるきり知らないハートリーならいざ知らず、自分は何の言い訳もできない。相手はイヴだぞ、世界で誰よりも美しく、素晴らしく、魅力的な女性じゃないか！

だが、ソンソに関しては、いくら彼女の叔父とは言え、非常に疑わしいと思った。あれほど怪しい男はほかにいないだろう。科学の世界でいくらか名が知られていることは明らかなようだが、それは称賛されない別の稼業を隠ぺいするための隠れ蓑なのではないか？　彼が豪語するほど実は脳波に精通しておらず、〝爆発〟を誘発させる話そのものが嘘だった。アルコール濃度が高まるほど本当は〝うねり〟は減少するのだ。この点においてポンズとソンソの見識は分かれ、ソンソが間違っていた。それに、あの愛嬌のある酔っぱらいの仮面の下には、著名な精神分析学者や物理学者に対する攻撃に見られたように、鋭く、怒りに満ちた顔が隠されている。実のところ、ロードはこの点に関しては密かにソンソの言い分に一理あると思っていた。が、問題なのは理論の妥当性ではなく、その攻撃の激しさだ。ロードは、ソンソが訪問する前に必ず電話をするよう執拗に求めていたことや、デルタと初めて彼のコテージを訪れた際に〝赤ん坊〟のためだと、異常なほど大げさに静寂を強いられたことを思い出していた。子どもをかたどった人形の発見はある新たな憶測を呼んだが、それはソンソに実によく当てはまるものだった。

つまりは、誰かがあの人形を携えてバミューダへ入り、帰国するときには人形の代わりに本物の赤ん坊を連れ出すつもりだった可能性が非常に高いということだ。実行は実に簡単だ。〝母親〟を演じる女を同伴し、島に向かう船旅の間じゅう誰にも人形に近づけさせない。これで、実際にはまだ手に入れていない子どもの存在を確立させ、帰りの切符など赤ん坊に必要な手配ができる。

これが本当だとすれば、ソンソが首謀者だという推理を否定するものはほとんどなく、むしろ疑いを深める要素はたくさんある。〈オレアンダー・イン〉で赤ん坊の話をしている最中に突然狂ったように笑いだした、あの異様な振る舞い。酔っていたのか？　そうかもしれない。が、あのときの話が本当の子どもではなく人形のことだったと考えれば、彼の態度はより自然に見えるし、合点もいく。それから、いつも妻を家に置いて出歩いている点。彼はあの女性を妻というより、使用人（あるいは、共犯者？）のように扱っていた。赤ん坊がいるのなら、当然誰かが家に残って面倒を見なければならないわけだが、一度だけその偽装が完全に崩れたことがある。

誘拐が実行された当日、ソンソは夫婦そろってハミルトンに出かけた。一日じゅうか、一日の大半をそこで過ごした。ではその間、誰が赤ん坊を見ていたのだろう？　あのポルトガル人の女ではない。彼女は週に一度だけ来る約束で、その土曜日には来ていなかったことは調べがついている。つまり〝赤ん坊〟はひとりきりで置いて行かれたことになるが、本当は人形だったのであれば、そんな行為も適切だったと言えるだろう。事実、赤ん坊のものがごっそり盗まれたとされる時点までは、ソンソが可愛がっていたのが人間ではなく人形だったという仮説に、何ひとつ矛盾がないのだ。

ただ、その盗みの一件は理屈に合わない。あらかじめ人形を準備する周到さがあれば、当然赤ん坊の面倒を見るための用意もしてくるはずで、準備もせずに犯行当日に疑いを向けられるような買い物をするのはおかしい。盗まれたという話が嘘であれ真実であれ、赤ん坊の身の回り品が急きょ必要になるような状況に陥ったのには、何らかの説明が必要だ。買い物に行ったことで、盗まれたという話が現実味を帯びてくる。それに、ソンソの家で見た子どもの正体が誰であったにせよ、まったくクロエ・ダンスカークに似ていなかった点も見逃せない。

クロエに似ていないのは、カルバートの子どもも同じだ。彼の家はすべての部屋が家宅捜索の対象とされてはいるのだが。ロードは、あの穏やかそうで小柄な中西部出身者を疑いの目で見ることができずにいた。たしかに、彼にもひとつふたつおかしな点はある。まずは、船の中での彼と妻の行動だ。ふたりが病気の子を片時も離さず面倒をみていたため、赤ん坊が人の目に触れることはなかった。そちらが人形だったとしても辻褄が合う。それに、彼が心臓病だという話と、運動のためだからと自転車に乗っていた点はどうだ。その矛盾に気づいたのは、イヴのお手柄だった。やはりほかの完璧な資質同様、彼女は頭の回転が早く、知識に長け、観察力にも優れている。最後にもう一点、ロードは自発的に明かされたアリバイは信用できなかった。だが、たしかにごく自然な話だったことはいなめない。

辺りは暗くなりだし、ロードはハートトリーに電話をかけようと部屋を出た。結局、彼からは否定的な情報しか得られないまま部屋に戻ってきた。ダンスカークは二軒の赤ん坊を確認したが、どちらもクロエではなかった。家宅捜索をしても銃も弾丸も発見できなかった。フォラードはたがが外れたように怒り狂って、あちこち駆け回っているらしい。

今後の調査で何かわかってくるかもしれない。銃弾は弾道測定のためにニューヨークへ発送してあった。ハミルトンの鑑識には顕微鏡写真の装置が備わっていなかったからだ。あの弾丸を発射した銃そのものは押収できていなくても、銃特有の条痕が間もなくはっきりするはずだ。みつかった人形も同様にニューヨークに送られた。出所を突き止めるのは無理でも、放置するにはあまりに重大な手がかりだ。最後に、カルバートの素性調査もついでに要請しておいた。

ロードは考えを巡らせるたびにいつも、今座っているこの部屋から捜査資料が盗まれた一件になぜか戻ってしまうのだった。あの中に何らかの手がかりがあったはずだと、ロードは確信していた。その観点さえわかれば。さらには、この事件に関わる誰かを見落としているんじゃないか、身近にいる親しい人物を忘れているんじゃないかという、漠然とだが強い気持ちに捕らわれていた。それが引っかかるのだ。前にもこういう気分になったことがあったな。あれはいつだったか？　そうだ。〈マラバー〉の昼食会へ行こうとして、ハロップの後から〈ウォーマウント〉号の梯子を上って下船しようとしたときだ。さて、あのときは何が気にかかっていたのだろう？　突然、ロードは思い出した。

あれはポキプシーにかかってきた電話にまでさかのぼる。〈今朝のご機嫌はどうだ？〉声は二度、そう繰り返した。あれは暗号だったのだ、単なる挨拶ではなく。誘拐犯が相手を識別するための合言葉だったのだ！

そして〈ウォーマウント〉号の混み合った士官室の中でも、その合言葉を声に出した人間がいた。誰だっただろう？　くそ、思い出せない、いくら考えても駄目だ。だが、ようやく気づいたことがある。今ハートリーと自分の前に立ちふさがる難問を解くのに不可欠な手がかりは、あの無防備に過ごしていた一週間のうちに、すでにすべて提供されていたのだ。休暇とパーティーを楽しみ、こんな事件が起きるなどとはまるで思いもよらず、イヴと戯れ、笑い、恋に落ちていた、あの一週間のうちに。

またしても事件は完全に行き詰まったかと思われた。すべてのゲストハウスの捜索が終わり、刑事課の特別班が密かに借家の調査に取りかかっていた。これまでの捜査範囲はほぼ島の西端に集中していたため、今回の調査はセント・ジョージから始めるのが妥当と思われた。

誘拐からちょうど一週間経った土曜日に、彼らが手がかりになりそうなものを発見し、ハートリーとロードは大急ぎで現地に向かった。初めそれは非常に有力な情報に思われ、ダンスカークも呼び出すべきだと判断してハートリーが電話をかけた。だが、ダンスカークはひどく体調が悪くて寝込んでおり、医者を呼んだとのことだった。

「過度の疲労だな」大佐はロードに見立てを伝えた。「保育士が発見されてから、神経がまいっていたのだろう」そっとしておいてやることになった。結果的に、その判断は正しかった。翌日の日曜日には、その手がかりはまったくの誤りだったと判明したからだ。

嵐の前の静けさだった。が、ロードはそのことにまだ気づいていなかった。セント・ジョージに本部長を残し、日曜日の夜遅くにひとりでサマセットに戻ったロードは、すっかりくたびれて、気落ちしていた。

翌朝ロードはサマセット署に顔を出し、正午ごろゲストハウスに帰ってきた。ほとんど収穫はなく、ただ島内のボートがまだどれも厳しい監視を受けていることだけはわかった。村を出る道を歩いていると、前方に見覚えのある後姿を見つけて声をかけた。「おーい！」

デルタが振り返って立ち止まった。「また戻って来たのね」彼女が気づいて言った。

ロードが追いつき、並んで歩きだすと、デルタが続けて言った。「幸運な再会だわ、モン・プランス。今のあなたには子どもを持つことなんてとても考えられないでしょうけど、身近なところで赤ちゃんがひとり増えるわよ」

「えっ？」彼はぎょっとして神経を集中させた。彼が警察と何の成果もなく駆けずり回っている間に、デルタ・レニーは疑わしい赤ん坊を偶然発見したのだろうか？　女性というのは実に勘がいい、それは間違いない。

「イモジェン・ルイスのことは覚えてるわよね、ここに着いてすぐに夕食を一緒にしたでしょう？実はね、これなんだけど」デルタが何かを取り出しながら言った。「彼女の息子の切符なの」

ロードは切符の記載事項をひとつ残らず読んだ。ファーネス社発行の復路の切符で、乗客名はヘンリー・ウォルター・ルイス、年齢は三歳とあり、二ヵ月ほど前の日付が記載されている。「彼女、三年も前から結婚していたのか？」ロードが勢いよく尋ねた。

「ええ、もっと前からよ。まあ、マイケルったら、失礼な質問ね！」

「それで、この切符がどうかしたのかい？」

「どうもしないわ、ただその子がこの美しいバミューダで具合が悪くなっただけ。病気というほどでもないけど、元気でもないわ。イモジェンはその子をかかりつけのお医者様に診せたいから、来週の船でニューヨークの彼女の実家まで送り届けてほしいってわたしに言うの。わたしはそんなに早く帰国するつもりじゃなかったんだけど、うちの事務所からも手紙が届いて、帰らなきゃならなくなったのよ」

「きみの仕事は何なんだい、デルタ?」

「戯曲専門の小さな取次店を経営しているの」彼女は謙遜するように打ち明けた。「十分やっていけるだけの稼ぎはあるわ。ダンスカークとも二年ほど前に仕事がらみで初めて会ったの。彼の小説の脚色本を、わたしが売ったのよ」

「いつここを出るんだ?」

「次の金曜日。〈クイーン〉号に乗るわ」

「それで、その子を連れて帰るつもりなんだね?」

「そこなのよ」彼女は考えながら言った。「イミーの頼みは聞いてあげたいと思うの。でも、そのことでここの港で面倒に巻き込まれるのは嫌、ニューヨークの港でもね。それに、船に乗っている間じゅう疑いの目を向けられたり、刑事に尾行されたりするのもごめんだわ。あなたにお願いしたかったのは、船でわずらわされないようにこの切符を警察に持ち込んで事前にこの子のことを調べてもらって、何の問題もないっていうお墨つきをもらえないかっていうことなの」

「何か疑われることでもあるのか?」

デルタが確約した。「何もないに決まってるわ。わたしはあの子が産まれたときからよく知ってるのよ。でも、警察本部長はそんなことを知らないでしょう。今回の事件ではあなたたち、かなり厳しい捜査をしてるようだから、巻き込まれたくないの。もう十分巻き込まれてるんだもの」

「この切符を警察に渡して、確認してもらうことはもちろんできるよ。その結果に問題がなければ、船に乗るときに面倒がないように口添えしておこう」

「それで十分よ、マイケル。どうもありがとう。ところで、たまには一時間ほど休憩をとって、わたしと泳ぎに行くのもいいんじゃない？　今日の午後はどうかしら？」

その昼下がり、水を跳ね上げながら海から上がってきたデルタが、ロードの隣に寝そべって言った。

「われらがダンスカークのちょっとしたゲームについて、あなたの感想をまだ聞いてなかったわね」

「ちょっとしたゲーム？」ロードが眠そうな声で訊いた。「どんなゲームだ？」

デルタは突然上体を起こして背筋を伸ばし、鋭い声で尋ねた。「わたしが残したメモを見てないの？　ベッド脇の灰皿の下に置いておいたでしょう？　大変、あのメモまでなくなってしまったのかしら？」

「メモなんて置いてなかったよ。何て書いてあったんだ？」

「それがね」彼女は長い息をひとつ吐いた。「わたし、あなたのためにあちこちに探りを入れてたの。もう十分に巻き込まれてるって言ったのは、そういう意味よ……この間〈トゥエンティ・ワン〉でイヴとわたしにごちそうしてくれた後、一緒にフェリー乗り場へ行って、あなただけハミルトンの警察本部へ呼び戻されたことがあったでしょう？　たしか、先週の木曜日だったわね。あの後、ひとりでサマセットに帰って来たの。ふと、自分のコテージに帰る前にあなたのお部屋を窓から覗いてみようかと思ったのね。そうしたら、誰かが中にいたのよ。もちろん、使用人の誰かかもしれないと思ったけど、ゲストハウスの玄関に回って廊下からお部屋に駆けつけたら、まだ中にいるのを見つけたの。思ってもみなかった人物、ダンスカークよ。あのとき絶対に彼はあなたの鞄の蓋を閉めて、別のを開けようと手をかけるところだったわ。見まちがいじゃないわよ、誓ってもいい。それで、彼がちょうどあなたを探しに来たところだなんて言うから、あら、マイケルならスーツケースの中に住んでなんかないわ、お洋服をしまってるだけよ、って言ってやったの。そのぐらい言ってもかまわないでしょう？　それから、あなたはまだ戻って来ないと伝えて、部屋から追い出したの。夜遅くあなたが帰ってきたら読めるように、そのことをメモに書いて置いておいたのよ。なくなってたとしたら、きっとあいつがその後で戻ってきて盗んだに違いないわ。わたしも金曜日は朝から出かけなきゃならなかったから」

　ロードは話を聞きながら上体を起こして座り直した。頭の中で話の細部がいくつもカチッ、カチッ、カチッと音を立ててはまっていくのを感じていた。「もうひと泳ぎだけしたら、着替えるとしよう。かわいいデルタ、どうやらこの件ではきみに心から感謝することになりそうだよ」

　水に入ると頭がすっきりと冴えた。部屋に戻って着替えながら考えた。ダンスカークだったか！　彼こそ、ずっと見落としていた人物だ。今、思い出した。〈ウォーマウント〉号の士官室に入ってくるなり、大声で〈今朝のご機嫌はどうだ？〉と言ったのはほかでもない、ダンスカークだった。

　あれがなかったとしても、気づくべきだった。あの合言葉ひとつで、すべてが暴かれていたのだ。ポキプシーにかかってきた電話でも使われていたし、自分の推理が正しければ、おそらくハートリー大佐のオフィスにかかってきた誘拐犯からの電話でも。さらに、ロードが合言葉を返せなかったことで、犯人は電話に出たのがダンスカークではないと気づき、ロードにもはっきりそう言った。だが、合言葉の返し方はダンスカーク宛てに届いた二通の手紙には示されていなかったし、そんな合言葉があることをダンスカークは一度も警察に伝えていない。つまり、ダンスカーク自身が事前に直接誘拐犯と取り決めを交わしていたことになる。これは子どもの実の父親が加担した陰謀だったのだ。

では、何もかもスティール夫妻から大金をだまし取ろうとした彼の狂言だったのか？　ひょっとすると赤ん坊は一度も〈アローバー・ハウス〉から出ていないのではないか？　当然ながら、誰もあそこを捜索していないのだから。いや、違う。この事件には現に共犯者がいて、その声をロードたちは聞いている。それに、赤ん坊があそこにひとりでいられるはずがない、何と言ってもあの保育士はすでに――そう、あの保育士の悲惨な最期から、まったく新しい切り口が見えてきた。

なるほど、ダンスカークがロングアイランドでも〈クイーン〉号でも、誘拐の予告についてまったく心配していなかったのも無理はない。事前に詳細を知らされていて、自分も計画に加わっていたのだから。それに子どもがいなくなった後、彼がずいぶん早い段階でバミューダ警察に通報したのも説明がつく。あれほど心配とは無縁だった男が、たかだか三十分散歩から戻ってくるのが遅いからと、突然不安に駆られたのはなぜか？　答えは、彼が不安に駆られていたのではなく、事前に決めた計画通りに行動していたにすぎないからだ。しかも、少しばかり軽率に。

すぐにダンスカークを逮捕しなければ。留置場にさえ入れれば、やつから情報を訊きだして赤ん坊を見つけ、身代金とともにスティール夫妻のもとに返すことができるだろうし、共犯者も捕まえられる。一味のひとりは、ポケットに三十二口径リボルバーを忍ばせた殺人犯なのだ。

だが、ダンスカークを逮捕するための証拠はどこにある？　明らかにちぐはぐな行動をとっていたといくら訴えても、それが真実だろうが、何かを暴く可能性を秘めていようが、逮捕令状は下りない。部屋に侵入して、鞄をあさっていた件ならどうだ？　たとえ令状の請求が受け入れられたとしても、それでは罪状が軽すぎる。元の資料の盗難は？　ロード自身はあれが誰の仕業だったか確信を持っていたが、証拠は何もなく、盗んだ目的もいまだにわかっていない。単に中身が気になったぐらいでファイルを盗んだりはしないだろう。

ロードはクローゼットのハンガーにかかっていた手近な上着をつかんで袖を通した。煙草に火をつけ、ポケットに手を突っ込む。この数週間に起きた出来事のどこかに、確固たる証拠があるはずだ。どこに？　手が何か異物に触れた。引っぱり出してみるとしわくちゃになった紙くずで、ロードはそれをくずかごに捨てようとした。これはいったい何だったかな。ぼんやりと考えながら紙面を眺める。

初めは何だかわからなかった。やがて、そのでたらめな文字の羅列が、初めて〈アローバー・ハウス〉を訪ねたときダンスカークにメモを残そうとして、最初にタイプで打ったものだと気づいた。改めて捨てかけたが、最後の瞬間にひらめいた。ダンスカークのタイプライター！　そんなはずはないと思ったが、ファイルのコピーを探して急いで大きな旅行鞄を取りに行った。

間違いない！　一致する！　ロングアイランドに届いた二通目の手紙のタイプライターの文字の小さな傷が、ロードの手の中の紙切れの文字にもほとんどすべて表れている。〝h〟の文字が擦り切れて〝n〟に見えるのが一番顕著だ。が、それ以外にもほかの文字の特徴がほぼそろっている。足りないのは、紙切れのほうに出てこない文字や記号だけだ。これだけあれば特定するには十分だろう。

ダンスカークは、自分で脅迫状を書いたのだ！　これで探していた証拠が見つかっただけでなく、ファイルが盗まれた理由もようやく解明された。ダンスカークは、ロードがあのタイプライターを使ったことを知っていた。あのときダンスカークは実はずっとあの部屋に潜んでいたのかもしれない。ロードが文字のサンプルを持ち去るのを実際に見ていたか、そう推理しただけなのか、少なくとも疑いは持っただろう。それでロードの所持品のどこかにあるはずの紙を持ち去ろうと、あの日サマセットに来たのだ。当時はまだ誘拐事件の前だったから、見つけ出すのはそう難しくなかったはずだ。あのときも、彼はここでデルタに目撃された。ロードが初めてセント・ジョージへ出かけて帰ってきた日、ダンスカークが前日サマセットを訪ねてきて、ロードを探していたと彼女は言っていた。そのときのデルタには、当然ながらダンスカークを怪しむような理由はなかった。

ロードは今度は慎重に紙切れを折りたたみ、札入れにしまった。七時の列車に乗ろうと、急いで部屋を出る。

ハミルトンへ向かう列車の中で、ほかの断片も次々とつながっていった。まずは、最初の犯罪計画がどんなものだったかを考えてみよう、とロードは自分に提案した。さらにその計画が、やがてどう変わっていったのかを検証しよう。

当初の計画は、比較的単純だったはずだ。ダンスカーク自身が脅迫状を書き、しばらくして子どもを共犯者に渡す。我が子を守るはずの父親が、子どもを犯人に引き渡そうというのだから、すぐに決行してもかまわなかったのだろうが、本物らしく見せるため、また警備の手が緩まるのを待つために、ある程度の時間を置く必要があった。決行後には、共犯者はブルックリンかブロンクス、あるいはフィラデルフィアか、いや、いっそどこか田舎町にでも姿を消すつもりだったのだろう。アメリカのような人口の多い国では、幼い子ども連れの男女をすべて疑うわけにはいかない。たとえ本物の誘拐だったとしても。

共犯者たちとダンスカークは、そのころにはまだ自由に連絡を取り合えたはずだ。電話を（ニューヨークの公衆電話からでも）かけ、ダンスカークが警察から聞いた範囲で捜査情報を伝える。いずれ〝秘密〟の接触機会を設けて両者で身代金を山分けした後、実行犯は姿を消して二度とダンスカークの前には現れない。関係者全員にとってメリットのある計画だ。

どこで計画が狂ったのだろう？　答えは簡単だ。スティール夫妻が、娘婿と孫娘をバミューダに行かせようとしたところからだ。ダンスカーク自身、その提案に強く反対したと言っていたが、職業柄仕事を理由にニューヨークに留まるわけにもいかず、最終的にはあまり抵抗せずにおとなしく従っておくべきだという結論に達したのだろう。実のところ、単に犯行場所を、少しだけ困難な環境に置き換えるにすぎないのだし、その困難も、急いで子どもの模型を用意することで対処できた。

ここで十分に考慮されていなかったのが、保育士の娘の処遇だ。ロングアイランドでなら、彼女を遠ざけることもできたかもしれない。が、始終ダンスカークとふたりきりで過ごすバミューダでは、それもほとんど無理だ。ダンスカークの頭には、彼女を説得して仲間に引き入れ、ひょっとすると結婚する考えさえあったに違いない。どうやらそれは失敗に終わったらしいが、仮に彼女がダンスカークとの結婚に同意したとしても、誘拐犯は自分たちの身の保証にはならないと考えただろう。もしも密かに進行中の凶行についてあの娘が少しでも知っていたのだとしたら、警察に通報するのをためらっているうちに、最悪の代償を支払う結果になってしまったわけだ。

考えられる話だ。彼女はダンスカークを愛しており、たとえ自分は犯行計画に賛同できなくても、ダンスカークを警察に突き出せなかったのだろう。そして彼もまた、彼女を愛していたはずだ。だからこそ誘拐が起きた後であれほど動揺したのだ。ロードにはあの取り乱し方は本物だとしか思えなかった。当然それは、計画通りに姿を消した赤ん坊のことではなく、保育士の娘の不在がもたらしたものに違いない。

ロードは突然気づいた。ダンスカークは共犯者に裏切られたのだ。彼らは実際には自分たちの身の安全のために保育士を殺しておいて、連絡をしてきたダンスカークには彼女は大丈夫だと言いくるめようとしたが、ダンスカークには本当のところが確認できなかったのだろう。そうだ、彼は誘拐犯たちの正体を知っていて、連絡を取ることもできたのだ。だからやつらはポキプシーにも難なく電話ができたし、厚かましくもハミルトンの警察本部にまで（本物の誘拐だと思わせるために）電話をかけてきた。それに、ダンスカークの予想に反してハートリーが誘拐犯との交渉を拒否したとき、彼は本心を吐露するように、ほかにも犯人と連絡を取る方法があるはずだ、どうにかして連絡してみせると言ったではないか。

だが、保育士の娘が殺されたことが明らかになってしまった。共謀関係にあった両者は決裂したのだろうか？　いずれにしろ、ダンスカークを拘留し、自らの計画がもたらした結末を痛感させてやれば、捜査への協力は望めそうだ。彼にはもはや失うものはない上に、きっと復讐心が芽生えていることだろう。

保育士の娘とからめれば、赤ん坊の衣類の難問も解けるだろうか？　人形しか準備してこなかったというのでは、どうにも説明がつかない。ソンソの家から赤ん坊のものが盗まれたという話が本当ならば、盗んだ理由がわからない。嘘ならば、新しく買い直したソンソたちの行動の説明がつかない。もしかすると、ダンスカークの赤ん坊は〈アローバー・ハウス〉に置いたまま、あの保育士にこっそり面倒を見させる計画だったのかもしれない。あるいは、計画では彼女が自ら赤ん坊を連れて〝消え〟、そのときに、赤ん坊の身の回りの品も持ってくるはずだったのかもしれない。だがその計画は大きくしくじった。保育士が死んだ後では、〈アローバー・ハウス〉から赤ん坊のものを持ち出すのは危険すぎたし、すぐにでも必要になったはずだ。

身代金は？　もちろん、ダンスカークが島に持ち込んでいたのだろう。スティール家が無理に持たせたというよりも、彼の要請だったに違いない。身代金の処理のためにも、彼には共犯者が必要だった。あれは紙幣の番号を控えられている〝危ない〟金で、どこで〝危ない〟金を両替できるか、どうやって送金すればいいか、ダンスカーク自身に知識があったとは考えにくい。

ということは、ここでプロの詐欺師、ネープルが関わってくると考えられないだろうか？　その可能性はありそうだが、脅迫状を書いたのがネープルだと疑っている点では、ＦＢＩは間違っていたことになる。ネープルにこだわって考えるのは、間違いを生みそうだ。共犯者は、ネープルが変装していたのかもしれないし、まったくの別人かもしれない。

だがあの人形から、ひとつだけ確かなことがわかった。ダンスカークの共犯者は単身でバミューダへ来たのではなく、偽りの子ども連れの人物だ。そうとしか考えられない。

ちょうどその結論に達したとき、列車がパーラメント・ストリートに滑り込み、ロードは急いで客車を降り、警察本部へ向かって坂道を駆け上った。


ロードはハートリーが警察本部にいるとは期待していなかったが、立ち寄ったのは正解だった。下で確認すると、ハートリー本人から、すぐに本部長室に上がってくるようにと言われたのだ。だがオフィスに入ってみると、ハートリーは何かの専門家らしい人物と面会中で、ロードが緊急の用件だと訴えても後回しにされた。先客は不安そうな顔をしており、本部長の表情も険しかった。「ロード、座っててくれ。こちらも緊急の案件なのだ。すぐに終わる」

男が話し始めた。どうやら中断された報告の続きらしい。「症状についてですが」彼は落ち着かない声で言った。「間違いようがありません、非常に珍しい病気ですから。疲労感、目眩、それに初期の視覚障害症状の発症。第三脳神経が侵され、全身麻痺、特に眼筋麻痺が顕著になります。ときには激しい頭痛や尿失禁を伴うこともあります」

ロードは密かに毒づいた。今すぐ必要な話なのか？　こんなときに、医学の講義など！　ダンスカークがふたたび部屋に忍び込んでデルタのメモを読んでから、もう何日も経ってしまっているのだぞ。本部長の抱えている別の事件の話だろうか。重大性を考えれば、こっちの事件と比較になるはずなどないじゃないか。

男の話は長々と続いている。「進行が非常に速い場合――たしか文献には、摂取後四時間以内に症状が出始め、初期症状から六時間以内に急死したと記録されていたと思います。異常に毒性が高い事案でした。資料写真は悲惨なものでしたよ。衰弱、不安感、無力感。急に呼吸ができなくなり、息をしようともがき、話そうとしても声が出ない。球麻痺によるほかの症状と区別しなければなりませんが、まったく別の神経毒ですからね。脊髄の上部にある中枢神経系統がやられるのです。いくつも血栓ができ、全身の循環器系が損傷します。最後は呼吸麻痺によって死亡します」

「本部長。重大な情報があるのです」

「ドクター・ポッシング――こちらはロード警視だ」ハートリーが言った。「警視、頼むから待っていてくれ。もう少しで終わる」

「自然死であることは疑いようがありません」ポッシングが強調した。「記録と比べても、飛び抜けて重い病状でした。死亡証明書はきちんとそろっています。保健所にも報告してあります。それ以上わたしに何ができたと言うんですか？　あの患者とは会ったこともなかったのですよ。わたしには

――」

「原因となった食物は特定できたのかね？」

「そんなことができるはずないでしょう？」医者は意味ありげに肩をすくめた。「あなたの部下たちががっちりと警備しているのですから。あの家の中には誰ひとり入れないのですよ。断定はできませんが、最後から数えて三度目の食事で食べたものだったのではないでしょうか。とにかく、死因ははっきりしているのです。しかも、自然死です」

「本部長」ロードが大声を張り上げた。「もう我慢の限界です！　決定的な、裁判でも通用する証拠が、今わたしのポケットに入っているのですよ、ダンスカークが自分の子どもの誘拐事件の主犯だという証拠がね。即刻、彼の逮捕状を請求しましょう」

「な――何だって？」ハートリーが声を上げた。

ロードが繰り返した。「彼の逮捕です。推論などではありません。証拠があるのです。物的証拠が」

「何ということだ！」大佐はデスクの向こうで立ち上がった。「たった今きみの耳にも入っていた話は、彼の死についての詳細報告だ。ダンスカークは昨日死んだ。いつも持ち歩いていたメモには、もしも自分が死んだら、どこであれ最期を迎えたその土地に葬ってほしいと書いてあった。彼は今日の午後四時半に、ウォーウィック教区に埋葬されたよ」

「そんな――では掘り起こさなければ。すぐに解剖をしなくてはなりません。これが偶然のはずはない」

「解剖しても何も出てきませんよ」ドクター・ポッシングが断言した。「死因は、ボツリヌス中毒症――食中毒のひとつで、〝腸詰中毒〟とも言われています。彼の遺体からは、ボツリヌス毒素以外は何も検出されませんでした。それはすでにはっきりしています」

「ですが、何をそんなに急ぐんです？　どうしてすぐに埋葬してしまったんですか？」

「その話は何日か前にしただろう」ハートリーが言った。「ダンスカークが死んだのは昨日だ。バミユーダで埋葬するのなら、今日じゅうでなければならなかった。しかも、それだけじゃない。解剖は不可能だ。バミユーダ法によれば、いったん埋葬した納棺庫は、一年と一日が経過するまで決して開けてはならないのだ。ここでは遺体に防腐処理を一切しないからな」

第四章　たとえ遅くとも

イヴ・フォラードは〈プリンセス〉ホテルの部屋で、ミュールを履いた小さな足で化粧室の床を踏み鳴らした。

「ほかのことはどうでもいいけれど、馬鹿みたいに焼きもちを焼くのはもうやめてちょうだい！　でないと、知らないわよ」

ドア口に立っていた夫の顔が紅潮した。「本気なのか？」

「もちろんよ！」

「そう思うなら、行くのはやめろ。あのハンサムな人妻泥棒は、おれが片をつける」

「本当に本気だからね」イヴは言うと同時にフォラードの目の前でドアを閉めた。


後になって振り返ると、マイケル・ロードはダンスカークの死にまつわる謎を解いたことに、当然ながら誇りを感じていた。なにせダンスカークの殺害は、ロードの経験上でも最も巧妙で発覚しにくい手口によるものだったが、それをたった四日間で暴いてみせたことは、ほかの不運の埋め合わせになった。もちろん、ハートリーのおかげだということも忘れてはいなかった。ハートリーの賢明な即断によって〈アローバー・ハウス〉を早々に封鎖したことが解決につながったからだ。

とは言え、ロードが最初にぶつかった謎も、ハートリーその人だった。「いったいどういうことです？」ロードは信じられないと言わんばかりに詰め寄ったのだった。「ダンスカークが死んで、おまけに埋葬までされていたというのに、あなたは何も知らされていなかったと言うのですか？」

大佐は辛抱強く説明した。「きみがそう訊きたい気持ちはよくわかる。だがそれはきみが、この島の特殊な事情を知らないからだ。土曜と日曜、それに月曜の正午まで、わたしはセント・ジョージにいた。たしかに、あそこならすぐに連絡を受けることはできた。だが、誰も知らせてこなかったのも無理はないだろう？　誘拐の捜査は非公開で進めていたことはきみも知っているはずだ。ドクター・ポッシングはダンスカークと面識がなく、われわれが目をつけていた人物だとはまったく知らなかったのだ。目の前の患者が、非常に珍しい、毒性の強い食中毒で死にかけているのは、その重い症状を見ても明白だった。やがて患者が死んだ。最初に見つかったのは、どこであれ死んだ場所に葬ってもらいたいという例の遺書だった」

「まずはその遺書こそ怪しいと思うのですが」

「今詳しく調べているところだ。きみの〈フォトスタット〉カメラで撮ったコピーも、ニューヨークへ送った結果がじきにわかるだろう。実はわたしもあの遺書は偽造されたものだと思っている。だが、ポッシングに当時、あれを怪しむ理由があったか？　彼の知る限り、患者の死因は犯罪とは無関係だったのだ。

彼はその事案を保健局に報告した」ハートリーは説明を続けた。「そして、死亡証明書を書いた。警察に通報する理由もない、事件として届け出ることも、検視官を呼ぶ必要もない——何せ自然死だからな。今も自然死としか思えない。わたしが初めて知らせを受けたのは午後五時で、ウォーウィック署の巡査が電話をかけてきた。近くで葬式があったと小耳に挟み、気を回して調べてみたらしい。そのときにはすでに遺体は埋葬され、納棺庫は封印された後だった。掘り返すことはできない。今日から一年経たなければ、裁判所の命令は下りない」

「話ができすぎています」ロードが断言した。「まず保育士の死体が見つかった。続いてダンスカークが死んだ。これのどこが自然ですか？　そんなはずはありません！」

「実に奇妙な偶然には違いない。だからこそすぐにわたしが指揮を執った。昨日の午後五時〇五分以降、あの家は完全に封鎖してある。指紋採取班も待機中だ。さあ、急ごう」

一見したところ〈アローバー・ハウス〉の中におかしなところは何もなかった。ダンスカークの死に関連するような暴行の痕跡もない。ロードは作家と誘拐犯たちのつながりを調べるために真っ先に書斎へ向かった。何もかもが、最後にそこを訪れたままに見える。一点を除いて。あのタイプライターがない。その後家じゅうを捜索しても、タイプライターは発見できなかった。

「それこそが」ロードが言った。「つながりを証明しているようなものです。ダンスカークか別の誰かがタイプライターを処分したのです。おそらく今ごろは海の底でしょうね。ですが、わたしが持っているサンプルだけでも、十分にあの機械を特定する証拠になります」札入れからその紙切れを取り出し、ハートリーに預けた。

次にキッチンへ向かった。当然ながら、中毒の原因となった食物を断定する必要があったからだ。小麦粉、乾燥野菜、砂糖、調味料などの常備食材に加え、冷蔵庫の中にはバター、牛乳、完熟オリーブを半分ほど盛ったガラスの皿、冷肉などが入っていた。どこの冷蔵庫にもありそうなものばかりだ。食品貯蔵庫の棚に、飲みかけの〈ポンテ・カネ〉のワインの瓶があった。

ハートリーがあきらめたように肩をすくめた。「どれが原因であってもおかしくなさそうだ。ただ、いつもダンスカークと同じ料理を食べていたコックの体は何ともないそうなんだ。ポッシングはどこにいる?」彼は不満そうに言った。「ここへ来るように言っておいたのだが、時間通りに来たためしのない男だ。ガーデンパーティーやら夕食会やらばかりにうつつを抜かして。手遅れになる前に患者の治療に駆けつけているのが不思議なぐらいだ」

それでも、ほどなくして医者は姿を見せた。彼が言うには、今回の事案において特筆すべき点は、症状が一気に頂点を迎えたこと、つまり発症から死亡までが非常に短時間だったことだ。「進行の速いケースでは、汚染された食品の摂取後四十八時間で死に至ることはあります。ですが今回の進行度から見て、おそらく三十六時間から四十時間しか経過していないと思います。ミスター・ダンスカークが亡くなったのは、日曜日の昼過ぎでした。わたしの推測では、金曜日の夕食に汚染食材が混入していたのではないかと」

「この一週間で、コックが同じものを食べていないのは」とハートリーが言った。「まさにその日の夕食だけだそうだ。早めにふたり分の冷たい料理を用意しただけで、その夜は帰されたらしい」

「ふたり分?」ロードが尋ねた。

「ふたり分だ。来客が誰だったのかは、まだわかっていない。もちろんすぐに調べたが、彼の知人の中で何か知っている人物はいない。夕食のメニューは簡素なものだった。冷製肉の盛り合わせ、ポテトサラダ、ビスケット、さっき見た〈ポンテ・カネ〉」

「その客の正体を、わたしが誰だと推測しているかはおわかりでしょう?」

「わかっている」ハートリーは認めた。「それで、ドクター、冷蔵庫の中に怪しいものはあるかね?」

「さっきおっしゃったメニューの中では」と言いながら、ポッシングは冷蔵庫の中の匂いを嗅いだ。「可能性があるのは肉しかありません。今回の死因となった有害化学物質を単離する機会はありませんでしたが、いずれにしてもボツリヌス菌の生活環の中で産生される外毒素の一種で、生きた菌のいないところならどこでも作られる可能性があるものです。この毒素に汚染された食品は、ひと口かじってすぐ吐き出したとしても致命的であることは知られていますが、今回はかなりの量を飲み込んだものと思われます」

「完熟オリーブはどうですか？」

「ええ、それも汚染源として知られています。実は、最も有名なボツリヌス中毒の事案の多くは、完熟オリーブが原因なのです。ですが、夕食のメニューには入っていませんでしたね？」

「コックのメニューはあまり信用しないほうがいいですよ」ロードが言った。「ダンスカークはオリーブが大好物でしたから。朝食に食べているのを見たことがあります。コックが夕食に出さなかったとしても、勝手につまんで食べたかもしれません」

「ではこの肉とオリーブをひと粒、持ち帰ることにしましょう」ポッシングが決めた。

「ですが、特定できていない化学物質の有無を、どうやって調べるのですか？」

「疑わしい食品を細かく刻んでマウスに食べさせるのです。この毒素にはA型とB型という異なるタイプがあります。したがって、対照群のマウスも二グループ用意し、ひとつにはA型の抗毒素、もうひとつにはB型の抗毒素をあらかじめ注射しておきます。これほど高濃度の毒であれば、通常の実験よりも早く結果が出るでしょう。ですが、わたしがかねて説明しているように、この患者の死が犯罪行為によって計画的に引き起こされたはずがないことは、おふたりとも理解されていますね？　これは完全に偶発的な食中毒です」

ポッシングが行ってしまうと、ハートリーは指紋採取係を呼んだ。家のあちこちから採取したフィルムを持った男が現れた。「あのガラスの皿だ」ハートリーが言った。「中のオリーブはピンセットで別の皿に移してくれ。ガラス皿の内側と外側を頼む。オリーブは食うなよ」

集めたフィルムを警察本部へ持ち帰るために指紋係の男も立ち去ってしまうと、ロードとハートリーは家全体をくまなく調べて回ったが、ほとんど何も発見できなかった。特に赤ん坊用の品々があるかどうかには興味があった。彼らが見る限りでは、ひとそろえ残っていた。衣類、ベビーパウダー、ベビーオイル、食器類など、赤ん坊ひとりには十分すぎるほどの量だ。ふたりは最後に書斎に戻ってきた。

その部屋には、手紙などの私的な書類が一枚もないことを除けば、変わったところは何もなかった。何でもいいから怪しいものはないかと探し回っていたロードは、金曜日の夜に訪ねてきた謎の来客が手紙類を全部持ち去ったのではないかと言ってみたものの、さすがに自分でもその根拠は弱いと思った。既にかなりの時間捜索を続け、ハートリーは本部へ引き上げたがった。が、ロードは「もう少しだけ待ってください。原稿の入ったかごを調べたいんです」と言って、かごのあるほうへ向かった。

そこに入っていた原稿は、何やら書きかけの小説らしく、ざっと目を通した限りでは、出来としては中ぐらいといったところだ。だが、これはまだ初稿に過ぎないのかもしれない。ロードは何ページかじっくりと観察した後で言った。「これもあのタイプライターを使った証拠になりますね。活字の擦り切れ方がまったく同じです。もっとも、もう証拠は必要ないですが」と、そのとき、原稿用紙の束の下、かごの一番底に、ロードが執拗に捜索を続けた甲斐のある発見があった。紙切れが一枚入っていたのだ。

そこにはこう書いてあった。〈13 6b 49 7 111 bot. 117 4 180 13 216 26 234 t. 296 15〉

ロードは鼻高々でハートリーに見せた。「ハミルトンには暗号解読官はいますか?」

「残念ながら、そんなに短い文面では解読できる者はいないだろう。だがプロスペクトに行けば陸軍諜報局の士官がいるはずだ。彼なら何とかできるかもしれん。もちろん、海軍にも暗号解読官がいるだろうしな」

「ではこれを送ってみましょう。コピーを取っておいて、わたしも解けないか考えてみますが、これは専門家でないと難しそうです……おわかりでしょう、本部長、この一行の意味がわかれば、事件そのものが解決するかもしれないのですよ」

ハートリーは「そうかもしれんな」とだけ言うと、鳴りだした電話機に向かった。戻ってきた本部長の表情からは、何か興味深い知らせを受けたのが見てとれた。「ダンスカークの死が偶発的だったというポッシングの見解には賛同せざるを得ない。が、とにかく別のものが見つかった。さっきのガラス皿から指紋が発見されたのだが、この家のほかのどの指紋とも違うらしい。ところがだ、保育士のエプロンの指紋とは一致したそうだよ」

彼は言い足した「フォラードの指紋が要る。どうしても入手しなければならん。たとえどんな手を使ってもだ」


イヴは本部長室の椅子に腰を下ろし、脚を組んだ。白く短いスカートからは、ストッキングを穿いていない日焼けしたクリーム色の脚が伸びていた。彼女は言った。「まあ、リンク、今回はあなたも同席してくれてよかったわ。あなたがいなければ、ほかに誰か同伴しなければならなかったところよ」

「弁護士のことですか?」ハートリーが柔らかい口調で言った。「法的保護が必要ですか、ミセス・フォラード?」

イヴはふたりにまぶしいほどの笑顔を見せ、ひと言「いいえ」とだけ答えた。が、どんな弁護士よりもロードの存在が強力な保護になると考えているのは明らかだった。

ロードは顔を赤らめた。ハートリーが話を続けた。

「ミスター・フォラードはどちらです?」

「リドル湾でゴルフをしているわ。来るつもりはないそうよ、わたしにも行くなと言っていたわ。でも、ひとりで来てみようと思ったの。このオフィスは」彼女は慎み深くスカートの裾を伸ばして言った。「来るたびに好きになるわ」

「そうですか? ミスター・フォラードには、お呼びしたからにはそれだけの理由があるとお伝えいただけるとありがたいですな」

「伝えるわ。もちろん。でも、あなたにもひとつ伝えたほうがいいと思うの。主人は来ないわよ。逮捕しない限りね。金曜日の船を予約したそうなの——わたしたち、それに乗って帰国するのよ。その前に、あなたとけりをつけるんですって。本当のことを言うとね、わたしが今日ここへ来たのは、単なる好奇心なの。いったいわたしたちにどんな容疑がかかっているのかが知りたくて」

本部長がきっぱりと言った。「容疑などかかっていませんよ。ただ、はっきりさせていただきたい疑問点がいくつかあります。あなたにならできるはずだと思いましてね」

「誘拐事件に関して？　ダンスカークとかいう人のお子さんの？」

「その通りです」

「まさか本気でおっしゃっているんじゃないでしょうね、ミスター・ハートリー」

「あなたはご存じないかもしれないし、十分ご承知かもしれないが、この犯罪にはある男が関わっているのです。自称ネープル。いつもそう名乗るわけではないようですが」

「ネープルですって！」

「ほう、やはりご存じなのですね」

イヴは組んでいた脚を下ろして身を乗り出した。「ええ、知っているわ。主人と一緒に、一度会ったことがあるの。その後でもう一度見かけた気がしたのだけれど。どうやら見間違いだったようだわ」

「もう一度会っても、顔がわからないということですか？」

「ええ、わからないかもしれないわね」

本部長が不意打ちを食らわせた。「ネープルが使う別名のひとつは――ソンソですか？」

「そんなはずないわ」イヴは平然と答えた。「ばかばかしい。ネープルがどんな男か、ご存じ？」

「教えてください」ハートリーが誘導した。

「いいわ。わたしの知る限り、彼は詐欺師よ。わたしたちが結婚して間もなく、彼は何かの証券取引を装って、主人を含めた何人かの人間から大金をだまし取ったの。ミッドタウン辺りに構えていたオフィスは事件後すぐに畳んだようだけれど、取り引きの対象になっていたのは〈キャンメックス・ロイヤルティー〉という株だったわ。わたしが彼について知っているのはその程度ね。ただ、よっぽど頭のいい男よ。そうでなければ、あのリチャードがだまされるはずがないもの」

「今のお話では、やつがソンソでない根拠は何もありませんな。単に名前を変え、その頭脳を誘拐に向けたのかも知れません」

「そんなことないわ」厄介者の叔父の名前が出るたびに、イヴはますます彼を守ろうとするようだった。「ネープルはソンソ博士に成りすましてなんていないわ。絶対にあり得ないもの」

「どうしてそう言えるのですか?」

「なぜって」業を煮やしたイヴが叫んだ。「ネープルは死んだからよ」

「何ですって!」ロードが初めて話に加わった。「やつが死んだなんて、ニューヨーク市警も、FBIもつかんでいませんよ。どうして死んだと思うんです?」

「彼は被害者のひとりに殺されたのよ。そのことを教えてくれたのは――」

ロードは慌ててイヴを止めた。「ちょっと待ってください、イヴ。誰があなたにそう言ったのかは、聞かないほうがいいでしょう。少なくとも、今の段階では。その情報は虚偽なのだから尚更だ。それは〝ラグ〟における、いつもの手口なのですよ」

「〝ラグ〟だと?」ハートリーが尋ねた。「いったい何の話だ?」

ロードが説明した。「〝ラグ〟というのは、うまい〝カモ《マーク》〟、つまり大金を持った被害者だけを狙った詐欺犯罪です。ネープルはそのプロで、いつも〝サクラ《シル》〟役の女性共犯者と組んでいました。第一段階は〝カモと手を組む〟と呼ばれ、狙いをつけた被害者に〝ネタ屋〟が秘密情報を打ち明けます。株式市場の裏をかいて大儲けができる絶対に確実な方法があると。次の段階は〝カモをだます〟といって、通称〝ストア〟と呼ばれるオフィスで行われます。そこには偽物の株式相場表示機や相場表、株式一覧などがそろえてあります。偽の社員まで用意する場合もありますが、普通は威厳を保つために、できるだけ小規模に抑えます。ここでカモとサクラに機密情報をこっそり教え、その株は上がって、ふたりには常に儲けが出ます。実はその分はネタ屋が払っているのだから当然です。ときにはあまり知られていない実際の株を操作することもありますが、たいてい取り引きされる証券はそのオフィス内の偽の相場表や株式リスト上だけに存在するものです。今回の件では、どうやら本物の株を使ったようですね。というのも、ルイスがその会社の名前を口にしたことがあったのですが、ルイスは本物の株式仲買人ですから。

客を十分に引きつけたところで、ネタ屋は〝大口〟を持ち出して〝カモ《マーク》を放つ〟、つまり、非常に大きな取り引きがあるからと説得し、用意できる限りの資金を集めてくるよう指示して一旦帰すのです。次に来るのが〝大芝居〟です。カモは金をすっかり株で失った後、ネタ屋に追い払われます。相手がいきがって面倒を起こすようなら、たびたび〝鶏の血〟の出番となります。

〝鶏の血〟は簡単で効果的な作戦です。サクラがネタ屋に向かってだまされたと詰め寄り、弾の入っていない銃で撃ちます。ネタ屋のほうは致命傷を負ったふりをして、口の中に隠していた袋を嚙みつぶして仕込んであった鶏の血を吹き出し、カモまでをも血まみれにします。これでカモも〝殺し〟に関わりができてしまったわけです。サクラはカモを〝逃がす〟手助けをしてやり、後からネタ屋と落ち合って分け前に預かる。こうやってお話しすると、そんな馬鹿なと思われるかもしれません。ですが、自分の身を守るためには固く口を閉ざすのが最善だと信じ込んでいるカモは、実際に大勢いるのです。（原注・著者は前述の手口について、クレイトン・ロースン著『天井の足跡』（一九三五年）を参考にさせてもらった。著者自身にはこの詐欺行為を実践した経験がないからだ）

そういうわけですから、イヴ、あなたにネープルが死んだと思い込ませた人物の名前は聞かないほうがいいと思うのです。見せかけの殺人を捜査している暇はないし、あなたも巻き込まれたくないでしょう。ニューヨークでも、そうそう秘密裏に死体を処分できるものではありません。それにネープルはもう何度もそうやって〝死んで〟きたので、もう警察も彼の死体が上がらないことなど気にかけていないのですよ」

イヴは説明に聞き入っていた。デスクの電話が鳴って、ハートリーが受話器を取るかたわらで、彼女は思案しながらつぶやいた。「そう、そういう筋書きだったの」椅子の背にもたれ、〝ラグ〟の緻密さに困惑しているようだった。

ハートリーが受話器を置いた。「それで、お話しいただけるのはそれだけですか、ミセス・フォラード？」

「ええ」彼女はまだいつになく考えにふけっていた。「あなたにとって興味のあるお話は以上だわ。おふたりにとってね……そちらからわたしに訊きたかったことも、これだけかしら？」

「ありがとうございました、ミセス・フォラード。今日のところはこれだけです」本部長の返事には、まぎれもなく満足そうな声が混じっていた。

「わたしたちが金曜日に船で帰る邪魔はなさらないでしょうね？」

「それはまだ何日か先の話です」ハートリーは立ち上がりながら、言葉を選んで答えた。「金曜日のことは、現時点では何とも申し上げられません」

イヴも立ち上がった。くるりと背を向けた勢いで、スカートの裾が彼女の素足の膝下で華麗に翻った。ロードに立ち会ってくれた感謝の笑みを向け、バミューダ警察の本部長に軽く会釈をして、いつもの優雅な動作で部屋を出て行った。小さなフレンチヒールの踵を鳴らしながら、まっすぐ伸びた細い足首がドア口を通り抜けて行く。

ロードは窓辺に近づき、部屋に背を向けて外を眺めた。もしかして、自分は震えているんじゃないのか。ああ、何と美しい人だろう！　馬鹿げた考えだとはわかっている。もう彼女とは会うべきではない、二度と。彼女の後からオフィスを飛び出して、フロント・ストリートを並んで歩きたい、ほんの少しでいいから一緒にいたいという衝動を、必死でこらえていた。

ハートリーの言葉で急に現実に引き戻された。「なるほど、フォラードとネープルの間には、つながりがあったのだな」

「でもその話は前から出ていましたよ」ロードが釘を差した。「フォラードが最近、この手の詐欺事件で大金を失ったという情報はすでにつかんでいましたから。それにしても、どうやらフォラードはネープルが死んだと信じているようですね。ネープルはきっとサクラと組んで〝鶏の血〟作戦で芝居を締めくくったのでしょう」

「そうかもしれん。あるいはフォラードが、妻にはネープルが死んだと思い込ませておいた上で、子どもをさらって来るよう彼に依頼したのかもしれん……さっきの電話はベイカーからで、〈プリンセス〉のフォラード夫妻の部屋で指紋の採取作業を終えたという報告だった。あと数分もすれば結果が出るだろう」

「あの暗号の解読にはまだ時間がかかるのでしょうね？」

「あれは〈マラバー〉へ送っておいた。プロスペクトにもだ。だが、たぶん明日までは何もわからないだろう」

「実をいうと」ロードが言った。「あの暗号に関して思いついたことがあるんです。近いうちに〈アローバー・ハウス〉へ戻って試してみます」

ハートリーはひとしきり部屋の中を苛々と行ったり来たりした後で鑑識に電話をかけた。落胆した表情で受話器を置く。「フォラードの部屋にあった指紋はどれも、事件捜査で浮かび上がった指紋とは一致しなかったそうだ」

「ええ、そうじゃないかと思っていましたよ」

「エプロンとガラス皿に残されていた指紋が、偽物だという可能性は？」

ロードは偽物ではないという意見だった。「指紋を偽装するにはそれなりの装置が必要です。写真製版と呼ばれる技術を使うためです。それに加えて、人目につかずにあの皿とエプロンに近づかなければなりません。そもそも指紋を偽装するのは、誰かに罪をなすりつけたい場合です。この指紋が偽物なら、犯人は誰かの指紋と簡単に一致するように細工したに違いありません。誰の指紋なのかがわからないこと自体、明らかに偽装されていない証拠です」

ハートリーは苛々とデスクを指で叩いた。「もっと手がかりさえあれば――」そう言いかけたとき、ドアにノックがあって報告書の入った封筒が届いた。ドクター・ポッシングの報告によると、〈アローバー・ハウス〉で採取した肉は汚染されていなかった。一方、オリーブからはたっぷりとボツリヌス毒素が検出された。

ハートリーが肩をすくめた。「ドクターの言う通り、自然死という点は否めないようだ。菌を逮捕するわけにはいかないからな」

「行き止まりですね」ニューヨークの刑事も認めた。「どちらの手がかりについても。フォラードの指紋と、ダンスカークの死因と」

マイケル・ロードがワットフォード橋のフェリー着き場を後にしてゲストハウスに向かうころには、日が暮れかけていた。辺りはどんどん暗くなっていく。大きな通りを曲がって、彼が泊まっている母屋やラウンジ、それにほかのコテージへと続く細い小道にさしかかったときには、夕闇が迫っていた。

かすかに顔をうつむけ、体を揺するような独特の大股で歩きながら、頭の中は主にダンスカークの死について考えを巡らせていた。どういうわけか、誘拐についての大きな手がかりがすぐ目の前にあるような気がしてならない。ダンスカークが消されたのは、当然クロエがいなくなったことに端を発した結果に違いないのだから。とは言え、くやしいが完熟オリーブによる中毒死は殺人ではない。ハートリーの指摘通り、ボツリヌス菌を誘拐犯として告発するわけにはいかない。

すっかり思案にふけっていたために、白い小道の向こうからやってくるぼんやりとした人影にまったく気づかなかった。どうすれば一致——そこまで考えた瞬間、爆音が響いた。鋭い銃声とともに、ロードの日よけ帽が頭から吹き飛ばされていた。

あまりに突然の出来事に、ロードは無意識のうちに懐に手を入れたかと思うと、拳銃を引き抜き、暗闇を切り裂いた赤い点に向かって撃ち返していた。道の先にいた人物はくるくると回転して倒れた。そこに向かって駆け出したロードの手首は、四十五口径拳銃の跳ね返りの強さにしびれていた。

これで事件は一気に解決に向かうのか？　どういう理由があってか、恐怖に駆られた犯人のひとりが意を決して自分を殺しに来たのだろうか？　いったい誰だ？　険しい表情でポケットの懐中電灯を左手で探りながら、右手はいつでも撃てるように銃を構えていた。

懐中電灯の光に照らされて、傷を負って狼狽した男がじっと路上に横たわっていた。とは言え、重傷ではない。どうやら弾丸は男の左肩を貫通して骨を砕いたらしく、地面に叩きつけられた男は息もできないだろうが、それ以外に大した損傷はなさそうだとロードは予想した。いきり立って唸り声を上げている男の顔に明かりを向ける。

そこにあるのは、フォラードの顔だった。

ウォーウィック署の巡査が〈アローバー・ハウス〉の鍵を開けて、ロードを中へ通した。雨戸を全部閉めて門をかけた家は、普段よりうら寂しく、暗く感じられた。爽やかな外の空気と違い、中はわびしく、湿っぽい。ダンスカークが書斎に使っていた部屋へ向かうロードの足音がうつろに響いた。

だがロードの頭の中にあるのは、フォラードのことだった。彼の供述は真実だろうかと、もう二十回ほども考えていた。入院中のフォラードは、傷の手当てをして肩にギブスをはめられ、凶悪な暴行、法務執行官に対する公務執行妨害、適正な法手続きの妨害、殺害目的の暴行、それにハートリーとバミューダの検事総長が考えつく限りのあらゆる罪状で起訴されていた。

だが、フォラードを赤ん坊の誘拐や保育士の殺人、ましてやダンスカークの死とつなげる証拠は何もなかった。マリー・マーカムを殺害した銃の特徴はファイルに追加されていたが、比べるまでもなかった。その凶器は三十二口径で、フォラードが撃ったのは三十八口径のリボルバーだったからだ。彼自身の供述はいたって簡単なものだった。彼はサマセットのゲストハウスへロードを訪ね、イヴにちょっかいを出すのはやめてくれと（実はすでにやめていたのだが）言いたかったらしい。ゲストハウスにいないとわかり、その後に道で偶然ロードに出会ったとたん、瞬間的に嫉妬に駆られてつい撃ってしまったのだと言う。実のところ、フォラードはそれを後悔していなかった。すでにハミルトンの弁護士を雇ったらしい。ニューヨークの顧問弁護士も、こちらへ向かっているそうだ。

自分はその話を信じたがっている、すぐにでも受け入れてしまいそうだと、ロードは気づいていた。フォラードを――そして、ひいてはイヴを――バミューダでの犯罪に巻き込ませたくないのだ。だが、あの男がそこまで嫉妬に駆られるものだろうか？　たしかに判断力の乏しいやつだ。単に幼いというだけでなく、倒錯した幼稚さがある。しかし男の中には、わずかばかりの欲求感情に動かされて、そうやって女性の美に反応する者がいることを、ロードもよく知っていた。ちょっとした刺激で、つまらないわがままや、どんな手を使ってでもつかんだものは離さないという執着心を掻きたてられてしまう。まるで女性の美が、宝石や貴重な陶器や絵画の美と同じであるかのように。彼らが欲しいのは自分を満足させるための美であって、女性側の満足には関心がない。言い換えれば、彼らの感情はまだ、文字通り野生動物の状態から発達していないのだ。

ロードの淡い期待に、これまでのハートリーの発言が立ちふさがる。フォラードがロードを撃ったのは、嫉妬の末の犯罪行為ではなく、捜査で追い詰められた不安からに違いないと、本部長はすっかり信じていた。ハートリーはロードが少なくともこの一週間はほとんどイヴと会っていないことをよく知っていたので、尚更そう思うのだろう。ロードは無意識のうちに肩をすくめ、書斎のドアを開けて電気をつけた。

ダンスカークの原稿が入っているかごへ急ぎ、持ってきた暗号文のコピーを取り出してかごの中身と見比べ始めた。十五分後、ロードは顔をしかめ、悲しそうな笑みを浮かべた。前日に思いついたアイディアはたしかに当たっていた。が、この〝暗号〟は、作家が原稿の修正箇所をメモしたものに過ぎなかった。たとえば〈13 6b〉は、十二ページの下（bottom）から六行めを見ると、明らかに誤った文法の文節が見つかった。〈49 7〉は、四十九ページの七行めにスペルのミスがあり、リストのほかの数字もすべて同様だった。どれだけ頭をひねってみても、その誤った箇所や行、あるいはその組み合わせから、犯罪にまつわる意味ある言葉が浮かび上がることはなかった。

ここまでだな。この〝暗号〟は、あの偶発的な食中毒と同じで、犯罪的な意図とはまったく無関係だったか。ロードは一瞬、ダンスカークの死をすんなり受け入れられない自分のほうが間違っているのだろうかと考えた。しかし、埋葬を促す内容の遺書、あまりにも発見の容易なあのメモは偽造されたものだった。ハミルトンとニューヨークのどちらの鑑識でも、そう断定された。それもレベルの低い偽造で、あれを鵜呑みにしたのはただひとり、ダンスカークとは面識がなく、遺書の真偽を疑う理由のなかった医者だけだった。遺書が偽物だとすれば、その目的は解剖を阻止する以外に考えられるだろうか？　ダンスカークの死は、どこかがおかしい。何かがあったに違いないのだ。

汚染された完熟オリーブか。ごくまれに、瓶詰めのオリーブに毒素が発生することはあるという。ただし毒素が生み出されるのは自然な細菌学的現象であり、どれだけ気をつけていても、いつ、どこに発生するか、人間には予測のしようがない。そこが問題なのだ。毒素に汚染されたオリーブの瓶を手に入れて、ダンスカークの家のものとすり替えることは可能だろうか？　だが、その瓶のオリーブが汚染されているかどうかは食べてみなければわからないし、わかってからでは手遅れだ。

何ともないオリーブの瓶に、誰かが人為的に毒を加えることはできるだろうか？　もちろん、どんなものにも毒を入れることはできるだろうが、今回は化学的に製造された毒はまったく検出されていないのだ。犯罪でよく使われるような青酸カリやヒ素などの毒物が原因なのではない。今回使われた毒は、人間の手の及ばないところで、小さなボツリヌス菌によって自然に、秘密裏に、静かに産生されていったものなのだ。

　ではダンスカークの共犯者だった人間は、目的が何だったにせよ、いったいどうやって汚染されたオリーブをまるひと瓶見つけ出すなり、何もないオリーブの瓶に毒素を仕込むなりできたというのだろう？　ん？　まるひと瓶？　ロードはダンスカークのテーブルの椅子にどさりと腰を下ろした。懸命に考えを巡らせるうちに、いつのまにか両手で頭を抱え込んでいた。

　やがてキッチンへ行って、冷蔵庫の皿に残っていたオリーブを全部空き瓶に移し替えた。それを玄関へ持って行って、巡査を呼んだ。

「きみの自転車を取ってきてくれ」ロードは指示した。「この瓶とメモを病院にいるドクター・ポッシングに届けてもらいたいんだ。必ず本人に手渡して、これが緊急の用件だとしっかり伝えるんだぞ。ドクターが見つからなかったり、緊急性が伝わっていないと思った場合には、本部長に連絡して、今わたしが言ったことを伝えてくれ。急げ、本当に緊急事態なんだ」

「わかりました、警視」黒人の巡査は敬礼をすると、壁にもたせかけていた自転車を取りに行った。彼が自転車を走らせ、ミドル・ロードに向かって左折するのをロードは見届けた。

　書斎へ戻ったロードは五分ほど捜査に没頭したが、突然玄関のドアを激しく叩く音がして飛びあがった。邪魔が入ったことに眉をひそめながら玄関へ向かい、ドアを開けた。入口には、上等な仕立てのビジネススーツを着た男が立っていた。おそらく六十歳をすぎたその男の髪は真っ白で、赤い頬とえらの張ったいかめしい顔をしている。ロードが近づく足音に気づいて早々にノックをやめ、ドアを開けるなりずかずかと入ってきた。

「ロード警視かね？　わしはサディアス・スティールだ」彼が差し出したハートリーの名刺には、バミューダ警察本部長からの一筆がしたためてあった。「今朝着いたばかりだ。この信じがたい事件の真相を突き止めたい。捜査はどこまで進んでいる？」

「どうぞこちらへ、ミスター・スティール」ロードは予期していなかった客人を連れ、廊下を通って書斎へ案内すると椅子を勧めた。クロエの祖父は、よぼよぼの老人とはほど遠かった。何でも見透かすような鋭い目をして、背筋をしゃんと伸ばして歩いている。

「ここで会えたのは何よりだ、警視」彼は言った。「わしは外国人という連中は知り尽くしている、ずっとやつらと付き合ってきたからな。イギリス人もほかと変わらずたちが悪い。規則ばかりで、ちっとも前へ進まん。ぐずぐずした捜査にはうんざりだ。成果を出してくれ。今の状況は？」

ロードは説明した。保育士の娘が行方不明になった件から始めて、最新情報までを全部話した。話し終えたところで尋ねた。「わたしの正直な見解を、お話ししてもいいですか？」

「むろん。そのために来たのだ」

この人なら受けとめられるだろう。ロードはそう思った。「わかりました。あなたの娘婿が進んで誘拐犯と共謀し、あなたから大金をだまし取ろうと企てたものと考えています。その計画が失敗し、彼は共犯者に殺されたのではないかと。今はまだ無理ですが、二十四時間のうちにはそれを立証できるかもしれません。クロエ・ダンスカークはまだこの島にいると思います。ここから連れ出すのは不可能ですから」

サディアスは口を歪めて短い口髭の端を嚙み、「ダンスカークか」とつぶやいた。「きっとあんたの言う通りだ。芯の弱い男だった。可愛い娘と結婚させるべきでないのはわかっていたが、女の強情さはあんたにもわかるだろう？　保育士の女と恋に落ちただと？　わしは前々からあの自動車事故も怪しいと思っていたのだ。ダンスカークのことに時間をとられている場合じゃない。あんなやつはどうでもいい。クロエを取り返してくれ。何としても連れて帰る」

ロードは資料の中からネープルの顔写真を取り出した。正面写真、右の横顔、左の横顔。「この男をご存じありませんか？　名前はジョセフ・ネープルですが、別名を使っているかもしれません。最近まで、詐欺事件の実行役でした。今はこの事件への関わりが疑われています」そう言って写真を渡した。

スティールは一分ほど写真をじっと眺めていた。「こんな男は見たことがない。聞いたこともない」

「見ていただきたい写真がもう一枚――」ロードが言いかけたときに、また別の邪魔が入った。今度はドアを叩く音ではなく、家のどこかでブザーが鳴っている音だ。「来客が多い日のようですね。ちょっと失礼します」

ブザーは玄関から聞こえたように思われ、ロードはドアへ向かった。あの巡査ならまだ戻って来られないはずだが。こんなに早く帰ってきたとしたら驚きだ。だが、訪ねてきた相手を見て、ロードはそれ以上に驚いた。

「ソンソ博士！」彼は大声で言った。「いったいどういうご用件です？」

精神医学者はずぶ濡れだった。通り雨に打たれたせいもあったが、ほとんどは汗だった。家の外壁に片腕をつき、その肘に頭をもたせかけている。「ああ、ひどい二日酔いだ。酒は置いてないかね？」少し離れたところからでも、ソンソの息がかなりアルコール臭いのがわかり、二日酔い対策のその家庭療法を、すでにどこかで施してきたのは明らかだった。

「ここへ一杯飲みに来たわけではないでしょう?」半信半疑でロードが尋ねた。

「今は、一杯飲めるならどこへでも行く」相手が請け合った。「だが、ここに来たのは別の用だ。この前は、わたしの家が捜索された。今度はわたしがこの家の捜索に来た」そう言ってポケットに手を入れ、ハートリーからさっきの巡査に宛てた短いメモを取り出した。「令状だ」ソンソが短く付け足す。

そのメモの文言は、〈アローバー・ハウス〉の中にある乳幼児の衣類がエミール・ソンソ博士の家から盗まれたものかどうかを判定するために、ソンソに家の中を捜索する権限を与えるというものだった。ロードは一瞬考えたが、二階にはソンソが持ち去るような価値のあるものは何もないと判断した。一歩下がって言う。「どうぞ中へ。最上階の奥の部屋です。何か見つけたら教えてください。わたしは裏の書斎にいますから」

書斎で待つスティールの元へ戻ると、ロードは初めてこの部屋に入ったときから気になっていた写真を壁から外した。それを持って戻り、照明の当たるテーブルの上に置いた。「この写真です、ダンスカークの隣の若者、顎に傷がある男です。誰か思い当たる人はいませんか?」

老人はじっと写真を見たが、見覚えはないとしか言えなかった。一方のロードの中に、その男をどこかで見たのではないかという、前にも感じた思いがよみがえってきた。男の顎の部分を指で隠すと、その気持ちはいっそう強まった。それでもはっきりと思い出せない。誰だったか、どこで会ったのか。だが、今回の事件とは無関係だったのかもしれない。ネープルでないのは確かだ。ダンスカークとネープルが共謀して誘拐を実行したのではないかと強く疑ってはいるものの、ふたつの写真を並べてみれば、ひと目で別人だとわかる。どちらも顎に傷が残っているが、その傷痕はまったく違う。

ソンソがふらふらと廊下をやって来て、ドアの前で立ち止まった。「電話はあるか?」彼が尋ねた。「かみさんにかけたい」

「廊下の壁にかかっていますよ、ほんの一、二歩先です」

ソンソの姿が消え、刑事はスティールのほうを向いた。「今の男性はどうですか? 以前に見たことがありませんか?」

「ないと思うな」相手は疑わしそうに首を振った。「誰かに似ている気もするが——いや、わしは人の顔は忘れんのだが、あの男には見覚えがない。彼もこの事件と関係あるのかね?」

ソンソが廊下で大きな声で話しているのが、部屋の中まで聞こえてきた。「グリートかい?……エミールだ。なあ、赤ん坊のものがいくつか見つかったんだ。おまえが〈メイシー〉で買ったシャツが二枚ある……そうだ、それがここにあるんだ、うちから盗まれたものの一部だ……わかった……そうだな、じゃ」

「いえ」ロードが言った。「どうやら彼は関係なさそうですね。もしも彼の物が盗まれて——ここで見つかったのなら——疑いが晴れますからね」

精神医学者の頭がドアの向こうから覗いた。「いくつか見つけたぞ。もう行かないと。これ以上ここにいると干からびてしまう。じゃあな」

スティールが言った。「あの男、泥酔してるじゃないか……よく聞いてくれ、ロード警視。わしは自分から喧嘩をしかけることはないが、攻撃してくるやつがいれば、それ以上の反撃を食らわす男だ。その誘拐犯どもの挑戦を受けて立とうじゃないか。孫が無事に戻ったら、五万ドルの報酬を払おう。それから、誘拐犯の主犯格には、ひとり十万ドルの懸賞金を出す。ただし、死体に限るぞ。生きていたら、五セントたりとも払わん。何としても捜査を前に進めたいのだ」

イヴ・フォラードは、キング・エドワード病院のベッドに横たわる夫のそばに立っていた。顔は血の気を失い、怒りのあまりその声は冷たく抑揚がなかった。背筋を伸ばして立っている。

「こんな馬鹿なことをしでかすなんて、もう終わりだわ。わたしを何だと思っているの？　あなたのヨットか、半ダースもある自動車の一台だとでも？　もうやめてちょうだいと言ったはずよ。二度と手出しできないようにしてあげる。わたしは予定通り金曜日の船で帰ります。あなたがどのぐらいここに留め置かれるのか、どんな目に遭うのか、もう知らないわ。あなたの顔なんてもう見たくもない。この――この卑怯者！」

くるりと背を向け、五フィート五インチの背丈を精いっぱいしゃんと伸ばして、まっすぐ前を向いて部屋を出て行った。


ハートトリー本部長はマイケル・ロードが驚くような知らせを持っていた。「ソンソの件だが。〈アローバー・ハウス〉で子どもの服を確認したそうだな」

「そう言っていましたね、たしかに。ですが、まだ――」

「いや、その件でほかにも情報をつかんだのだ。サウスハンプトン署の巡査のひとりが、盗みの現場を見ていたという黒人の少年を見つけてね。先週の金曜日の早い午後だ」

「それは重要な証言ですね！　犯人の特徴はわかったんですか？」

「初めはそう思ったのだが、残念ながらはっきりそうとは言えない。少年によれば、ソンソの家の裏口から出てきた男が、両腕いっぱいに洋服を抱えて木の間を逃げて行ったと言うんだ。時間帯は合う。初めに巡査が聞いたときは、背が高く、ピンクのズボンを穿いた男という話だった。が、うちの〝ナンバー・ツー〟に確認に行かせたところ、少年は確信が持てないと言う。背は高かったか〝ちゅっくらい〟だったかよく覚えていないと。そのときには、ズボンについても何も断定できないということだった」

「では、犯人の顔は見ていないんですね？」

「ああ。はっきりしているのは、白人ということだけだ。初めは髭の生えた男だったと言っていたのが、次にはよくわからない、しまいには生えていなかったと言っている。彼の証言は無意味だ、信用できない。とは言え、ソンソの所有物が盗まれたのは間違いないだろう」

「そして〈アローバー・ハウス〉へ持ち込まれたと」

ハートリーが同意した。「そう、ひとまずは。だが、ソンソはあの家で衣類を一点か二点しか確認できていない。盗まれたほかの物はさらにどこかへ運ばれたのだ……それに、もうひとつ発見がある。あのシルーラとかいうポルトガル人の女に聞いたんだが、ソンソ夫婦が到着したときには、人形ではなく、絶対に生きた赤ん坊を連れていたと断言している。あの家の掃除を引き受ける以前に、その赤ん坊を見て、声も聞いたと言い張っている」

「調べれば調べるほど」ロードはあえて言った。「ソンソに有利な証言が増えていきますね」

「その通りだ。もしかして、わたしはずっとこの事件を誤った目で見ていたのかもしれない。きみが〈アローバー・ハウス〉を訪れている間に捜査会議を開いた。全会一致で、ソンソ夫妻を疑う根拠は何もないという結論に達した。とは言え、この島に大歓迎するような相手でもない。ふたりを拘留できないのなら、その逆の措置を取ることにした。わたしの勧告に従って、ふたりは明日の午後出航の〈クイーン〉号で島を去ることになった……ちくしょう！」

「え？」

「誘拐犯どもは、すぐそこにいるはずなのだ、わかるだろう。どこか、わたしたちのすぐ隣に。だが、どうやって身を隠しているのか、さっぱりわからんのだ」

「こういう事件は、一軒ずつしらみ潰しに調べていくほかありませんね」

「すでに始めている」本部長がきっぱりと言った。「島内にある賃貸住宅をすべて訪問し、かなり綿密に捜索しているところだ。最近行なった人口調査の組織の一部をそのまま活用してな。今日じゅうにデボンシャー教区を調べ終わるはずだ。ペンブローク、ハミルトン、それにパジェ教区は明日着手する。遅かれ早かれ見つかるはずだ、やつらが島から逃げ出すのを防げれば」

「防げますか？」

「もちろんだ。今ではすべてが監視下に置かれている。一番厄介なのは、船が次々に出入りすることだが、埠頭の監視は日々強化されている。犯人がまだ島内にいることは間違いないし、島の外へ出ることはできない……それに、フォラードの身柄は今のところ確保できている。弁護士には手出しできない。このままここに留めておくつもりだ。やつはこの事件に何らかのつながりがあるはずだからな」

「そうは思えませんが。と言っても、正直に言ってわたしにもどちらとも判断しかねますが。しかし彼を事件に関連づける証拠は何ひとつありませんよ」

「少なくとも、彼の妻を拘留するだけの証拠はない。彼女は明日の船で帰国するそうだ。それを止める権限はわたしにはない」

「そうなんですか？」ロードは抑揚を抑えた声で言った。そうか、帰ってしまうんだな。明日か。まあ、いずれこの日が来ることはわかっていた。もう一度だけイヴに会いたいと思いつつ、それはできないことは承知していた。そんなことにしばらく気をとられていて、危うくハートリーの言葉を聞き逃すところだった。

「きみが確認してほしいと言っていた、例のルイス夫妻の子どもの件だが。覚えているかね？　昨日調べたが、何の問題もなかった。連れて帰ってくれてかまわない。あのレニーとかいう娘が同伴するのだろう」

「そうでしたね」ロードは気のない返事をした。問題はない、その子はクロエとは性別が違うし、年上だ。そうか、デルタも明日帰るのか。すっかり忘れるところだった。もう一度、やはり気のない返事を繰り返した。「そうでしたね」


フェリーに乗りそこねたロードは、午後の遅い列車でサマセットへ戻った。道中の半分ほどは混み合っていたため隅の席にひっそりと座ったまま、疲れ切って落ち込んでいた。通路を挟んで座るディッキー・ハロップの存在すら、気分を晴らしてはくれなかった。と言うのも、ハロップ自身も珍しく陰気な雰囲気を醸し出していたからだ。

途中で客が減り、車両の前半分にふたりしかいなくなると、ロードは何気なく相手を観察した。若い飛行士は背中を丸めて座席に座り、唇の両端を悲しげに歪め、無表情な目つきで通路越しに反対側の窓から外を眺めている。突然、彼の悩みの原因がわかった。そうか、デルタが帰国してしまうからだ。

　男がふたりそろって、密かに心の中でうめき声をあげながらウェスト・エンドへ向かっている姿は、見る人によっては喜劇のようなユーモアを感じるかもしれない。が、ロードはそうは思わなかった。ここへ着いて初めてデルタの夕食会に参加した日のことを考えていた。実はまだそれほど前のことではないのだな。あの何の心配もない幸せなひとときは、ただただ楽しかった。あのときからこんなに急に何もかもが変わってしまうなんて、とても信じられない。そう、素晴らしいスタートだった。こんな終わり方を迎えるには、あまりに素晴らしかった。

　車両の向こう側で、ハロップも同じようなことを口にした。「どうしてみんなここへ来るんでしょうね、どうせ帰ってしまうのに。これじゃ地獄じゃないか。いっそ戦争が本当に始まってくればいいとさえ思いますよ」

　ロードが言った。「その気持ちはよくわかる」それ以上は口をつぐんだ。何を言っても同じだ。それをふたりで語り合ってどうなる？　しばらくして、列車はサマセットの駅に滑り込んだ。

　サマセットに着いたとたん、雰囲気が一変した。大きなゴルフバッグを持ったデルタ・レニーが前の車両から降りてきたのだ。ハロップの表情と態度が即座にすさまじい変化を遂げ、ロードまでもが、デルタのほっそりとした上品さと日に焼けた快活さを見ていると、少しばかり元気が出てきた。デルタはロードにゴルフバッグを持たせて片腕を彼の腕に通し、もう片腕をハロップと組んで、砂埃の舞う道を三人並んで歩きだした。

「寄り道する用があるから、わたしはそこで右へ曲がるよ、可愛いハ、ハ、ミ、ングバ、ー、ド」飛行士が言った。

「どうして前の車両のモーターの下に潜んでたんだい？」

「もう、わかってるんでしょう」デルタが言った。「もしもわたしの大切なウニたちが後ろの車両に隠れていると知っていたら、わたしだってすぐにそっちへ飛んで行ったはずだって。あなたに必要なのはね、ディッキー、お酒よ。それをデルタが飲ませてあげるわね、ちょうど――」そう言って腕時計を見る――「四十五分後に……でもマイケルは、ただでさえ飲み過ぎよね」

「いや、わたしは酒なんか飲まないよ」ロードが請け合った。「酒好きな男なら知っているが、わたしは一滴も飲まないんだ」

ハロップが修正した。「そんなには飲まない、の間違いでしょう。さて、わたしはここでいったん失礼するよ。また四十三分後に。ダーリン、きみの元へ戻って来るまでに、カップの縁ぎりぎりまで酒を注いでおいてくれ」

デルタと刑事は道なりに左へ曲がってマングローブ湾を通り過ぎた。「あなた、本当はお酒でも飲んだほうが良さそうね、モン・プランス。でも、今はすっかり切らしちゃってるのよ。ラウンジまで行っている時間もないし」

「わたしの部屋に寄って行くといい。軽く一杯飲ませてあげられるよ。また空き巣にやられていなければね」

何分か沈黙が続いた後で、デルタが言った。「ゴルフクラブを持ち帰ると、休暇もいよいよ終わりなんだなぁと感じるの。明日からまたお仕事再開だわ……それで、あなたのお仕事はどんな調子なの？　誰か捕まえた？」

「かすりもしないよ。ただ、ひとつ手がかりはあるんだ。部屋に帰る前に電話をかけていっていいかい？」

「そう言えば、イミーが子どもを帰国させないことに決めたんですって。思いがけなくルイス夫妻に授かった子、幼いウォルター・ヘンリーのことよ」

「だが、たしか――」

「ええ、警察が事前に確認を取ってくれたはずだわ。でも、イミーがやめることにしたって。どうせ再来週ぐらいには本人たちも船で帰るんですもの。だから、わたしは船の上で自由の身になれるというわけ。いろいろと手を尽くしてくれたことには感謝してるわ」

ふたりはゲストハウスに到着し、電話ボックスへ立ち寄った。ロードは病院に電話をかけながら、自分の勘は正しかったのだろうかと考えていた。もしもその通りだとすれば、今までに遭遇した中でも実に巧妙で、見事な計画に違いなかった。

やがてポッシングが電話に出た……予想通り、オリーブの半数以上はまったく問題なく、少しも汚染された形跡はない。だが、残りの三個はひどく毒素に汚染されており、抗毒素を与えていたほうの対照群のマウスまで二匹も死んでしまったため、実験をやり直さなければならないほどだった。最終結果。汚染されたものが合計四個、無害なものが九個。

ロードが電話ボックスから出て来てデルタに伝えた。「ダンスカークの家での一件は、実に見事な手口だった。あれは殺人だったんだよ。まったく新手の殺し方だ、わたしの知る限りでは」

ふたりの背後の通路に、男がひとり立っていた。色白でふくよかな丸顔、白髪交じりの頭の、がっしりとした大男だ。ポンズ博士が声をかけた。「またしても殺人かね、マイケル？　いろいろと思い出が甦ってくるじゃないか。なるほど、美しいお嬢さんも一緒なんだね」

「それで、きみが見破ったというその独創的な殺害方法は、いったいどういうものだね？」ポンズ博士が聞きたがった。

あれからいくらか時間が経っていた。ロードはこの友人と夕食をともにして、今はラウンジの奥のベランダに座っている。サマセットに来て初めてのパーティーの夜と同じ場所だ。今夜は蠟燭はなく、ラウンジポーチの照明が直接当たっていないテーブルは、どこも薄暗かった。星は手が届きそうなほど近くで瞬いているものの、月は出ていない。テラスの一番遠い端のテーブルに男性客がふたり座っており、はっきりとは見えないがデルタとハロップもこの暗がりのどこかにいるはずだ。ただし、あのふたりはきっと自分たちの話で頭がいっぱいだろう。結果として、ロードとポンズはベランダと、そしてハイボールをふたり占めしているようなものだった。

バミューダ経由ハバナ行きのクルーズ船〈モナーク〉号を今朝降りたばかりのポンズは、バミューダで一昼夜を過ごし、明日の〈クイーン〉号でまたニューヨークへ帰る予定だった。ロードにとってこの心理学者との再会は、嬉しいという言では言い尽くせないほどだった。見慣れた大柄な体格、これまでいくつもの事件をともに切り抜けてきた相棒の姿を見るだけで大いに安心し、新たな活力が湧き、手に負えない大事件に直面している孤立無援のよそ者という心細さも消えた。ポンズにゆっくりと話を聞いてもらえれば、きっとこの憂鬱な気分は晴れる。まさに今の自分に必要な薬に違いない。

ロードが言った。「まさに巧妙そのものですよ。完熟オリーブに目のない男がいて、四六時中、朝食にまで食べていたほどでした。運悪く毒素に汚染されたオリーブを食べて死んだと聞いても、誰も驚きません。もちろん、ずっとオリーブを食べ続けて天寿を全うする可能性のほうがはるかに高いに違いない。ですが、それで死んだ人は過去にもいるんです。これが初めてというわけではありません。

さて、男は完熟オリーブを食べた食中毒が元で亡くなった。ボツリヌス中毒という病気です。その死には疑わしい要素は何もありません、ただひとつ、症状の進行が異常に速いことを除いて。初対面のその男を診察した医者にとっては、何ひとつ疑う理由はありません。その男が重大な犯罪に巻き込まれており、その犯罪の共謀者がいることは知らないのですから。ですが、殺人犯は重大な過ちを犯しました。それも、被害者のことを知っていたなら疑いを持たずにいられないような過ちを。つまり、ダンスカークが過剰なボツリヌス毒素で死んだということです。たしかに食中毒は〝自然な〟現象ですが、この事件では死んだ男の摂取した毒は多すぎた」

「解剖してみればいい」ポンズが言った。「そうすれば正確な摂取量がわかるはずだ」

「だからこそ、犯人は解剖をされては困ると思ったのですよ。ダンスカークの筆跡で、自分が死んだらその土地に埋葬してほしいという遺書を偽造し、解剖は回避されました。バミューダ法によって、死亡から埋葬まで最長でも四十八時間しか空けてはならず、埋葬後は一年と一日が経過しないと納棺庫を開けることが禁じられているからです。もちろん埋葬する前であれば、いくらでも解剖をするそうですよ、疑わしい案件ならね。ですが犯人の狙いは、もしも疑惑が生じても、それを確認する機会を与えない速さで処理させることだった。その点においては、たしかに成功したと言えるでしょう」

「だが、それではいったい――」

「瓶詰めの完熟オリーブが菌の毒素に侵されると、瓶の中のすべての実が汚染されます。どの実も同じように漬け汁に浸かっていますからね。わたしの推理は、オリーブの瓶詰めが自然に汚染されたのではなく、誰かが毒を仕込んだのではないか、そのために〝自然〟界にある毒素を人工的に作ったのではないかというものです。毒を入れるなら、元の瓶からオリーブを取り出した後に違いありません。

もちろん、犯人がすべてのオリーブを汚染させる手間をかけていたなら、わたしにもわからずじまいだったでしょう。でも、そんな手間をかける必要はありません。皿に盛られたオリーブの上のほうにいくつか毒入りのものを仕込んでおけば十分でしょう。そして、その通りになりました。オリーブの大半は無害で、数個だけが死に至るほどの毒を含んでいた。そんなことは〝自然〟には起こりません。つまり、意図的に殺人が行われた証拠です」

「ふーむ！」ポンズが言った。「ずいぶんと難しくはないかね？」

「きっと犯人は化学者です。それに医学の学位も持っているか、少なくともその心得があるはずです」

「なるほど、ちょっと考えてみようじゃないか」心理学者は酒をゆっくりと流し込むように飲んでグラスを置いた。「わたしの記憶に間違いなければ、ボツリヌス毒素というのは、特定の菌の生活環の一段階で産生されるという点で、破傷風毒素とよく似ているんじゃないかな。破傷風毒素と同じ抽出法が使えるなら、話は簡単だ。試験管の中で毒素を産生させ、培養物をろ過して菌を除去すれば、残った液体の中には一般的な毒物と変わらない、不活性化学物質が含まれているはずだ。小さな注射器を使って、その液体を適当なオリーブの実に注入すればことは足りる」

「きっとその通りですね。実に簡単で証拠も残らない。ただ、無害なオリーブが見つかれば、すべては見破られてしまう」

「それで、この素晴らしい技術は誰のアイディアだね？」

「どうやら」ロードが考えながら言った。「ネープルという名の、詐欺師だった男ではないかと。ほかにも容疑者は何人か浮かんでいたのですが、どれも疑いが晴れたようなのです」ロードはポンズに、ソンソとフォラードのことを説明した。「ふたりとも誘拐のあった時刻にはアリバイがありますし、フォラードは初めから違う気がしていました。数々の不快な言動はあくまでもあの性格から出たものであって、誘拐とは関係ないと思うのです。一方のソンソについては、赤ん坊の身の回り品を盗まれたという話は明らかに本当でしたし、到着したときには人形ではなく、生きた赤ん坊を連れていたという目撃証言もあります」

「きみが言っていた脳波の専門家というのは、その男のことだね？　ときどきニューヨーク大学で研究をしているという話は、どうやら嘘じゃないらしい。ただ、きみの報告をそのまま信じるなら、彼の研究結果は十分に確認してみないと鵜呑みにはできんな……もう一杯どうだね、マイケル？　ところで、その人形の線はなかなか見込みがありそうじゃないか」

「ええ、ですからわれわれが気をつけなければいけないのは見かけ上は子どもを連れてこの島へやって来て見かけ上はその子を連れて帰国する人物というわけです。これは、非常に手間がかかります。誘拐事件の発生前に島にいた子どもが帰国するときには、ひとり残らず直接会って確認しなければ、飛行機や船に乗せるわけにはいかないのです。殺されるまでは、ダンスカークがその確認をしていました。彼自身が誘拐にかかわっていたのですからあまり意味がなかったわけですが、彼と一緒に確認作業をしていた出入国管理局の係官と刑事が赤ん坊の特徴を知っていますので、子どもはまだ島内にいると確信しています。今は祖父にあたるサディアス・スティールが代わって確認をしています。彼の目をすり抜けることはできないでしょう」

ポンズ博士は立ち上がって空になったふたつのグラスをラウンジへ持って行き、やがておかわりを手に戻ってきた。「容疑者をひとりに絞り込めたのなら、またしても殺人事件を見事に解決するのは時間の問題だな……事件の話はさておき、いったい何があったんだね、マイケル？」

ロードが短く答える。「お手上げです」

「相手は誰だい、マイケル？　どんな女性だね？」

「何とお伝えすればいいのか。美しくて、機転がきいて、とても頭がいい。気を持たせるようなこともしてくる。でも、単なる暇つぶしでわたしと付き合っていたというわけじゃありません。そうですね、一番惹かれるのは、やはりあの美しさかもしれない——とにかく素晴らしい。いや、こんなことを並べて何になるのでしょう。単なる言葉の羅列です。わかっていただくには、直接会って彼女という人間を深く知ってもらわないと。ただ、そうすればあなたもすっかり夢中になってしまうでしょうが」

それは是非会ってみたいものだ、とポンズは内心で思ったが、ロードには別のことを声にした。

「聞いている限りでは、ずいぶんと素敵な女性だな。どうしてあきらめてしまうんだね？」

「ある出来事があって」

「きみを思い留まらせるほどのことが？　それが彼女自身のためだからか？」

「さすが、一発で当たりましたね」

「わたしなら引き下がる前によくよく確かめるが、間違いないのかね？」

「ああ、間違いありませんとも！」ロードが大声を出した。「そうでなければ、こうやって引き下がるわけがないでしょう！」

その後しばらくはふたりとも黙っていた。心理学者は、言うべき言葉が見つからないときには何も言わないことにしていた。ずいぶん間が空いたころに口を開いた。「明日は昼食を一緒にとって、船まで見送ってくれるだろうね？　きみの友人のミス・レニーとやらに、埠頭で落ち合う約束をしたのだ」

ロードは平坦な声で「もちろんです」と言った。


次の午後早く、ふたりは〈クラブのエース〉を出てフロント・ストリートを歩いていった。ポンズ博士は昼食を二人前も平らげ、腹も心も満ち足りていた。だが待て、マイケルの悩みをきちんと聞いてやらねばならん。すっかり傷ついていて、それを隠すことさえできないでいる。彼より無能な心理学者なら、ここで過ちを犯していたところだ。だが、ポンズ博士は人間の感情を専門としており、ロードが恋に落ちるのは以前にも見たことはあったものの、今回は何かが違うと見抜いていた。これ以上友人を質問攻めにするには、あまりに傷が深すぎるようだ。相手の女性もきっと船に乗るのだろうとポンズはにらんでいた。ニューヨークに到着するまでに、何が問題なのかを探り出してやろう。

ふたりは通りの端まで来ていた。高く張り出した〈トゥエンティ・ワン〉のバルコニーに鮮やかなパラソルが見え、船に乗る直前まで陽気に騒ぎたい客でいっぱいのようだ。

「〝締めの一杯〟をいかがです？」ロードが誘った。「新しく覚えた、大切な言い回しなんですよ」

階段を上って店に入ってみると、中のカフェはバルコニーよりもさらに混み合っていた。二時半にようやく一杯ずつ酒にありつけたものの、もう一杯は頼めそうになかった。ポンズが友人をそっとせっついた。「埠頭での待ち合わせ時間を過ぎてしまった」

ふたりはバーを出て道を渡った。埠頭の入口に次々と到着する馬車から大勢の客が降りたち、荷物が運び出されていく。上階へ荷物を上げる機械が断続的に音を立てている。誘拐事件の発生以来、初めて船の出航に立ち会うロードは、警察による検問に注目した。

まずは貨物用のタラップと重いトランクや手荷物用のタラップを見て回った。それぞれを渡った先の船の中では、商船会社の下級船員が見張りに立って、持ち込まれる荷物を注意深く監視していた。タラップの入口側の埠頭には警官隊が二隊立っていて、一隊は船首側、もう一隊は船尾側のタラップを担当していた。

「この箱やトランクにこっそり隠れて船に乗り込むことはできないのだろうね？」ロードは船首側の警察官に尋ねた。

巡査は大きな笑みを浮かべた。「箱類のほとんどは、船倉に積み込まれます。あそこに閉じ込められて、長く生きていられると思いますか？　トランクの中に小さな子どもを隠して乗り込もうとしても、きっとデッキへ運ばれるまでに死んでしまいますよ。トランクに呼吸用の穴が開けられていないか確認はしていますが、どのみち無駄です。スリラー小説の中ならうまくいくかもしれませんが、本物の子どもを本物のトランクに長く入れておくのは無理です」

ニューヨークの刑事は彼らに背を向けた。「上に行ってみましょう」ポンズにそう言い、乗船口のある上階の埠頭への階段を上り始めた。

途中でハートリーの部下、刑事のベイカーと合流した。階段を上りきったところで真っ先に目に飛び込んできたのは、乗船口へ向かって闊歩していくカルバート一家の姿だった。妻のほうは、この暑さにもかかわらず、いつものように毛布にくるんだ赤ん坊を抱いている。彼らの少し後方に、同じように小さな子どもを抱いた女性が歩いてくる。

「カルバート一家ですね」ベイカーが言った。「彼らのことは調査済みです。問題なく乗船できるはずです」

「ここでは実際にどんな検問をしているんだ?」

「まず検札デスクにいる警察官が、乗り込もうとする人物と切符の記載事項を比べて確認します。次にタラップに上がる前にもう一度確認します。その場には船の警備主任ももちろんいますが、乗船する最終許可は刑事のひとりが出しています。乗客に名前を尋ねて、慎重に調査した名簿と照らし合わせ、赤いカードを渡します。そのカードは乗客がタラップを渡った先のCデッキにいる別の刑事が回収しています。小さな子ども連れの乗客の中で、タラップにいる刑事が見覚えのない子を見つけた場合には、ご存じのミスター・スティールに顔を確認してもらっています。ミスター・スティールがうなずけばカードを渡し、客は船に乗り込みます……カルバート一家については、アリバイ捜査を通してよく知っていますから」

「ではあのもうひとりの女性、カルバート一家の後を歩いているあの女性は、今言った確認作業を全部受けなければならないわけか?」

「ありがたいことに、あれはわれわれがまったく手を煩わされない、数少ない乗客のひとりですよ。彼女は青いカードを持っているのです。つまり」ベイカーが説明する。「〈クイーン〉号の停泊は単なる立ち寄りで、今朝着いたばかりですぐにまた午後に出航する予定です。そのような場合、二種類の乗客を調べることになります。一旦船を降りて島を観光し、また同じ日のうちに船に戻る客と、しばらく島に滞在した後にこの船でアメリカへ帰る客と。われわれが注意しなければならないのは、以前から滞在していて今日帰国する子どもだけですから、今日到着した子どもは関係ありません。さっき見た女性は今朝到着したばかりなのです。わたし自身、朝彼女が降りてくるのを確認し、今日じゅうにまた船に戻る印として青いカードを手渡しました。たぶん、医者の勧めで子どもを船旅に連れて来たのでしょう。そういう親はたくさんいますから」

ポンズ博士が尋ねた。「その青いカードを悪用されるとは考えられないかね？」

「そんなことはできませんよ。絶対に確実です。同じ日に出航することが切符ではっきりと確認されなければ青いカードは渡しません。もしその後でカードを紛失した場合には、乗船する前に確認を受け直さなければなりません。当然、カードの色も変わります。おまけに、運航会社である〈ファーネス・ライン〉の事務所へ行って直接予約内容を変更しようとしても——彼女に限らず、誰であれ——まずわれわれに一報が入ることになっています。ご心配には及びません」

ふたりは納得した。埠頭の端まで歩き、船のタラップの入口がある桟橋が見下ろせる手すりつきのバルコニーに出た。そこで別のものが目に留まった——実に洗練された白い旅行服を着たその女性は、透き通るほど薄いストッキングに小さな白い靴を履き、褐色の髪に載せた白い帽子から垂れた薄いヴェールに覆われてもなお、その青い瞳と美しい横顔は隠しきれなかった。

ひとりで来た彼女をひと目見て慌てた検問の刑事が、赤いカードを渡そうと焦ってカードを落としたりしている。イヴ・フォラードが彼にほほ笑みかけると、刑事はまたしてもカードを落とした。イヴのすぐ先で、青いカードの女性が子どもを連れてタラップを渡ろうとしていた。サディアス・スティールにその子の顔を見てもらう必要はなかったが、イヴがその顔を覗き込み、母親にもほほ笑みかけながら何やら小声で話しかけている。ようやくカードを受け取ったイヴの顔は深刻な表情に一変し、視線を下げて足元の波状の板をみつめながら船に乗り込もうとしていた。ロードはイヴを見ているのが耐えられず、タラップのこちら側で一斉に彼女の姿を目で追いかけている男たちを見ていた。

「あの人を知っているかね？」

「何と美しいご婦人だろう！」ポンズ博士が思わず漏らす。「あの人を知っているかね？」

「ミセス・フォラードという方です」ベイカーが教えた。「今朝わたしがここで、降りてくる乗客を確認していたときにも来ていましたよ。友人を迎えに来ていたらしいのですが、その人は降りて来なかったようです。今回の事件捜査の一環で、彼女の調査も行いました……どうして本部長はそう指示したのでしょうね、あれほどのアメリカ人美女を。夫のほうなら、また話が別ですが」

「では、さっききみが話していた男の奥さんというわけだね、マイケル？　彼女とも知り合いなのか？」

ロードは「ええ、知っています」と言った。そこへデルタと友人のリーがやって来るのが見えて、ロードはほっとした。デルタはふざけてリーを船の入口のほうへ押し出したりして笑いながら、イヴが立ち去ったばかりのデスクへやって来た。リーの顎髭を引っ張り、彼の派手な服を指さして大げさに嫌な顔をしながら「さっさと都会向きの服に着替えなさいよ、坊や」と大声で言ったりしている。

そこで大きな体と白髪頭のポンズ博士に気づき、ロードたちのいるほうへ近づいてきた。

デルタがしおらしい声で言った。「マイケル、これでお別れね。キスしてくれるでしょう？　悲しいの」

ロードが言った。「え、ああ……もちろんさ」

そこでポンズが大笑いした。「そういうことなら、わたしも残りたいぐらいだ。いや、待てよ。わたしはニューヨークの埠頭で別れを惜しんでもらうとしよう」

「あら、あなたは船にご同行くだされぱいいのよ」デルタが請け合った。「まずはあちらへ回って、切符を見せてぴかぴかの赤いカードをもらってきてね。ほら、行ってちょうだい、わたしは今、大事なところなんだから」

ポンズが行ってしまうと、デルタはつま先立ちになってロードの首に腕を回した。彼女のキスはとても長く、心理学者が埠頭を回って警察のデスクに姿を現したときにも続いていたほどだ。ポンズに気づいたデルタはようやく踵を床に下ろした。「さよなら、マイク。いい子にするのよ。言われなくても、いい子にしてるわよね。大事件の捜査、あんまり頑張りすぎないでね。ニューヨークに帰ってきたら、デルタに会いに来てちょうだい」

ポンズがロードに近寄り、手を差し出した。「じゃあな、マイケル。戻ったらすぐに連絡をくれ。必ずだぞ。そのころには――きみに知らせることがあるかもしれん」それだけ言うと、デルタの腕を取り、タラップのほうへ、さらにその奥へと連れ添って歩きだした。

デルタは振り返り、いたずらっぽい笑顔におまけのウィンクをつけて、空いたほうの手を振ってみせた。ふたりの姿が船の中へ消えた。

バルコニーは手を振って友人を見送ろうとする人が集まって混み合ってきた。わたしには無理だ、とロードは思った。ただ彼らが去って行くのを、埠頭と船体を隔てる海がどんどん広がっていくのを眺め、どこを探してもイヴがいない事実と向き合うことなど無理だ。小さな高速船がいくつも走りだしている。どうせ一マイルほど先の〈ふたつ岩の海路《ツー・ロック・パッセージ》〉で、去って行く客船を見送るだけだというのに。何てことだ、これじゃ死ぬのと変わりない、いや、死そのものだ。まるで棺の上に、シャベルで最後のひとすくいの土がかけられるのを眺めているようじゃないか――ドサリ。この島の人たちの得意技だ。大急ぎの埋葬、あっという間の幕引き、ナイフですぱっと切るような早業《はやわざ》だ。ロードは船から顔をそむけて歩きだし、突然のことに戸惑うベイカーがひとり残された。

桟橋もすでに人で埋め尽くされていた。〈トゥエンティ・ワン〉の時計はわざと十分進めてあり、本当は出発まであと十五分あるにもかかわらず、いくつかのグループが大慌てで走って行く。その騒々しい人たちの間をすり抜けるように、ロードは静かに歩いて通りまで戻り、手近にあった花屋に入った。売っている花かごの中で一番大きなものを、大至急船に届けるよう頼んだ。カードはつけなかった。贈り主が誰か、きっとわかってもらえるはずだとロードは思った。いや、わたしからだとわからないだろうか？　ああ、もうどちらでもかまうものか！

ロードはまた通りに出て、当てもなく東向きに歩き始めた。海はちょうど引き潮だ。自分も引くべきときを迎えているのだろう。事件は解決の糸口さえつかめないまま、誰もかれも、ロードの知っている人間はみんな、あのカルバートまでが去ってしまった。ソンソ一家の姿は見かけなかったが、本部長があの船で返すと断言したからには、きっと乗っているに違いない。デルタとポンズも。それから、イヴも。黒人の少年が大急ぎで駆けて来てロードに追いつき、メモを手の中に押しつけた。無意識にロードはポケットから一シリング硬貨を出して渡し、封筒を破って開けた。

大好きなリンクへ――埠頭では会えませんでしたね。きっとわたしが船に乗ることを知らなかったのでしょう。この一件が落ち着いたら、是非あなたに会いたいです。あなたみたいな人がいるなんて、思ってもみませんでした。こんな手紙を書くのは間違っているのかもしれませんね。自分でもよくわからないのです。ちょっと心が乱れています。今は、さようなら。　　E

一瞬、彼女の手紙で気分が少し晴れた。いや、ずいぶんと晴れた。だが、現在の状況をよく考えてみると、逆にそれは彼を落ち込ませる内容に思えた。しまいにはどっちなのか、ロードにはもうわからなくなっていた。

手紙を内ポケットにしまってフロント・ストリートを歩きだす。何かせずにいられない。今すぐに。何か手応えのあることを。そうだ、事件の捜査だ。でなきゃ、頭がおかしくなりそうだ。いつだったか、何も考えられないままいくつもの教区を突っ切ってひたすら自転車をこぎ続けたあの日と同じだ。頭がいかれたように、小学生のように。おい、もう立派な大人だろう！　船のほうを振り向くまいと心に決めたのと同じほどの強い決意で、ロードはまっすぐに警察本部へ足を向けた。門の前まで来たところで、汽笛が大きく三度響いた。〈クイーン〉号がヨットクラブの前を通過し、これから外海へ出るという合図だ。

本部長室ではハートリーがひとりでデスクに座っていた。頭をがっくりと垂れ、もう少しで胸につかてしまいそうな顎を両手の拳で支えている。顔には深いしわが刻まれていた。疲れと落胆のしわだ。無言で、ロードも空いている椅子にどさりと腰を下ろす。座ったまま考えていた――実にお似合いのふたり組じゃないか。どちらも完全に打ちのめされている。

バミューダの警察本部長は顔を上げて、無理に作り笑いを浮かべた。「振り出しに戻った。ダンスカークがここへ来て、子どもが誘拐されたと言ったときと何ひとつ変わらん」

「わたしたちはネズミなんでしょうか？」ロードがつぶやく。「きっとそうなんでしょうね」

「何の情報も入ってこない。真っ白い壁の前に立っているようだ。事件の始まりから、役に立つ情報などひとつも手に入れていないのだな」

「しかも、これまでに疑った人物はみな島を去ってしまいました」

「みなアリバイがあるからな。それを立証したのは、ほかでもないわれわれだ」

「いえ、待ってください。何てことだ、いったいわたしたちは何を考えていたんだろう！」ロードは初めて生気のある、少しばかり興味を含んだ声を出した。「アリバイは崩れましたよ。まだわかりませんか？〈クイーン〉の乗客だろうと、どこの誰であろうと、誰ひとりとしてアリバイなんて成立していないいないいないいないのです！」

「え？」

「そうですよ。ダンスカークが一枚噛んでいたのは、もうわかっているんです。われわれは彼の証言を根拠に誘拐の発生時刻を推測していましたが、何てことはない、彼が嘘をついていたに違いありません。ひとつだけ確かなのは、誘拐が起きたのはあの土曜日の朝十一時半から十二時半の間ではないということです。それは、アリバイを作るための時間だった。だから、まったく意味がないのです！」

「その通りだ」ハートリーも同意した。「彼はきっと子どもが無事に共犯者の手に渡ったのを確認した後で、警察に通報したに違いない。だから、彼が証言したよりも実際には早い時間に起きたことになる。いつごろだろう。絞り込む方法はないか？」彼は黙り込んだ。

ふたりは同時に気づいた。一斉に声に出す。「エプロンだ！」

「金曜日の午後には雨が降った」本部長が続けて言った。「保育士のエプロンには泥はねがついていた。彼女が襲われ、赤ん坊が連れ去られたのは、金曜日の午後より早かったはずだ。何としたことだ、この事件はすべてダンスカークが届け出る二十四時間も前に起きていたのか。あの大雨のときには雷が鳴っていた。銃声はそれで掻き消されたのだな」

「時刻を狭める手がかりではありますね。たしかに雨が降りだす前だったとも考えられますが、少なくとも絶対にそれより後ではありません。一番可能性が高いのは、雨が降っている最中でしょう。保育士を撃ったということは、彼女に激しく抵抗されて、撃つしかない状況に陥っていたに違いありません。エプロンの泥は、彼女が抵抗している最中についたもので、撃たれて倒れた後ではありません。現場は木の下でしたからね。そう、絶対に雨の最中だったはずです。これで誘拐が起きた本当の発生時間が断定できましたよ」

「そうだな」ハートリーの声から熱意が消え、落胆に変わった。「たしかに、これで時刻はわかった。さらに、全員のアリバイも崩れた。だが、〈クイーン〉号の乗客の誰をとっても犯人と決められるような証拠はないし、ほんの十分間拘留することさえできないだろう。しかも、あの船の乗客以外にも容疑者はいない。フォラードか？　やつも悪人には違いないが、この事件とは結びつけられない。あれこれ調べてはみたが、何もない、証拠も出てこない……」

　ロードも何と答えればよいかわからなかった。アリバイが崩れたところで、そもそも彼らはアリバイなど必要のない人間ばかりだ。みな捜査を受けた上に、不利になるような証拠や証言は出てきていないのだから。

　ハートリーが疲れた声で言った。「すっかりくたびれたな。頭が働かんよ。これから家に帰ってゆっくりと風呂に入り、数時間寝ることにする。それから改めて考えよう」

「それなら」ロードが言った。「わたしもそうさせてもらいます」

早めの夕食を済ませて午後七時少し前に本部に戻ってきたふたりは、気分も新たにこの事件を細かく調べ直し、どうにか突破口を見つけてやろうと意欲に満ちていた。だがそこまで意欲的になる必要なかった。それから間もなく、指一本動かすこともないまま、ロードの経験したことのないような急な展開を見せて捜査が大きく前進したからだ。

まず飛び込んできたのは、南アフリカ連邦（南アフリカ共和国の前身。本書が書かれた当時はイギリス連邦内の独立国家だった）警察からの電報だった。それによれば、エミール・ソンソは約十八年前にヨハネスブルク近郊の建設現場で技師助手として働いていたとのことだった。しょっちゅう酒を飲みすぎる粗暴な若者で、たびたび上司に解雇されそうになっていたのだが、あるとき建設会社の社長が現場の視察に訪れた。不運なことに、ちょうどそのタイミングで酔っぱらって現れたソンソは、給金なしで即刻解雇された。ソンソは雇用主に襲いかかるという暴力行為を起こし、結果として二ヵ月の禁固刑を受けた。

自由の身になった後はほとんど浮浪者同然となり、たびたび警察沙汰を起こしていたところに、グリート・ジェナーというベアー出身の年上女性と出会った。ソンソに恋したグリートはすぐに彼と結婚し、さっそく彼を改心させようと手を尽くした。その後しばらく彼の消息はわからなくなっていたが、ダイヤモンド・ラッシュに合わせて小さな店の主人として表舞台に浮上した陰には、妻の支配的な性格と強い意志の後押しがあったのは明らかだった。ブームに乗じて新しくできた村に夫婦共同経営で小さな店を出すと、三年も経たないうちにかなりの財産を蓄えるに至った。

それから八年間南アフリカで暮らすうちは、時おり酔っぱらう姿が目撃されても暴力をふるうことはなく、刑事告訴されることもなかった。どうやら妻がしっかりと手綱を握っていたらしい。その間に店は繁盛し、十分な、とは言っても決して多くはない財産を築いて、ふたりは南アフリカを後にした。

長い電文の最後には、その八年間で夫婦が二度、ひとり以上の養子を迎えようと申請したことが記されていた。二度とも許可が下りなかったのは、ソンソの前科と、その後も続くアルコールの乱用が原因だった。

「ということは」とロードは、ハートリーの肩越しに電報を読み終えて言った。「われらの友には少なくともふたつの動機があったことになりますね」以前ニューヨーク市警の本部長が誘拐の動機として考えられる可能性に復讐を挙げていたのを思い出し、それをハートリーに伝えた。「あなたが南アフリカにまで問い合わせをしていたとは知りませんでしたよ」ロードが付け加えた。

「型通りの捜査に過ぎない。が、ここまで詳しい報告を期待したわけではなかった。きみのいう動機のもうひとつは、〝養子代わりの誘拐〟ということかね？　代替手段ということか？」

「ソンソはアメリカでも養子縁組の申請を却下されていたんですね。お忘れではないでしょう。それに、必ずしも代替というわけではないのかもしれません。両方を狙った可能性があります。子どもを手に入れるために誘拐する。スティールに復讐するために彼の孫を標的にする。共謀者だったダンスカークの動機と相容れるでしょうか？　ダンスカークはあくまでも金が目当てで、子どもが戻ってくることが前提でしたからね。でも、もしもソンソが最初からダンスカークをだまし、彼を殺して子どもを手元に置くつもりだったとしたら？　ソンソの妻が関与していたことの証明は難しいですね。この計画に協力していたのでしょうが、前科はありませんし。ただ動機としては、異常なまでに子どもを欲しがっていて、どんな手段もいとわなかったと考えられます。数度しか会ったことはありませんが、なかなか手ごわそうな印象でした。可能性はあると思いませんか？」

ハートリーが何か答える前に、下の階から来た巡査部長がドアをノックした。手にはタイプ打ちのフールスキャップ判の紙を持っている。「ロード警視宛てに、ＦＢＩから報告書が届きました」

「ＦＢＩというのは何だ、ロード？」

「連邦捜査局、Ｇメン、アメリカ市民のためのシークレットサービスのようなものです。見せてくれ、巡査部長」

ニューヨークの刑事はその紙をデスクの上に広げて読み上げた。

「ジョセフ・ハゲット、別名ジョセフ・カルバート。一八九五年、オハイオ州デイトン生まれ。イリノイ州オリタのマーキュリア大学卒業、同校にて演劇と舞台メイクを学ぶ。一九二〇年代に西海岸においてい派手な賭場を運営し、複数回の抜き打ち捜査および逮捕にもかかわらず、賄賂によってほとんどを執行猶予や小額の罰金刑で免れてきた。一九二九年の大恐慌以降は姿を消し、一九三五年にカルバートという名で東海岸に現れる。顎にひどい傷痕があったが、二九年から三五年の間に整形手術により除去。自身のメイク技術と合わせて外見を変え、さらに改名をして、新たに詐欺と偽興業を始める。一九三八年以降の消息不明。興業の宣伝用小道具として使う小型機械作りに関心あり。中西部出身の無名の発明家を騙り、小規模企業の役員と名乗ることもある。〈ミッドウェスト煉瓦・耐火物株式会社〉については、デイトンに存在せず、ほかの場所にも該当なし。起訴された事件が一件、ニュージャージー州ニューアークにて現在も保留中」

ハートリー本部長がデスクにもたれて煙草に火をつけた。「悪人がもうひとりいたか。島を出てくれてほっとしたよ」

「そうかもしれませんが。興味のある点がひとつふたつ出てきましたね。われわれがプロの詐欺師を探していることを忘れないでくださいよ。〝ジョセフ・ハゲット〟に〝ジョセフ・カルバート〟とくれば、〝ジョセフ・ネープル〟は考えられませんか？　同じ〝ジョセフ〟です。犯罪者が偽名を使うときには、ファースト・ネームだけは変えないことがよくあります。苗字のほうは覚えやすいのですが、ずっとジョーと呼ばれてきた人間がトムと呼ばれても馴染みにくく、そこからばれやすくなる。小型機械に関心があるという点も引っかかります。子どもに似せた人形を持ち込んだ疑いのある人間がいるとすれば、赤ん坊の鼻先すら見えないほど常に厳重に毛布でぐるぐる巻きにしていた、カルバートの妻だか誰だか、一緒にいたあの女が見事にその役割を全うしていたのではありませんか。あれは病気の赤ん坊だったのかもしれない。だが、人形だったのかもしれない」

「誘拐の後、きみはその子を見たんじゃなかったのか。ダンスカークも確認したはずだ」

「ダンスカークの証言には意味がありません。わたしはと言えば、断言なんてできません。ちょっとしたメイクでだまされると思います。カルバートにはメイクの心得がありましたからね。スティールにはその子を確認させたことはあるのですか？」

「どうだったかな。それは――」

今夜はすべてがうまく回っているようだ。本部長がその続きを言い終える前に、気が立って不機嫌そうなサディアス・スティールがずかずかと入ってきたのだ。

「無駄足だったぞ」彼は嚙みついた。「見たことのない顔だ、クロエとは似ても似つかん。ガセネタじゃないか、完全に」

ハートリーが言った。「何であれ確認しないわけにはいかなかったのです」ロードに向かって説明を始めた。「迷子の子どもが、と言ってもほんの赤ん坊だが、今日の午後早くにサマセットで保護されたのだ。被害者と同じぐらいの月齢で、毛布にくるまれて民家の庭に置き去りにされていた。サマセット署でラーキン巡査部長が保護している。今ごろはきっと、置き忘れた馬鹿な母親が探しているはずだ。じきに泣きわめいて飛び込んでくるぞ。いまだに何も言って来ないのが不思議なぐらいだ。何にせよ、ミスター・スティールにもその子を確認していただきたかったのです」

「とんだ見当違いだった」

「その話は結構です」ロードが口を挟んだ。「今知りたいのは、あなたがカルバートの赤ん坊の顔を見たかどうかです。今日の午後、赤ん坊を連れて船に乗ったはずです」

「いいや。名前だけは憶えている。その赤ん坊は確認するように言われなかったぞ」

「ソンソの赤ん坊もですか?」

「そうだ。だがその男なら、たしかに見た。ちくしょう、あいつが誰だか、今ならはっきりとわかる。あの家で会ったときには忘れていたが、埠頭で見かけて思い出したのだ。とんでもない悪党で、名前をターンからソンソに変えなきゃならないほどだった。アフリカで雇ってやったのに、ひどく酔っていてクビにした。その後襲いかかってきおって、警察がやつを取り押さえなきゃ、わしが殺してやるところだった。どうしてわしにやつの子を確認させなかったんだ?」

「それは」ハートリーが言った。「彼のことはわれわれで調べたのですが、何も出てこなかったからです……ちょっと失礼、電話に出ますので」

ハートリーは電話で少し話してから、受話器をロードに渡した。「きみ宛てだ。ニューヨークのマクヘンリーという男から」

「もしもし、警部か。ロードだ。どうした?」

「大ニュースです」ニューヨークにいるマクヘンリーの声が聞こえてきた。「本部長が大至急知らせろと、電報では間に合わないと言いまして。あの人形の出所がつかめました」

「何だって！　すぐ教えてくれ」

「あれほど精巧に作れるところは六ヵ所ほどしかありません。新品の状態なら、朝食を食べる以外のことは何だってできたでしょう。いや、それさえできたかもしれませんよ。実際に売れたのは、さらにほんのわずかです。問題の人形は、五ヵ月前に注文を受けて売ったものでした。〈アメリド五号〉という人形だそうです。アメリド社によると、その客とは以前にも取り引きがあり、支払いは小切手で受け取ったそうです。その小切手が不渡りとなり、記載されていたハゲットという名を調べたところそんな人物はいなくて、口座も解約されていました。ハゲットはカルバートだったのです。たった今、彼についての長い報告書をそちらへ送ったところです。必要なら、小切手偽造の疑いで身柄を拘束してください」

「買ったのはカルバートなんだな？　間違いないんだな？」

「もちろん、間違いありませんよ。それに、まだ続きがあるんです。やつは、人形をもう一体持っている可能性があります。一体めを買った六週間後に〈タイムズ〉紙にまったく同じ型の人形を買いたいという匿名の個人広告が出ていました。掲載されたのは二度だけでしたので、おそらく申し出があったのでしょう。どうやらやつは人形が二体必要だったものの、製造会社にもう一度連絡するわけにはいかなかったようですね。まだ追跡調査中で、はっきりと突き止めてはいません。が、警視が送ってくださった人形は、やつが初めにアメリドで購入したものであると確認が取れました。以上です。失礼します」

マクヘンリー警部があっという間に電話を切ってしまったため、カルバートがすでに〈クイーン〉号に乗っていると伝えることができなかった。ロードは片脚をひょいと上げてハートリーのデスクの端に腰を下ろした。「人形を買ったのはカルバートでした」

「彼にはかなり不利な証拠だな」ハートリーが認めた。「確証にはならないが、犯罪行為の意図があったとして拘留はできたかもしれない。あの人形を発見した状況を思い出すと——ちくしょう、やつに説明してもらわなきゃならんことが多すぎる」そう言うと、何気なく付け足した。「ニューヨークの同僚からの電話が通じてよかったな」

「え？」

「水曜日の午後には電話が不通だったからな」

一瞬、ロードにはそれが何を意味するかわからなかった。

だが、スティールは即座に気づいた。「水曜日の午後は、ほかの電話も全部通じなかったということか？　大事なことだ、間違いないか？」

「間違いありませんとも」ハートリーが断言した。「電話線はすべて不通になっていました。中央電話局へ使いを走らせて確認したところ、何らかの切り替え作業をしていて、メインの電源回路かどこかのヒューズが飛んだらしいのです。そのヒューズも実際に見せてもらったそうですよ。ですからあの日は、正午から午後五時までの間、バミューダじゅうの電話はまったく使えなかったはずです。それがどうかしましたか？」

「ターンの野郎——」スティールが言いかけた。

ロードも口を添えた。「水曜日の午後、ソンソは〈アローバー・ハウス〉から妻に電話をかけていたのです。ふりをしていただけだったんですね、通じてもいない相手に向かって、嘘の電話を。やけに大きな声で話しているとは思ったのですが。赤ん坊の服を確認したことを彼女に伝えているのだと、われわれに思わせたかったのでしょう。あの電話が嘘だとすれば、盗まれた服を見つけたという証言も嘘ですね。つまり——」

「つまり」ハートリーが険しい声で断言した。「わたしは自分の管轄区域からソンソを逃してしまったわけだ。そして、カルバートも。〈クイーン〉号が出航して六、七時間も経っている。いや、八時間近い。もう引き返させるのは無理だ」

ロードが指摘した。「船は、わたしの管轄区域に向かっています。明後日の朝には入ります」

「きみをあの船に乗せなければ。あいつらを捕えねばならん。ふたりのどちらかが、われわれの追っている犯人だ。そして、どうやったのかは神のみぞ知るだが、どちらかがあの赤ん坊を連れている。とにかく、きみが現場に行かないことには。犯人は船がニューヨークに到着する前に逃亡しようとして、どんな思い切った手に出るかわかったものじゃない。このままだと税関で捕まるのは目に見えているからな」

「今更どうしようもありませんよ。追いつけるわけなどないのですから。高速帆船は今朝出航してしまったし、島には飛行機がありません。軽巡洋艦はどうです？」

「八時間の差は大きすぎる。〈クイーン〉は現行の客船の中で最速だからな……ほかに何か方法があるはずだ」

ロードも、きっと方法はあるに違いないと思った。絶対に何かあるはずだ。事件の解決がどんどん遠ざかる。〈クイーン〉号の力強いスクリューが回るたびに少しずつ離れ、逃げて行く。今日の午後は、あれほどゆっくりと岸壁を離れていったのに。今では猛スピードで、事件の真相を知る数少ない人間から遠ざかって行くばかりだ。ちょうどイヴがロードから離れたように、手の届かないところへ

——

突然ロードが叫び声をあげてふたりを仰天させた。「思いついたぞ！　本部長が許可さえ取ってくださるのなら、喜んで〈クイーン〉号まで送り届けてくれる人物を知っています！」

「誰だ？」

「英国海軍の飛行士です。ハロップ大尉ですよ」

暗い上空では、オープンコックピットの小型の偵察機が、猛烈に吹きつける風に激しく振動していた。大きなモーター音が耳をつんざく。ロードとハロップはヘッドセットを通さなければ会話ができなかった。それでも夜空はすっきりと晴れて星が散りばめられ、海も穏やかそうだった。エアポケットによるたびたびの急降下を警戒し、ロードは資料一式の入った書類かばんを上着の内側につっこみ、肩のホルスターに押しつけるように脇に挟んでいた。

必要なものは全部入っているはずだ。自分が作成した書類、捜査資料、ＦＢＩの報告書、南アフリカからの報告書。ハミルトンの鑑識からは、染料の除去薬やしみ抜き剤も借りてきた。ソンソとカルバートの指紋に、エプロンとガラス皿に残っていた指紋の記録。指紋採取器具一式まである。バミューダ発行の二枚の令状には効力はないものの、何らかの効果はあるかもしれない。そしてホルスターには自動拳銃。

動機はソンソにある一方、人形を買ったのはカルバートだ。ソンソには、疑わしい点がいくらもあ

った。大げさなほどに足音を忍ばせて歩くこと、妻と子に対する異常な接し方、ふたりの話題が出たときに馬鹿笑いしたこと、それに夫婦そろって赤ん坊をほったらかしてハミルトンに出かけたこともあった。脳波についてはアマチュア――決してプロではない――で、明らかに誤った知識が露呈された。そして、彼の過去。動機としてはぴたりと当てはまる。

だが、カルバートは人形を買っていた。それに、彼には動機などあまり関係ない。なぜなら、元はダンスカーク自身の動機から始まった犯罪だからだ。スティールから金を取る計画に協力を得ようと、ダンスカークが怪しげな共犯者を呼んだに違いない。だが、カルバートとはどうやって知り合ったのだろう？　つながりを示すようなものは出てこなかった。ソンソについてもだ。そのつながりを立証しなければ。どこかで、何かをきっかけにして、ダンスカークは事前に共犯者たちと関係があったか、あるいは連絡を取ったはずなのだ。

今思い返してみると、カルバートについて疑わしい点はいくつかあった。イヴが指摘したように、運動のためだと自転車で遠出していた矛盾点。なるほど、あの〝心臓病〟は単に彼の演じる役の特徴のひとつにすぎなかったのか。青白く不健康そうな顔は病気の症状ではなく、メイクの効果だったのだ。それに、土曜日のアリバイを聞かれもしないのに話したのはなぜか？　結局その話はアリバイとはならなくなったのだが。〝ジョセフ〟という名が共通している件もある。すると突然、初めて〈アローバー・ハウス〉を探し当てたときに、その奥の道で彼に出会ったことは、極めて重要だった可能性があるとロードは気づいた。あのときもう少し早ければ、ダンスカークが共犯者と密会しているところに踏み込めたのではないだろうか？　カルバートはダンスカークのことは知らないと言っていたが、〈アローバー・ハウス〉まで知らないと言ったのはおかしい。なぜなら水を一杯もらいに立ち寄っただけと言いながら、彼は現にあの家の塀の出口から出て来たのだから。実のところ、彼は〈アローバー・ハウス〉から出て来た。にもかかわらず、どこにあるか知らないはずがあるだろうか？　そう言ったのは間違いであり、その間違いは何かを意味している。

だが、ふたりのうちのどちらが犯人かは、確信が持てなかった。ソンソとカルバートのふたりを一度に尋問すれば、おのずとわかるだろう。ぶつけるべき質問は、もう決めてある。

ロードはいったんヘルメットを外し、ちょうどいい具合に調節してかぶり直した。眼下には、波ひとつない真っ黒い床のような海面が広がっている。どこを向いても風とモーターの轟音の響きに取り囲まれている。そして、一面の星にも。

「右手の流れ星を見たかい？」ロードはヘッドホンを通してハロップに尋ねた。

「星だったら、下から上に流れたりしませんよ。あれは〈クイーン〉号が三十分おきに上げている信号弾です。もう近いですよ」機体は大きく傾きながら急旋回した。

ものの数分で船をとらえた。点滅していた光がみるみる明るくなり、ついに船体そのものが認識できるようになった。照明に浮かび上がる赤と黒の煙突、その下のデッキ。船体を囲むように取り付けられ、キャンバスで覆われた救命ボートが、いくぶん弱い電灯を受けて輝いている。ハロップは船の上空を一周し、船が減速して、やがて大きくうねる波の上でゆっくりと揺れながら完全に停止するまで待機していた。ようやく飛行機は二本のまぶしいサーチライトに照らされながら、機体を海面に二度バウンドさせて水しぶきを高くあげて、海面にフロートを着水させた。船のDデッキのタラップ用入口が開いて乗船用の梯子が下ろされ、飛行艇はその舷側に向かって進んだ。

まだ真夜中を少し回ったばかりで、ロードがフロートの片方に降り立ち、揺れる梯子をつかんで上って行くのを、上のデッキの手すりにずらりと並んだ顔が見下ろしている。ハロップは、船のスパーから垂らされたロープで飛行機を固定しようとしていた。「わたしはもう少しかかりそうです」ロードの後ろから声をかける。「後でデルタと少しだけ話をさせてもらいますからね。忘れないでくださいよ」

「わかった」ロードは並んでいる冷蔵庫の前を通り、興味深そうに見ていた乗組員たちが指す方向に従って、誰もいない通路の先のラウンジのドアに向かって進んだ。ラウンジにも人気《ひとけ》はなく、ロードはエレベーターシャフトを囲む螺旋階段を上り始めた。こっそり行く必要はない。ソンソとカルバートの目や耳に問題がなければ、何かが起きていることにすでに気づいているはずだ。ロードはホルスターに納まった拳銃を少し浮かせた。

Bデッキのロビーで、階段を下りて来るイヴ・フォラードとポンズ博士に会った。ふたりともあからさまにひどく驚いた顔をしている。「きみの姿が見えた」ポンズがはっきりと言った。「サーチライトに照らされてな。ふたりできみに会いに行くところだった」

「リンク、また会えて嬉しいわ。でも、いったいどういうことなの？　どうして——」

「誘拐犯がこの船に乗っているんです、おそらく赤ん坊を連れて。捕まえてきます」

「じゃそれも含めてまた会えて嬉しいわ」イヴが謎めかせて言った。

「メリデン船長を見つけなければ。ソンソもこの船に乗っていますね？　すぐに船長室に来てもらってください」

「まさか彼を起訴するんじゃないでしょうね、リンク？」

「そのまさかですよ」

「だって、そんなの駄目よ。今は喫煙室にいるはずだけれど。奥さんはもう部屋で休んでいるし、彼はすっかり酔っぱらってるわ」

「すぐに酔いを醒ましてやりますよ」

「駄目だったら、リンク、やめてちょうだい。大きな間違いよ。あの人の酔いが醒めるわけがないもの。わたし――もしどうしてもと言うのなら、わたしも彼について行くわ。誰かが力になってあげないと。何といっても、わたしの叔父なんだから」

「駄目です」

「リンク！」イヴが正面からロードの顔を見上げるように、両手を彼の肩に置いた。ロードは彼女の片方の肩に花が飾ってあるのに気づいた。あの花かごの中の花だ。イヴはロードの目をじっとみつめて「リンク」と優しい声でもう一度言った。

「わかりました。しかたありませんね」

イヴの浮かべた笑顔に、ロードは風に揺さぶられていた飛行機のようにすっかりうろたえた。彼女が手を下ろす。今夜の青いイヴニングドレスは彼女の瞳と同じ色だった。そのドレスの裾を細い足首にからませながら、イヴは先ほどポンズと一緒に駆け下りてきた階段を上がっていった。

心理学者がロードを引き止めた。「ひと言言っておくぞ、マイケル。あの女は悪人だ。注意したほうがいい」

ロードの声は驚きを隠せなかった。「誰のことです？」

「きみが好きになった女性のことだよ。信用してはいけない。船に乗ってから探りを入れていたのだ。一分たりともあの女を信用してはならないぞ」

「行きましょう」ロードが言った。「最上階まで上りますよ」まさかイヴが？　ポンズの人を見る目が衰えたんじゃないのか？　イヴを信用するなだって？　彼女になら、命を預けてもかまわない。それ以上に深く信頼している。

ロードは階段を上がり、メリデン船長の部屋へまっすぐに向かった。ポンズも後に従う。イヴの姿はない。〈クイーン〉号の船長は眉をひそめたままロードの説明に耳を傾けていた。「詳しく話している時間はないのでしょう。すでにハートリーからも連絡を受けています。わたしもいつまでも船を停めてはおけませんからね。至急、そのふたりを呼んできてください。ああ、警備主任が来たようです。彼と一緒に行くのがいいでしょう」

ロードが船長と話している間に、イヴは喫煙室で、上機嫌の乗客たちに囲まれているソンソを見つけた。人混みを掻き分け、ふらつくソンソの肩に腕を回しながら、甘い声で話しかけた。

「さあ、エミール叔父さん。わたしと一緒に行きましょう」

「なんで？」

「楽しいことがあるのよ」

「楽しいのか？　どこでも行くぞ。ただちに、さっさと、今すぐ行こう」

イヴの後から喫煙室を出たソンソに、特別スイートの並ぶ広い廊下で彼女が事情を説明した。「今から船長室へ行かなくちゃならないのよ、ロード警視が誘拐の件で叔父さんに訊きたいことがあるそうなの」

「行かない」

「行かなきゃいけないの。ねえ、エミール博士、酔いを醒ますのに何か飲む？　わたしがついて行くわ。怖がることはないのよ」

「行かない。行かないと言ったら、絶対に行かんぞ」

イヴは後ずさり、顔に落胆の色を浮かべた。「行かなきゃならないの。しっかりしてちょうだい。叔父さんは何もしていないのでしょう？　やっていないに決まっているわ。誘拐だなんて」

「違う。そうだ。いや、いや、誘拐のことじゃない。そばについていてくれるのか？　どうしようもなくなったら、グリートを呼んでくれ。彼女が説明してくれる」

「いったい全体、何の話をしているの？　何を怖がっているの？　叔父さんは何もやっていないって、わたしは知っているわ」

「おまえは何も知らない」

「知っているわ」イヴが断言した。「こんな話をしていてもしかたないわね。行きましょう」彼女は叔父の腕を取って歩きだした。

そのころ、ロードと〈クイーン〉号の警備主任は船の公共スペースを次々と回って、ソンソとカルバートを探していた。ポンズ博士は、ラウンジに残してきてしまった女友達に断ってからまた戻って来るというようなことをもごもごとつぶやいて、姿を消していた。ふたりはソンソがどこにいるのかまったくわからなかったが、それは時を同じくしてイヴ・フォラードがソンソをメリデン船長の部屋へ連れて上がっていたからだ。カルバートの姿も、なかなか見つけられずにいた。

ソンソが立ち去ったばかりの喫煙室にふたりが入って行くと、カルバートがテーブルにひとりで座り、部屋の中を見回していた。カルバートもロードの姿をとらえた。一緒にいる警備主任の姿も。その瞬間、カルバートが椅子から立ち上がった。慌てるさまを隠そうともせず、喫煙室の後方のドアから飛び出した。

ロードが「追うぞ」と大声で警備主任を先導し、ふたりの様子に驚いている乗客たちをよそに部屋を突っ切った。猛スピードで走るふたりが、獲物まであと数ヤードにまで迫っていたところでベランダカフェにさしかかった。そこでカルバートが忽然と姿を消した。たった数秒の間に、右手にも左手にも、船首のデッキへも姿を隠せるはずがない。ベランダカフェにも姿はない。そこには誰ひとりいなかったのだ。

ロードの頭に、そうやって賭けに勝った若者の姿がよみがえった。そうか、あのときカルバートはここでその若者がどうやって消えたのかをすっかり見ていて、誰にも言わないまま、思いがけず今その知識を利用できる機会を得たのだろう。ロードにとって、どうやって姿を消せるのかは当時も今も変わらぬ謎だった。腹を立てながらも訳がわからず、足を止めた。

　だが警備主任は違っていた。彼はカフェの屋根を支えている柱までまっすぐに走っていった。そのときロードの目に〈通り抜け禁止〉の文字が飛び込んだ。そうか、〈通り抜け禁止〉ということは、通り抜けられるということだ。標識とはそういうものだ。相棒の行動がそれを証明していた。彼は目立たないように作られた扉をこじ開けると金属製の折り畳み式の柵が現れ、その奥に軋み音を立てるエレベーターシャフトがぽっかりと空いていた。警備主任が柵を力任せに開けたとたんに軋み音が止み、安全装置が作動した業務用エレベーターが、下のデッキに下りる途中で緊急停止した。

「中を覗き込むなよ」ロードが注意した。「やつは凶暴な犯罪者だ、おそらく武器を持っている」ロード自身は素早くシャフト内に身を乗り出し、扉に片手をかけたまま自動拳銃を下に向けて構え、すぐに応戦できる体制をとった。だが天井のないエレベーターの箱の隅に縮まっていたカルバートは、凶悪というよりも恐怖に震えあがっているように見えた。

ロードが声をかけた。「よく聞け、カルバート。今わたしが柵を閉めたら、エレベーターが動きだす。だが、柵の隙間から銃でおまえを狙っている。もしもエレベーターが上じゃなく、下向きに動いたら、すぐに撃つぞ。このデッキに到着する前に止まっても、同じく撃つ。さあ、上がって来い」

しばらくして出て来た男は、武器を持っていなかった。警備主任は、後にそれを後悔することになるのだが、勤務時間外に船長に呼び出されたために私服姿だった。主任の徹底的な身体検査を受けた後、ようやく解放されたカルバートは、否応なく船長室へ招待された。

カルバートが言った。「ずいぶんと強引なやり口だな」彼の態度は以前とは一変し、おどおどとした観光客の仮面が剝がれた。目つきは冷たく、隙がない。

「なんなら、アメリド社に偽の小切手を渡した罪で、この場で逮捕してやろうか」

カルバートの目が一層冷たくなった。「行くよ」そう言って、「ただし、証人の立ち合いを要請する」と加えた。

「証人なら何人もいる」

「信用できる人間でなきゃ駄目だ。女房を呼んでくれ」

「では連れて来い。ただし、もう障害物走はなしだ」ロードは警備主任にカルバートを任せて船長室のリビングルームへ戻った。部屋に入ってみると、メリデン船長、イヴとソンソに加え、驚くことにポンズ博士とデルタもそこにいた。

「ここへ向かっていたら」と心理学者が途方に暮れたように説明する。「彼女がどうしても一緒に来ると言ってね」

デルタが言った。「興味があったんですもの。わたしを追い出したりしないわよね、マイケル？何があの連中を犯罪に駆り立てるのか、知りたいのよ」

「わたしがここにいればきみを中に入れなかっただろうが。しかたない、追い出している時間もない」

「それでこそモン・プランスね」娘がふざけて言ったところへ、カルバート夫婦が見張りに付き添われて入ってきた。ふたりとも無言で、警戒している。女のほうはよりによって眠ったままの赤ん坊を抱いて来ており、勝手に船長室の椅子に腰を下ろすなり、赤ん坊が楽な姿勢になるように自分のひざの上に寝かせた。同情心に訴える作戦だろうか、とロードは考えた。あるいは、この期に及んでずうずうしく嘘をつき通すつもりなのか。髪の色が黒いとは言え、おそらくこの子こそは彼が探し求めている赤ん坊なのだ。部屋を横切り、船長の芸術的な大きなデスクの上に書類鞄を置いて、その場の一同に顔を向けた。

「カルバート――」ロードが話を切り出す。そこで口をつぐんだ。突然、〈アローバー・ハウス〉のダンスカークの書斎に今も飾られている写真のイメージが頭に浮かんだのだ。演劇部の写真でダンスカークと腕を組んでいた若者、顎に傷のあったあの若者は、カルバートだ！　初めに誘拐の計画を立てた男との接点は、そこにあったわけか。気づくのが間に合ってよかった。まあ、たとえ遅くとも、最後まで気づかないよりはましだ。

ロードが言った。「いつだったか、ウォーウィックの道できみに会ったことがあったな。きみはちょうどダンスカークの家、〈アローバー・ハウス〉から出てきたところだった。わたしは見ていたんだ。どうして嘘をついた？」

「嘘なんかついてない。あの家の名前は今まで知らなかったし、あんたから聞いた以外に、ダンスカークなんてやつは知らないんだ」

「ダンスカークを知らない？」

「ああ」

「それはおかしい」ロードが静かな声で言った。「なぜなら、きみたちが腕を組んでいる写真があるのだから。イリノイ州のマーキュリア大学を覚えているかい？　演劇部のことは？　もちろん、当時はハゲットという名前だったな。今もそれがきみの本名じゃないか。ダンスカークとは人生の半分以上の付き合いだ。嘘をつくのはやめたほうがいい、今すぐに。でなければ、尋問は取りやめて、この場できみを逮捕する」

「何の容疑で？」

「誘拐および殺人の疑いだ。その罪状だと、執行猶予にはならないぞ、カルバート」

「何だって！」日焼けした顔から血の気が失われた。その罪状の重さが予想をはるかに上回っているのは明らかだった。彼は気を取り直して告白した。「たしかに、偽造した小切手を使ったのは間違いない。だが、おれを起訴できるのはそれだけのはずだ。誘拐なんて、全然知らない。誰が誘拐されたんだ？」

　ロードが答を誘うように短く言った。「当ててみろ」

「そう言われても、何を根拠に？」

「最近ニューヨークでダンスカークと会い、きみが犯罪、あるいは犯罪まがいの行為に関わっていると知った彼から、娘を誘拐してスティールから多額の金をだまし取る計画を持ちかけられた。彼が保育士の娘を味方に引き入れるのに失敗したため、最終的にきみが彼女を殺した。彼女の死体が発見されれば、きっとダンスカークがその悲しみと怒りから自分に刃《やいば》を向けてくると考え、今度は彼を殺した。細菌学の知識はどこで学んだんだい、カルバート？」

疑いを突きつけられた男の能面のような表情は、ギャンブルの経験で培われたものだった。平坦な声で言う。「いったい何のことだかさっぱりわからない。今あんたが言ったことは、まったく知らない。それに、これまで化学や、ましてや細菌学など勉強したことはない。そんなこと、誰にも証明できっこない」

ロードは、部屋の向こう側で椅子にだらしなく座り、アルコールのせいで鼻が詰まっているらしく呼吸が荒くなっているソンソを見やった。その椅子の肘かけに軽く腰かけていたイヴが身を乗り出すようにして、成り行きに耳を傾けている。白い額に寄せた小さなしわが、その真剣さを物語っている。

ロードはどうにか目をそらしてカルバートに向き直った。

「それなら、きみは人形を買わなかったと言うのか？　生きている赤ん坊そっくりに、最高の技術で作られた人形だ」

予想に反して、カルバートの妻が甲高い声で言った。「買ったわ。小切手のことは主人も認めているじゃないの。人形を買うのは違法じゃないはずよ」

「それで、カルバート、その人形はどうした？　どんな言い訳をするつもりだ？」

男は両手を広げて見せた。「仕事で使おうと思って買ったんだ。人形の中にラジオを仕込んで、歌ったり、ニュースをしゃべらせたりしようと思ってさ。チャーリー・マッカーシー（アメリカの腹話術師エドガー・バーゲンが使っていた有名な人形の名前）よりずっといいだろう。それで事業を興して売り出そうと思ったのさ」

「なるほど」ＦＢＩの報告書と照らし合わせると、考えられる話だった。「それで、人形は今どこに？」

「もう手元にないんだ。どこにあるかわからない」

「わたしが教えてやろう。あの人形は今、ニューヨーク市警本部にあって、この船が港に着き次第、きみと再会するのを心待ちにしているよ。だが、あの中にラジオは仕込まれていない。その貴重な所有物を、どうやって失くした？　まさか、勝手に自分で歩いていなくなったわけではあるまい？」

「当たり前だろう。新聞に広告が出てたんだ、あれと同じものを探してるって。それで連絡してみたら、ものすごい金額を提示されたんで売ったのさ」

「どちらもなかなかいい筋書きだ」ロードが認めた。「では、きみが本当はどうしたのか、今から話してやろう。きみはあの人形が、本物の赤ん坊だというふりをして、この船でバミューダへ連れてきた。奥さん以外の誰にも触らせなくてすむように、周りには重い病気だと思い込ませて」

「そんなことしないわ！」女が金切り声をあげる。「そんなんじゃない。わたしたちが連れてきたのはジェーンよ。ああ、ジェーン！」彼女は膝の上の赤ん坊をすくい上げて抱きしめた。

ロードはまるで何の邪魔も入らなかったかのように話を続けた。「きみは保育士の死体と一緒に人形も海に捨てたが、どちらも岸に打ち上げられてしまった。そして今、人形を乗せてきた切符を使って、誘拐した赤ん坊を連れ帰ろうとしているのだ、クロエ・ダンスカークを！」

カルバートが勢いよく立ち上がった。「マーセラ、黙ってろ」彼が命じた。「この男にジェーンを見せてやれ」妻がめくった毛布から小さな頭が見えると、カルバートが続けて言った。「これはおれたちの子だ。あんたたちが探してる赤ん坊に見えるのか？」

ロードが率直に言った。「ダンスカークの赤ん坊は金髪だった」

「ほら見ろ」相手は親指と人差し指で赤ん坊の黒髪をひと房つまんで見せた。「これが金髪か？」

「金髪かも知れない」ロードは鞄の中を探って、液体の入った小瓶を取り出し、部屋を横切って近づいた。「その子の髪を染めていないなら、これは何の害もないはずだ」瓶の蓋を開け、赤ん坊の髪の別の房に蓋の裏についている塗布用スワブをこすりつけた。「一分ほど待ってくれ」

「でも、あの人形を売ったことは証明できるんだ。もうずっと前に売ったんだ」

「わかった。証明してみろ」ロードは赤ん坊の髪をじっとみつめていた。

カルバートは内ポケットから札入れを取り出して挟んであった封筒を開け、中から紙を一枚出してロードに見せた。「あんまり金額が高いもんだから、何か怪しいと思ったんだ。こっちは小学生じゃないからね。だから相手にちゃんとした受領書を書かせたんだ、公証人の前で」

女が膝の上に抱えた赤ん坊の髪に、何の変化はなかった。スワブで薬品を塗りつける前とまったく同じ黒い色をしている。ロードはカルバートが差し出す紙きれを受け取った。それを見たとたん、驚きを隠せなかった。

部屋の隅の椅子で背中を丸めて眠っているソンソのほうを向いた。「この受領書に署名したのは、あなたですか、ソンソ博士？」

「は？」

「わたしが手に持っているこの受領書に署名をしましたか？〈アメリド五号〉の受け取りです。宛て先はジョセフ・カルバート。ちなみに、公証人が作成したものです。どうなんです？」

イヴが叔父のほうを向いて、軽くつついた。前かがみになって彼の顔に顔を近づけ、澄んだ瞳で覗き込む。「エミール博士」彼女がせっつく。「起きてちょうだい。質問に答えてあげて。本当のことを話して！」

ソンソはもぞもぞと起き出し、体をよじった。「そうだ。そうだ、あいつに渡した。いいだろう？メイベルと引き換えに、あいつに書類を渡した」

ロードが慎重に尋ねた。「そのメイベルというのは、いったい誰です？」ソンソは相当酔っているのか、でなければよほど演技がうまいようだ。どちらにしても、油断ならない。

「メイベルは人形だ。お人形ちゃん。かわいい赤ちゃん。静かにしないと、メイベルがねんね中だ。しー、静かに。たとえ家が壊れたって、赤ん坊を起こしちゃいけない。ふふん！　かわいいメイベルのことだよ」

ではあの晩、デルタとふたりでソンソを送り届けた家にいたのは人形だったのか。それならあの過度な気遣いに説明がつく。人をだまそうとする人間は、たいてい何でもやり過ぎるものだ。それに、かみさんは〝赤ん坊〟のために家に残らなきゃならないと言って大笑いしたことも。だが、この男はイヴの叔父なのだ。と同時に、誘拐犯であり、殺人犯でもある。その償いはさせなくてはならない。ただし公正に、そして確実に。

「自分が何を言っているのか、理解できていますか、ソンソ？　バミューダに人形を持ってきたと言ったんですよ？　それに、ダンスカークの子どもの誘拐に人形を使ったとも。結果的に殺人まで起きたのですよ」

そのころには精神医学者もすっかり目を覚まして、懸命に目の焦点を合わせようとしながら、自分が告白した内容を何となく理解し始めていた。彼はイヴのほうを見た。

「グリートを連れてきてくれ」

「今ごろは、赤ちゃんと一緒にいるはずよ、エミール博士。置いて来ることはできないと思うわ」

「赤ん坊も連れてきてもらってください」ロードが言った。「是非、お願いします」

「メリデン船長」イヴ・フォラードは立ち上がって〈クイーン〉号の船長に話しかけた。いつもより顔色が青白い。「誰かに代わりにミセス・ソンソを呼んできてもらえないでしょうか？　見ておわかりの通り、こんな状態の叔父を置いて、わたしが呼びに行くわけにはいかないのです」最後のほうは声に必死さがにじみ出ていた。

ずっとデスクの脇に立っていた船長の顔に刻まれたしわが、部屋の照明にくっきり浮かび上がっていた。無言のまま部屋を横切ってドアに近づき、ボタンを押した。声が小さすぎて、船長付きの給仕に言い渡した指示は背後にいる一同には聞き取れなかった。

船長が元の位置に戻ると、ロードが言った。「あなたに対して、かなり不利な疑いがかけられているのですよ、ソンソ。あなたは人形を三ヵ月以上も前に購入した。それをバミューダに持ち込んだ。その目的はひとつしかないでしょう」

イヴは叔父の体の前に小さく一歩踏み出した。「リンク」

ロードは彼女の視線を真正面からしっかりと返した。「これがわたしの務めなのです。正直に言うと、わたしだってつらい」

「わたしにも務めがあるわ」彼女の声はあまりに低く、ほとんどロードに届かなかった。「彼を見捨てるわけにはいかないの」

ロードの後ろでポンズが、驚きと安堵と納得が混じり合ったような、やけに大きな唸り声をたてた。きちんとしたスポーツジャケットと短いスカート姿のデルタと並んでソファに座っていたポンズは、大きな上体をぐっと前に乗り出した。ほとんど陽気ともとれるような明るい声で言う。「がんばれ、マイケル。思いきって言いたいことを言うんだ」

だが、ロードがそれ以上何か言う前に、グリート・ソンソが登場して機会は失われた。赤ん坊を抱いて入ってきたグリートには、何か力強い優しさのような、激しい防衛本能がはっきりと感じられた。ソンソのところまで歩いて行くと、彼がよろよろと立ち上がった。

「座ってなさいな、エミール。ミスター・ロード、最後にお会いしたときに、わたしたちのことは放っておいてくださいと申し上げたはずです。こんなに引っかき回すだなんて、どういうおつもりですか?」彼女の角張った顔の中で、高い頬骨の両方がまるく真っ赤に染まっている。

ロードの顔は無表情のままで、声も感情を抑えていた。「あなたとご主人にかけられている疑いは次の通りです。ジョセフ・ハゲット、通称カルバートから人間の子どもを模した人形を購入した。その人形が本物の子どもだというふりをして蒸気旅客船の切符を購入し、バミューダへ連れて来た。その目的はダンスカークの子どもの誘拐計画にあり、あなたか、ご主人か、あるいはふたり一緒に、保育士だったマリー・マーカムと、赤ん坊の父親のロバート・ダンスカークを殺意をもって死に至らしめた。クロエ・ダンスカークを誘拐した後、人形を海に投げ捨てた。そして現在、ダンスカークの赤ん坊を不法に監禁し、人形を使って購入した復路のチケットでアメリカへ連れ帰ろうとしている。わたしが訊きたい点はふたつです。ひとつ目は教えていただかなくても、じきに自力で答えがわかると思います。ふたつ目は、努力は要しますが、いずれ答えにたどり着けるでしょう。今のうちに答えていただいたほうが話が早いですよ。あなた、あるいはご主人は、どこで化学的知識を得たのですか?

それから、ダンスカークと初めて会ったのは、いつ、どこでしたか？」

グリート・ソンソが苛立たしげに言った。「どうして化学が関係あるの？」

「ダンスカークは実に巧妙な毒で殺されたからです。もう全部わかっているのですよ」

「わたしたちはふたりとも化学について、まったくの無知です。主人の専門は神経学ですから。わたしはダンスカークとかいう男性を見たことも会ったこともないし、それはエミールも同じです」

「ダンスカークのことは知っていたはずですよ、ミセス・ソンソ。ほかには考えられないのです、それはおわかりでしょう」

「ダンスカークなど、知りません」

「ああ！」イヴが声をあげた。ソンソの椅子の肘かけに突然また腰を下ろした彼女の顔の表情が一瞬にして変わった。何かに気づいたらしく、さらに躊躇と動揺が奇妙にないまぜになっている。小さな丸い顎を両手に載せ、眉根に二本のしわを寄せ、周りの状況がまったく目に入っていない。

ロードが言った。「これらの証拠をもとに、あなたがたを逮捕する以外にありません。ご自分からすべてを自白してしまったほうが身のためですよ」

これまでに見たこともないほどの見事な切り替え方で、グリートが叫んだ。「白状するわ！」だが、その声には後悔もなければ、恐怖も、恥から来る謙虚さも感じられなかった。激しく要求するような、これ以上の不公正に耐えられずに怒りを爆発させたような話しぶりだ。

「美しかろうと不美人だろうと、これでもわたしは女なんだよ。子どもを産むこと、それが叶わないとしても、子どもを慈しみ、育てることがわたしのさだめなんだ。わたしたちはもう何年も法にのっとって、真っ当な手段で養子を迎えようと努力してきたよ。でも、認められることはなかったのさ。

わたしは浮浪者だったエミールと出会った。彼を愛し、改心させ、今では彼も酒で人に迷惑をかけなくなったし、わたしの力で抑えられる程度になってる。それでも、わたしたちは養子の申請をしても認められないんだよ。わたしにだって、世界に溢れている家なし子のひとりを育てる権利はあるはずじゃないか！

そこで、誰かに子どもを譲ってもらおうと決心したのさ。わたしがそう決めたんだ。バミューダへ行ってみようってね。人形を連れて来たのは、どうせまた養子縁組は却下されるに決まってるから、内密に取り引きをしなきゃならないとわかってたからだ。シルーラというポルトガル人の女を見つけ、まとまった金と引き換えに、彼女の子どもをひとり内緒で引き取らせてもらう話がまとまった。わたしが自分の目で見てこの子を選んだんだよ、彼女の子どもたちの中でも一番ふっくらとかわいくて――かわいい子なんだ。わたしの母と同じペトラと名付けた。もちろん、あの人形は捨てたよ。あの金曜日にビーチに捨てた。用意して来た赤ん坊の服を盗まれた日さ。誘拐については、わたしたちは何も知らないし、殺人だなんて、まったく関わってなんかないよ。あんたが明らかに何か疑っているようだったから、エミールを〈アローバー・ハウス〉へ行かせて、盗まれた赤ん坊の服を確認したふりをしてあんたを納得させ、これ以上首を突っ込まれないようにしたかったんだ。服を盗んだのが誰だったかは、いまだにわからないよ。

神様に誓って、これが真相さ」彼女の声は、かすれた、豪快なすすり泣きへと変わった。「わたしからペトラを取り上げるつもりなら、わたし――わたしは――」

急に考えにふけりだしたのと同じように、イヴは唐突に熟考から抜け出した。白い顔に、真っ青な瞳がきらめいている。「彼女の話は本当よ、リンク。あなただってその通りだと、よく知っているはずだわ！」

「仮にあなたの話が本当だとしたら」ロードが言った――「あくまでも、仮に、ですよ――それなら、何も怖いものはないはずです。バミューダで養子縁組をするのに、法的な許可は必要ありません。双方の間で合意が成されてさえいれば、あとは後日いつでも書類を作成すればいいのです……この赤ん坊の髪が黒いのは知っています。が、黒く染めたのでないことを確認しなくてはなりません。この子に決して害は与えないことは約束します」ロードが近づくにつれ体をこわばらせているグリートに向かって、そう付け足した。赤ん坊は大きな茶色い目を開けて、上機嫌に「アブブ」と小さな声をたてた。

検査の結果、髪は染めていなかった。カルバートの子どもと同じく、ペトラ・ソンソの髪はまったく色が変わらなかった。

推理が二件とも崩れ去り、ロードは後ずさった。「どちらの子も」と彼は認めた。「クロエ・ダンスカークではありません。あの赤ん坊はここにはいないのです」

イヴが言った。「いいえ、いるわ。この部屋にはいないけれど、船には乗っているはずよ」彼女はふたたび立ち上がり、薬品の瓶を鞄にしまっているロードにつかつかと近づいた。その顔は深刻そうにこわばっていた。ロードは驚いて彼女をみつめながら、どうしてこの人はどんな表情もすべて美しいのだろうと思わずにはいられなかった。

「本当は今も、わたしの口からは何も話したくないのよ。でも絶対に許せないわ、今回の誘拐事件は。それにわたしにはもう、犯人がわかってしまったの。ついさっき、あなたがエミール叔父さんのことを話しているうちに気づいたのよ……ええ、やっぱりお話しするわ！」

「彼女の話をよく聞くんだ、マイケル」ポンズが言った。ロードはポンズに目を向けた。この心理学者は、彼女の言うことを信用してはならないと忠告したばかりではなかったのか。それが今は、話を聞けと言う。事件の解決はすぐそこまで来ているはずだ。肌でそれを感じる。だが、自分の力では解決に導けそうにない。ロードはイヴのほうを振り向いた。

イヴがしっかりした口調で話を続けた。「ハートリー本部長から、この件にネープルが関わっていると教えてもらったわね。では、ネープルと関わりのある人物は誰なの？　リチャードもたしかに過去に関わったことがあったわ。でも、ほかに〈キャンメックス〉がらみの詐欺で損をしたと言っていた人がいなかったかしら？　それに、わたしたちがバミューダへ到着した翌日に、リチャードがクリスチャン・ネームで呼んだ人物がいたわ。メリデン船長の夕食のテーブルで初めて顔を合わせたのなら、決してそんなことはしなかったはずよ」

そう言えば、ダンスカークは、メリデン船長のテーブルで一緒だったメンバーを調査することに反対していたとロードは思い出した。激しく抗議していた。

「保育士が殺害されたということは、殺害後に赤ちゃんの面倒をみるために、共犯者に女がいたはずだわ。しかも、その女は〈キャンメックス〉の詐欺にも、あなたが言っていた〝サクラ〟の役で関わっていて、そこでリチャードに会ったに違いないわ。彼女ったら、わたしたちの前で〝サクラ《シル》〟という言葉まで使っていたのよ。そして、あなたが教えてくれた詐欺の手口のように、ネープルを〝殺した〟大芝居を打った後で、きっとリチャードを〝逃がす〟手助けをしてくれたのね。だからリチャードは彼女のことは知らないふりをしたんだわ。けれど本当は、彼女をクリスチャン・ネームで呼ぶほどよく知っていたのよ――デルタってね」

隣に座る娘のほうを向いたポンズ博士の顔には、驚いた表情はなかった。それどころか、すぐに動けるように身構えているように見えた。もしそうだとしても、その警戒は無駄に終わった。デルタが落ち着いて言ったからだ。「わたしは赤ん坊の面倒なんて見ちゃいないわよ。ずっとサマセットにいたんだもの」

「いいえ」イヴはけだるい声で言った。「違うわ。あなたはさまざまな理由を作っては、サマセットを離れていたわ。ある日曜日にはベルモントでゴルフのトーナメントに出るはずだったのに、ベルモントの停車場まで来ただけでゴルフはしなかった。ウォーウィックの西側にあるコテージで、赤ん坊の世話をしていたんだわ。行ったことはないけれど、そのコテージがどこにあるか見当はついているの。だって、誰のコテージかはわかっているんですもの。そのときと同じように、昼だろうと夜だろうと、いつだってあなたはそこへ行けたはずだわ。バミューダでは、誰もあなたを尾行しない、言った通りの行き先に本当に行っているかどうかを確認したりしないもの。とは言え、あまりに不自然な外出が多かったのは、きっと元の計画では保育士の娘を殺すつもりじゃなくて、赤ちゃんの世話をさせることになっていたのでしょうね……誘拐が起きたのはいつなの、リンク？」

「金曜日でした。今あなたが言った日曜日の直前の金曜日です」

「そう、わたしがあなたを見かけた日よね、リンク、大雨の上がった後で。覚えてないかしら？　声をかけたのに、あなたは答えずに自転車をこいで行ってしまった。あのときわたしはちょうどゴルフコースで、デルタと、そしてネープルと会ったところだったのよ」〈何てことだ、ではあれは恐ろしい白昼夢ではなかったのか。保育士の娘が〈アローバー・ハウス〉を出て、死に向かって道を歩きだす姿を見たのは、現実の出来事だったのだ。雨の中で自転車をこぎ続けたのも本当だった。あのティー・グラウンドでイヴ・フォラードと一緒にいたぼんやりとした人影は、実は誘拐犯の姿だったのかもしれない）「ふたりは子どもを連れていて、これからコテージへ行くのだと言っていたわ。きっとまさにさらってきたところだったのね」

デルタが言った。「馬鹿なことを言わないでちょうだい。あれはルイス夫婦の子どもだったのよ。あのときもそう言ったじゃないの」

「悪いけど、女の赤ちゃんと三歳の男の子の違いなら、わたしにも見分けがつくわ。ただ、あのときはルイス夫婦の子どもが三歳の男の子だと知らなかっただけ……それに、あなたがこの船に連れてきたのも、ルイス夫婦の子どもじゃないわ」

「わたしは子どもなんてひとりも船に連れてきていないし、どこへも連れていってないわよ。その目撃者なら、すぐここにいるのよ。一緒に船に乗ったとき、子どもなんて連れてなかったんだから」デルタはポンズのほうを向いて言った。「そうよね、坊や？　間違いないわよね？」

ポンズ博士はあいまいにうなずいたが、その様子は、何かが違うと思いながらも彼女の言っていることに嘘はないと言っているようだった。「船に乗ったときは、われわれふたりだけだった」ポンズは言った。「それに、彼女は引き返したりもしていない。船が出航するまでずっと一緒にいたからな」

「ええ、彼女が直接連れてきたわけじゃないの。ネープルでもないわ。もうひとり仲間がいるの、今朝船を降りたときに青いカードを受け取った女よ。わたしは埠頭にいて、特別な手続きをして降りてきた彼女に気づいたの。それに、彼女が連れていた赤ちゃんにも目を引かれたわ。午後船に乗ろうと埠頭に戻ってきたとき、ちょうど彼女がわたしの前にいて、そのときにも赤ちゃんの顔を覗いたら……同じ赤ちゃんではなかったわ。あれはゴルフコースで会ったときにデルタが連れていた赤ちゃんよ。金髪で、青い瞳だった」

ロードは考えていた。サマセットで見つかったという迷子の赤ん坊！　青いチケットの制度の落とし穴に誰も気づかないとは、われわれは何を見ていたのだろう。そう、イヴはそれを見抜いていたのだ。

ロードは口に出しながら、それでもなおデルタを直視できずにいた。「きみの指紋を採らせてもらうよ」

ポンズ博士は身を乗り出し、大急ぎでソファの前にあるテーブルの上に大きな両手で半球を作るようにしてガラス面の一部を覆った。「その必要はないぞ、マイケル。彼女はさっき、ここに両手をついてもたれていたのだ。指紋が残っているはずだ」

ロードはテーブルのガラス面に粉を振りかけ、息を吹いて余分な粉を飛ばした。虫眼鏡の焦点を合わせる。「もっと照明を当ててください、一番明るいのをお願いします」メリデン船長が、普段は天井に向けて使うブリッジランプを持ってきた。下に向けてスイッチを入れると、テーブルの上面の指紋と、その横に置いたオリーブの皿とエプロンから採取した指紋を、二〇〇ワットの灯りが照らしつけた。

その小さな指紋が、エプロンについていたものと一致することは疑いようがなかった。さらにほかの指紋のふたつが、皿についていたものと一致した。

イヴがまた話を続けた。「ネープルは死んでいないってあなたに言われてから、もしかしたらどこかで彼の姿を見たことがあったんじゃないか、あれは見間違いじゃなかったのかもしれないと気づいたの。その後にも彼を見かけたわ。一度目は、あの夜〈オレアンダー・イン〉で。それから今日の午後、Cデッキの通路で偶然すれ違った。犯人たちが使っていたウォーウィックのコテージというのは、彼が泊まっていたところに違いない。あなたも知っている人よ、リンク。シェルトン・リーと名乗っている男なの」

ロードは思わず背筋を伸ばした。「今すぐはっきりさせましょう。警備主任、一緒に来てくれ。その子連れの女性の客室は何番だ？」

イヴがロードに言った。「たぶんデルタの客室にいるんじゃないかしら。パーサーに部屋を変更してもらっていたから」

「彼女の部屋なら」ポンズが言った。「Cの一一〇号室だ」

ロードと船の警備責任者はCデッキへと急行した。船室のドアのそばで速度を緩めてごく普通の歩き方で近づき、ノックをした。返事はない。ロードは上着の内側に指を入れ、ドアを押し開けて銃を抜いた。

それは正しい判断だった。リーと女がそろって部屋の中にいたのだ。反射的にリーが両手を挙げた。こういう状況は初めてではないらしい。

「きみたちふたりを、バミューダのウォーウィック教区におけるクロエ・ダンスカーク誘拐の疑いで逮捕する。それ以外にも同様に重大な容疑がかけられている」

警備主任が手錠を取り出し、ふたりを手首で繋ぐようにかけた。ベビーベッドの中に赤ん坊が眠っており、ロードは近づいて覗き込んだ。行方不明になってからずっと顔が思い出せずにいたが、その子をひと目見て、すぐにクロエだとわかった。いつだったか、この子が似たようなベビーベッドで眠っているのを確認した後、自分の船室に戻ってみるとイヴが待っていた、あの夜とまるで同じ赤ん坊だ。

ロードは廊下に出た。客室係の女が横を通り過ぎたような気がしたが、もう姿は見えなくなったポンズ博士がこちらに向かって廊下を走ってきており、そのずっと後ろでソンソ夫婦がロビーを横切って行くのが目に入った。

「博士！　ここで何をしているんですか？　上階には誰が残っているんです？」

「心配はいらんよ」ポンズが安心させるように言った。「船長がいる。ほかの連中と一緒に」

「ですが、船長はいつブリッジに呼び出されるかわからないんですよ、あなたが部屋を出た後にでも。もしそうなら、あそこにはもう誰もいないかもしれません。ソンソ夫婦が今そこにいましたよ」

そう言い終わらないうちに、船の中ほどの階段からカルバート一家が出てきた。

ロードは叫んだ。「博士はこの船室の中に入っていてください！　ネープルと女が連行されるまで、クロエをお願いします」そう言って走りだした。

ひとつ上のデッキへ駆け上がる。もうひとつ上階へ。さらに上階へ。延々と足音を響かせながら、最後に船長室へ続く小さな階段を上った。その先の狭い廊下を、分厚い絨毯で足音を立てることなく進み、船長のリビングルームのドア口で立ち止まった。ふたりきりになった女性どうしが、部屋の端と端に離れて立っていた。デルタの手には、不気味な三十二口径の小型の拳銃が握られている。まっすぐイヴを狙って。デルタが話しているところだった。「ちくしょう、この馬鹿女が。あんたのせいでおしまいよ。あんたの人生もおしまいにしてやるわ。この銃弾でね」

どちらも動かない。

ロードの頭に浮かんだのは、神への暴言でなく、祈りの言葉だった。神よ、彼女を死なせるわけにはいきません。どうか、どうか、これが外れませんように！　そう念じて、銃を撃った。

弾はデルタの拳銃に命中し、彼女の手から銃を弾き飛ばすと、船長室の豪華な絵画の一枚に音を立てて当たった。反動で体を一回転させながら倒れ込んだデルタは、右手が動かせないほど痺れていた。あちこちの入口から一斉に男たちが部屋に駆け込んできた。船長と船員のひとりがブリッジから出てきた。船長の手にも自動拳銃が握られている。反対側のドアからは、ポンズから状況説明を受けた警備主任が、拘束した囚人たちの警備を心理学者に任せて駆けつけていた。

ロードが頷いて合図をすると、私服姿の警備主任が床に横たわるデルタを抱き起こし、怪我がないことを確認してから左腕をしっかりとつかんだ。

警備主任に部屋から連行されながら、デルタは憎悪に燃える恐ろしい目つきでロードをにらみつけた。「まぬけ野郎が！　撃つんなら、外すんじゃないわよ」

ロードは失望したように、事件が解決したにも関わらずまったく喜んでいないように見えた。メリデン船長に向かって言う。「無線連絡をお願いできますか？　〈プリンセス〉ホテルのサディアス・スティール宛てに。〝クロエ・ダンスカーク発見、明日ニューヨーク港に到着予定〟と」

だが、まだそれで終わりではなかった。

船長室を後にしようとしたところへ、別の船員がブリッジから飛び込んできた。「船長！　警備主任が！　Dデッキのダイニング・ラウンジの先の廊下で発見されたそうです。頭を何かで殴られたらしく、意識不明です」

その瞬間、短い破裂音が耳に届き、一同はボートデッキに向かって走りだした。ロードはこの一時間ほどすっかり忘れていたハロップのことを思い出した。何があったか容易に想像できる。乱暴に廊下を連行されていくデルタ。待ちくたびれていたハロップが、廊下の向こう側からやって来る。〈ディッキー、助けて！〉ハロップが手近にあったレンチか何かで警備主任に殴りかかる。〈ディッキー、ここから連れ出して。どこかへ連れて逃げて。どこでもいいわ。ディッキー、お願いよ！〉

ポンズ博士も出て来て、ロードたちの後から走りだした。「あのふたりは、船員が三人来て連行して行った。これはどういうことかね？」

スパーのロープをほどいた小型偵察機が船を離れて走りだし、速度を上げて海面から浮かび上がるところだった。遅く上った月の光を浴びて、中に人影がふたつ見えた。

「きっとデルタね、遊覧飛行に間に合ったようだわ」イヴが言った。

「パイロットは将来を断たれてしまうぞ」

「いいえ。何があったかを知らないんですもの。大丈夫、彼女をバミューダへ連れて行けば大丈夫よ」

「だが、彼女に打ち明けられたら、どうするかな」ロードが小さな声で言った。「アメリカまではきっと飛べないだろう。が、航路をはずれたトロール漁船に拾われて、姿をくらますかもしれない。ハロップは彼女にすっかり夢中だからな。まあ、いずれ結果がわかるだろう」

イヴが言った。「結果なんて知りたくないわ、リンク。少なくとも今夜は。あなただって、あの子を告発したくないのでしょう？」

ロードは、デルタが朝食を作ってくれて、サマセットのビーチに並んで座っていた日のことを思い出していた。「そうですね」彼は言った。「デルタが罪を犯しているのは疑いようがないし、こんな気持ちは間違っているとわかってはいるのですが。それでも、わたしには告発などできそうにありません」

「とにかく、あの赤ちゃんは取り戻したのよ。一番大事なのは、それでしょう？」

「ええ……でも、毒を盛ったのも彼女ですよ。あれはデルタがやったことです。あの段階でダンスカークと向き合えたのは、女性だったはずです。もしネープルなら、ダンスカークに殺されていたでしょう。ただし、化学の知識があったのはネープルです。毒を作り出したのは彼ですが、この件に関してはむしろデルタのほうが主犯です。あの夜〈オレアンダー・イン〉でネープルを〝シル〟と呼んだことからもわかります。それに、保育士を撃ち殺したのも彼女です、おそらく。凶器は、彼女の拳銃でしたから」

イヴがロードを擁護するように言った。「あなたがあの男を疑わなかったのも、無理はないわ。最近生やし始めたばかりとは言え、あの顎髭は本物だったんですもの。それに、会うのは初めてだったのでしょう。わたしは前に会っているのよ」

「やつの身長にだまされました。背の高い男は探していませんでしたからね。きっとあのサンダルに細工をして、底が二、三インチ分厚かったに違いありません。それに、〝バミューダに一ヵ月も滞在している〟という嘘までついていました。当然ながら、やつが島に来たのは、われわれの到着よりも後です。彼がポキプシーに電話をかけてきたのですから。それにしても、もっと早くデルタだと気づけたはずなのに」

「彼女、一度大きなへまをしたわよね。ハミルトンで身代金の一部を買い物に使ってしまったときよ。きっとすでにお金を山分けした後だったのだと思うけれど、あれは愚かな間違いだったわ」

「デルタかもしれないなんて、一度も考えたことがなかった」ロードが告白した。「あなたと同じように、あの日ハミルトンで会ったにもかかわらず。その直後、ダンスカークがファイルを盗んだのだと彼女に言われて、すっかりだまされれました。もちろんあれは、彼女がダンスカークともの別れに終わり、毒を盛った後だったのでしょう」

「彼女には気をつけろと忠告したじゃないか」ポンズが指摘した。「たぶんきみのことが本当に好きだったのだとは思うが、真の狙いは、できるだけ刑事に近づいて情報を聞き出すことだったのだろう。それにしても、冒険心に富んだ女だ。しかも、いともあっさりと人を裏切る」

「博士はミセス・フォラードのことを忠告したじゃありませんか」

「いやいや。わたしは〝きみの好きな女性〟と言っただけだ。あのときは、当然それがデルタだと思い込んでいたのだよ」

イヴが嬉しそうに言った。「どうやら勘違いなさっていたようですわね、ポンズ博士。でも、この続きは明日の朝にしたほうが楽しそうだわ」イヴはロードの手を取り、心理学者とメリデン船長を手すりのそばに置き去りにして、そっと彼を連れ出した。

ボートデッキの中ほどを、イヴは船の反対側の端まで横切って立ち止まった。ふたりで滑らかな黒い海を見下ろした。大きくうねる海面に月の光が長く伸び、足元ではふたたび動き始めた船がかすかに振動している。水平線に見える星は、月が出ているにもかかわらず一層輝きを増しており、空気は優しい潮の香りがする。

「あの夜、わたしに何か言いたいことがあったのでしょう、リンク」

ロードはイヴをじっと見た。これまでに出会った女性たちの中に、イヴの百分の一ほども魅力のある人はひとりもいなかったと確信した。唇を強く噛みしめ、塩味の混じった血をわずかに飲み込んだ。

「どうしても言えなかったのです。その理由は、あなたがよくご存じでしょう」

「リンク」イヴが言った。「何かを言葉に出して言ってくれなくてもよかったのよ。わたしにはわかっているから。一年先に、それでもまだ言いたいことが変わっていないと嬉しいわね。もしもそうだったら――とりあえず、今はさよならね」

マイケル・ロードの顔には、見事なまでに苦痛と歓喜が入り混じっていた。

「ああ、最後にもう一度だけキスさせてちょうだい、リンク！」

イヴがキスをした。

付　録

物語の背景について

わたしはいくつもの冬や夏をバミューダで過ごし、今後もまたその楽しい慣習を続けるつもりだ。そこでバミューダの友人たちと読者のみなさんのために、物語の背景について短く述べておきたい。

本著ではほとんどの場面がバミューダに設定されており、わたしはできる限り正確に、かつありのままを描写するよう努めた。この作業は想像以上に困難を極めた。個人的に楽しい思い出のある場所について書くというのは感傷的になりがちで、どうしても誇大化する傾向がある。かと言って、その傾向にとらわれまいとすると、いつの間にかその魅力をずいぶんと控えめに描いてしまう。バミューダでの場面を描くにあたり、ハードボイルドにも、センチメンタルにも片寄らないように、細心の努力を重ねたつもりだ。その評価は、バミューダをよくご存じの読者にゆだねるしかない。

登場人物の描写にはまた別の難しさがあった。読者というのは無意識のうちに、その登場人物と同じ立場の人間を重ね合わせて読むものだ。ひとつ断言できるのは、どの人物も実際の人間を描いたものではないことだ。ハートリー本部長は、過去および現在のどのバミューダ警察本部長でもなく、ハロップ空軍大尉も、著者の知っているイギリス海軍士官の誰でもない。それはまた、トライスモラン艦長や〈ウォーマウント〉号を初め、登場人物全員について言えることだ。メリデン船長に至っては、かの〈クイーン〉号の有能かつ著名な船長を思い浮かべずに書くのは難しいものの、実際の船長のことと誤解されることのないようわざと特徴を変えて描いた。

この本のガイドブック的な要素を活用しようと思われる読者には、いくつか意図的に正確さを欠いて書いた点を指摘せねばならない。バミューダでは、ポインセッタとオレアンダーは同時期に花を咲かせることはないし、〈クラブのエース〉で〝フランコ〟を注文することもできない。なぜなら〈ウォーターロット・イン〉には同じ名前のクラブはあるが、ウェイターに注文するときは〝フローズン・ジン・カクテル〟と言わなければならないからだ。同様に、ビアガーデンで座ったまま水槽の中の水生生物を観察するのは無理だ。立ち上がって水槽の縁から覗き込まなくてはならない。〈バミューディアナ〉ホテルと〈キャッスル・ハーバー〉ホテルは同時に営業することはなく、交互に開いている。さらに、フォラードが購入した真珠の首飾りほど質の高い宝飾品が、はたして本当にハミルトンの宝石店で買えるとは思えない。

ここで、バミューダに対する更なる侮辱に触れなければならない。それはとりもなおさず、バミューダで日没前に死亡するという不幸に見舞われた人間を、次の日没までに埋葬しなくてはならないと一般的に信じられていることだ。また一度埋葬されれば、一年と一日が経過するまで掘り起こしてはならないというのも同様だ。この〝一般常識〟がいかに通俗的なものか、次のバミューダ法の抜粋からもわかるだろう。

『公衆衛生法　一九三〇年版

第九七項　わが諸島にて死亡した者の死体を、わが諸島にて埋葬する場合、その埋葬は各地区の医務官の認可なく死後四十八時間以上を経過してはならない。……

第一〇〇項　死体埋葬後一年以内に衛生局長の許可なく、納棺庫や墓を開けてはならない。また、何時であっても死体を掘り返してはならない。ただし、その死体をほかの納棺庫や墓に移す場合を除く。ただし、総督から承諾を受け、わが諸島の国璽を押した特権を与えられた場合においてはその限りではない』

実のところ、日常的ではないものの、バミューダでも遺体の防腐処理は行われている。また必要な場合には、いつであっても墓の掘り起こし命令は出せる。〝一般常識〟とは、かくもかようなものだ。もしも本著を読んで、バミューダの恵まれた、稀有な姿を自らの目で見たいと思ってもらえたなら、著者にとってはありがたい限りだ。さらに付け加えるならば、誘拐の不安を押してまで訪れてくれる読者にとって、バミューダ以上にその不安に大きく報いてくれる場所をわたしは知らない。

C・デイリー・キング

バミューダ、サマセット、シーダーヒルにて

訳者あとがき

すべては海に始まり、海に終わる。

本作は、ニューヨーク市警のマイケル・ロード警視と、統合心理学者L・リース・ポンズ博士が活躍するシリーズとしては、通算六冊目めにして最終巻となる。すでに何冊かお読みの方はとうにご承知のことだろうが、〈オベリスト三部作〉と呼ばれる『海のオベリスト』『鉄路のオベリスト』『空のオベリスト』と、〈ABC三部作〉と呼ばれるうちの『いい加減な遺骸』『厚かましいアリバイ』に続く作品である。

〈オベリスト三部作〉は、『海』で大型客船、『鉄路』で大陸横断列車、『空』で旅客機に乗り込んだロードとポンズが、陸海空それぞれの旅の途上で遭遇した殺人事件の謎解きを描いた。〈ABC三部作〉は、原題が『Careless Corpse』『Arrogant Alibi』そして本作『Bermuda Burial』と、同じ頭文字の英単語二語でできている共通点を持ち（厳密にはABCではなく、CABなのだが）、『いい加減な遺骸』では雪の降るポンズの友人の古城、『厚かましいアリバイ』では雨の降るロード（の友人）の知人の不気味な邸が舞台となっていた。

前五作のいずれかを読まれ、快刀乱麻を断つようなロードの活躍をご期待の読者は、今回は少し趣きが違うことに戸惑われるかもしれない。というのも、導入部を抜きにすれば、なかなか事件らしい事件が起きないからだ。話の本筋はしばしミステリーを離れ、ニューヨークからバミューダへ向かう船中、および楽園のようなバミューダに到着したロードが、大いに羽根を伸ばす場面ばかりが続く。美しい景色に癒され、自転車で島内をめぐり、恋に落ち、新しい友人たちと酒を酌み交わす。何度も仕事や恋愛に傷ついてきたロードを、さすがに著者も憐れに思ったのかもしれない。

これから本作を読まれる方のためにミステリー部分について触れるのは避けるが、細部を丁寧に拾っていくと、本作は前五作の振り返り、あるいは壮大なエピローグのように思えてくる。〈オベリスト三部作〉をなぞるかのように、本作ではロードが客船、列車、飛行機に乗るシーンが、その順序通りに出てくる。客船のシーンは、すべてが始まった第一作の〈メガノート〉号を彷彿とさせるものだ。また『いい加減な遺骸』、『厚かましいアリバイ』に出てきた重要な小道具もさりげなく登場する。さらに、ロードの過去の負傷や恋愛を回顧するシーンでは、「あの作品のあの場面のことか」と、以前からの読者にシグナルを送っているようでもある。

さて、なぜバミューダなのか。もちろん、物語上『バミューダ法』という特異な制限を利用したかったことも大きいだろうが、著者のC・デイリー・キングがとにかくバミューダを気に入っていたことが伝わってくる。恥ずかしながらバミューダ諸島についての事前知識に乏しかった訳者は、てっきりどこかカリブ海の熱帯の島かと思っていたのだが、実はニューヨークから北大西洋を、今なら飛行機で二時間、当時の客船でも四〇時間で行くことができた。緯度で比較するなら、首都ハミルトンは熊本に近い。年間の平均気温は約二十二度、日本列島の大部分と同じ温暖湿潤気候に属している。イギリス領ではあるが距離的にはアメリカに近いため、当時からアメリカ人観光客が多く訪れ、特に新婚旅行先としての人気が高かったようだ。ロードが次々と事件捜査に追い立てられる殺伐としたニューヨークを離れ、ずっとここで暮らすのも悪くないなどと思うのは、キング自身の本音なのかもしれない。

残念ながら本作にも、〈オベリスト三部作〉のような「手がかり索引」はない。ちなみに、「手がかり索引」とは、謎を解くためのヒントがどのページの何行目に書かれていたかを一覧にして巻末に添付したもので、初めの三作には一度読み終えた後にそのリストと見比べながら本文を読み直す楽しみがあった。(それをパロディにしたようなシーンも本作に登場する)。シリーズを締めくくる〝締めの一杯〟ならぬ〝締めの挨拶〟として、キングからはバミューダについての〈付録〉がつけられているのみだが、その分読者にはご自分の力でどこに手がかりが隠されていたのかを探しながら読み返す楽しみが残されているのかもしれない。本筋と関係のないところで挙げるなら、〝アリタレーション(頭韻を踏む二語)〟という言葉は〈ABC三部作〉のタイトルそのものを指しているとか、〝アローバー・ハウス(Allover House)〟は〝これで全部おしまい〟という〝All Over〟を意味したお別れの挨拶ではないか、などと憶測を巡らせてみるのも面白い。

いずれにしろ、海の旅から始まったロードたちの冒険の、最後の船出である。手に汗を握りながら、というよりも、ゆったりとバミューダの夕凪やさざ波の音を感じながらお楽しみいただければ幸いだ。

名探偵最後の事件

森　英俊（ミステリ評論家）

名探偵の手がけた最後の事件は、そのシリーズの愛読者であればあるほど、特別の思いをもって読まざるをえない。それは、名探偵との別れを惜しむ気持ちと、不思議な安堵感との入り混じった、いささか複雑な思いで、テレビドラマのヒーロー物の最終回を観終わったあとに味わうものに似ている。以下に挙げるのは、名探偵最後の事件の代表例。見落としについては、ご容赦いただきたい。

ここでは便宜上、最後の事件を大きくふたつのタイプに分けてみた。Aの感嘆符の付いているタイプは、（少なくとも発表当時においては）最後の事件とすべく、明確な意図をもって書かれたもの。Bの疑問符付きのものは、最後の事件なのかどうかあやふやであったり、「えっ、これが最後の事件？」といいたくなるようなもの。

（A）名探偵最後の事件！

一、ハッピーエンド

バロネス・オルツィの『レディ・モリーの事件簿』（一九一〇）は「終幕」と題された短編で締めくくられており、ロンドン警視庁の婦人捜査課に所属し、男性捜査員たちが匙を投げた難事件をあざやかに解明してきたレディ・モリーがついに、もっとも解決したかった事件と向き合う。それは、弁護士を殺害した罪で無期刑を受け、ダートムーア刑務所で五年前から服役中の夫の、無実を証明することで、そもそも警察の捜査課の下級職員に応募したのも、その一心からであった。目的をはたしたあと、彼女は警察を去り、物語にも幕がおりる。

ドロシー・L・セイヤーズにも、ピーター・ウィムジイ卿を女流作家のハリエット・ヴェインと娶《めと》らせることによって、めでたしめでたしのハッピーエンドでシリーズを締めくくろうとしたふしがある。ところが、ふたりの新婚旅行のさなかに事件の起きる長編『忙しい蜜月旅行』（一九三七）はシリーズ最終作とはならず、その七年後に設定された短編「桃泥棒」（《ミステリマガジン》一九八〇年七月号に訳載）では、ふたりのあいだに三人もの息子が生まれている。「うちの家族はえらく騒々しくて」とピーター卿が訴えるように言うだけあって、笑いと騒ぎの絶えない一家の姿はなんとも微笑ましい。

二、バッドエンド

名探偵最後の事件のきわめつけといえば、やはりアーサー・コナン・ドイルの「最後の事件」（『回想のシャーロック・ホームズ』［一八九四］に所収）だろう。《ストランド》誌に掲載された時点では、作者はシリーズをそのまま終わらせるつもりでおり、リアルタイムで同誌を手にとった読者にとっては、さぞかし驚きと悲しみをもって迎えられたに違いない。

最後の事件の衝撃度という点で、ドイルの作品をも凌駕する感のあるのが、T・S・ストリブリングの「ベナレスへの道」（『カリブ諸島の手がかり』［一九二九］に所収）。ポジオリ教授のたどる運命は悲惨のひと言で、〈クイーンの定員〉にも選ばれている『カリブ諸島の手がかり』を収録順に読み進めていくことによって、衝撃の度合いはさらに増幅されるはず。

シリーズを通しての趣向が最終作で明らかになるパターンのものもあり、それがバッドエンドに直結する場合も。

たとえば、バロネス・オルツイの隅の老人シリーズの第二短編集 *The Old Man in the Corner*（一九〇九）の巻末に収められた「パーシー街の怪死」（邦訳は作品社『隅の老人【完全版】』等に収録）。ノーフォーク街の喫茶店で婦人記者のポリー・バートンがその推理に耳を傾けていた隅の老人のある癖がシリーズを通じての伏線になっており、安楽椅子探偵のもうひとつの顔が明らかになる展開は、なかなかに衝撃的だ。

バーナビー・ロス（エラリー・クイーン）の『Xの悲劇』（一九三二）『Yの悲劇』（一九三二）『Zの悲劇』（一九三三）から『レーン最後の事件』（一九三三）へと続く〈ドルリー・レーン四部作〉には、《意外な犯人》という共通項がある。シリーズの一作目が《X》から始まっていることからして、元シェイクスピア役者で聾者探偵というこのシリーズをどのような形で終わらせるか、当初から青写真があったものと思われる。『レーン最後の事件』の出版に合わせ、自分たちも覆面を脱ぎ捨て、エラリー・クイーンの別名義であったことを明かす——そこまで考えていたのだろうが、そのもくろみは（その時点では）実行に移されることなく終わった。

天才型名探偵・神津恭介物で名を馳せた高木彬光の生み出したもうひとりの天才型名探偵が、バロネス・オルツイの隅の老人をもじって命名された墨野《すみの》朧人《ろうじん》である。初登場作の『黄金の鍵』（一九七〇）から最後の事件となった『仮面よ、さらば』（一九八八）まで、五つの長編があり、『仮面よ、さらば』では、シリーズを通しての記述者である村田和子の周辺で起きる連続密室殺人の顚末が描かれる。表題にもあるように、最後に墨野隴人が仮面を脱ぎ捨て、素顔を見せるが、正直、後味はよろしくない。

コリン・デクスターの『悔恨の日』（一九九九）では、病気療養中のモース主任警部が手がけた最後の事件の模様が綴られる。同時に、いままで「E」というイニシアルのみで表記されていたモースのファーストネームがなんであったのかが、明らかになる。クロスワードパズルが隠れキーワードになっていたシリーズにふさわしい趣向であり、それまでさんざん頭を悩ませてきた読者の期待に応えたものといえる。

三、フェイドアウト

ヘスキス・プリチャードの『ノヴェンバー・ジョーの事件簿』（一九一三）の主人公青年は、カナダの森林地帯で狩猟ガイドをつとめる森の男でありながら、地方警察に協力し、大自然を舞台にした事件を解決に導く、ユニークきわまりない名探偵。ノヴェンバー・ジョーは数々の難事件を解決したあと、「都会か森か」と題された最終章で、彼の才能に惚れこんだ実業家からのニューヨークかモントリオールで事業をしないかという提案を断り、森へと戻っていく。

画家でありながら類まれな推理の才能を持ち、《レコード》紙の臨時記者として三十を超える事件にあたってきたフィリップ・トレントが、「ぼくは、やっと目がさめました。もう二度と、どんな事件にも手を出そうとは思いません」と、探偵業からの引退を決意するのが、Ｅ・Ｃ・ベントリーの『トレント最後の事件』（一九一三）。いまさら多言を要さない古典的名作であり、最後の事件という形をとることによって、探偵小説に対するおちょくりが最大限の効果をあげている。

〈クイーンの定員〉にも選ばれた珠玉の短編集、C・デイリー・キングの『タラント氏の事件簿』（一九三五）では、どれほど奇怪でオカルトじみた謎であれ、怪奇現象を愛する好奇心旺盛なタラント氏によって合理的に解明されてきた。ところが、「最後の取引」ではついに、事件はタラント氏の手にあまるものになってしまう。そのためタラント氏は、とある行動をとることを余儀なくされる。作者にはこれをもってシリーズを完結させる意図があったようだが、その後、編集者などからの要請を受け、さらに数編が書かれることになった。

ベルギー人の世界的名探偵、エルキュール・ポアロ最後の事件となったアガサ・クリスティーの『カーテン』（一九七五）は、作者が第二次大戦中に執筆しておいたという長編。ポアロがその初登場作『スタイルズ荘の怪事件』（一九二〇）の事件の舞台へとふたたび戻り、生涯で最大の敵ともいうべき怪物と対決する。ヘイスティングス大佐など、懐かしい人々も姿を見せ、同窓会的な楽しさもあるが、物語自体の衝撃度はかなり高く、各国で新聞記事になったほどだ。

〈金田一耕助最後の事件〉の角書きの付けられた『病院坂の首縊りの家』（一九七八）はシリーズ最長の長編であり、昭和二十八年夏の事件発生から解決まで十九年と八ヶ月を要した、最長の事件でもある。さらなる殺人が起き、すべての謎が解明されるのは昭和四十八年になってからで、その時点では、等々力警部も警視庁をすでに引退し、「等々力秘密探偵事務所」を開設していることになっている。作者によれば、金田一耕助は「なにか難しい事件を解決すると、そのあと救いようのない孤独感に襲われ」「はげしい自己嫌悪に陥る」ことをくり返してきたというが、本事件の捜査が決着したあと、とうとう財産を整理して、第二の故郷ともいうべきアメリカへと旅立ち、そのまま消息不明になってしまう。

遊び心と凝りに凝ったプロットが持ち味の泡坂妻夫の頭には、このユニークなカメラマン探偵の功名譚をどのような形で終わらせるべきか、その初登場時から、おおまかなイメージができていたに違いない。『亜愛一郎の逃亡』（一九八四）の巻末に収録された表題作は、得意の不可能状況を盛りこみつつも、おとな向けのメルヘンのような仕上がりになっており、懐かしい面々が一堂に会する大団円もすばらしい。たびたび姿を見せていた小柄な洋装の老婦人の素姓も最後で明らかになり、亜愛一郎の将来に思いをはせつつ、読者は満ちたりた気持ちで本を閉じることができるだろう。

高木彬光の『七福神殺人事件』（一九八七）の作中には「（松下）研三は五十年近くも（神津）恭介とつき合っている」という記述があり、両者の出会いが一高時代であることからして、神津恭介の年齢は六十代後半と推定される。本書の物語の三ヶ月前に暴走するバイクにはねられ、右脚の大腿部と右の手首を骨折し、ようやく退院したところだ。東大医学部の法医学教室の教授の職はすでに退いている。恭介の自宅宛に殺人予告状が届けられ、その予告どおりに七福神にからんだ連続殺人が起きる。多くの犠牲者を出したあとで事件は終わりを見せるが、神津自身もその過程で心に深い傷を負い、「そろそろ、生ぐさい事件が起こる世間から引退するときが来た、ということじゃなかろうか」と弱音を漏らす。松下研三も「もうこれからは、どんなに奇怪な犯罪事件が起こっても、神津恭介は二度と興味を示さなくなるだろう」と認めざるをえず、一九四八年の『刺青殺人事件』から始まったシリーズはいったんフィナーレを迎える。

泡坂妻夫の「魔術城落成」（『奇術探偵曾我佳城全集』［二〇〇〇］所収）では、十二年もの長きにわたって建設中だった〈佳城苑〉がようやく完成し、そのお披露目が行なわれる。〈佳城苑〉は、伝説の女流奇術師、曾我佳城の広大な自宅を整理した跡地に立つ、劇場や博物館などを併設した公会堂で、奇術に関する内外の膨大な蒐集品を収めた図書室やビデオ室、さらには二千人が入場できるレストランまであり、まさに魔術城《マジックキャッスル》と呼ぶにふさわしい。ところが、落成式を前にして、劇場で死体が発見され、佳城はその真相を物語ったあと、ふたたび人々の前から姿を消す。

（B）名探偵最後の事件？

「謹厳実直なる（ディテクション・）クラブが定めたルールをことごとく破っている」と、著者みずからが認めたアントニイ・バークリーの『パニック・パーティー』（一九三四）は、名探偵にして迷探偵のロジャー・シェリンガムが登場する最後の長編。最後の事件とは謳われていないものの、シリーズ最大の異色作であるのはまちがいなく、本格ミステリを書きつくしたバークリーのたどりついた先を知るうえでも、注目に値しよう。

ロバート・L・フィッシュのシャーロック・ホームズならぬシュロック・ホームズは、傑作パロディ集『シュロック・ホームズの冒険』（一九六六）の巻末短編「シュロック・ホームズ最後の事件（The Final Adventure）」で、モリアーティ教授ならぬマーティ教授の犯罪を暴く。ドイルの「最後の事件（The Final Problem）」へのユーモラスなオマージュになっているばかりでなく、シリーズの他の作品もおちょくりの対象になっており、どの作品のどの場面が該当するのかを考えながら読む楽しみもある。なんとも人をくったオチも秀逸。

R・D・ウィングフィールドの『フロスト始末』（二〇〇八）は、作者の逝去によって事実上、フロスト警部の最後の事件となった。フロストがみずからのキャリアで最大の危機に直面するという点では、掉尾を飾るのにふさわしい作品ともいえるが、作者自身に最終作にする意図があったかどうかは不明。

＊　＊　＊

それでは本書はA、B、どちらに該当するかというと、やはりBの疑問符付き名探偵最後の事件だろう。シリーズ最大の異色作という点では、バークリーの『パニック・パーティー』にも通ずるところがあるし、パズラー型の本格ミステリを前作の『厚かましいアリバイ』（一九三八）までにやりつくしてしまった感のあるデイリー・キングの選んだのが、「いくつもの冬や夏を」過ごし、「今後もその楽しい習慣を続けるつもり」の、愛するバミューダを舞台に異国情緒あふれるミステリを書きあげることだったのは、自然な流れだったといえるかもしれない。その背景には、ハードボイルドやサスペンス派といった新興勢力の台頭や、国際情勢の緊迫化によって、米国での本格ミステリの出版に翳りが生じていたことが挙げられる。ロード物の『鉄路のオベリスト』（一九三四）や『いい加減な遺骸』（一九三七）、あるいは『タラント氏の事件簿』のように、新作を英国でのみ出版するということも考えられなくはなかったろうが、デイリー・キングがこのあとミステリ長編を発表することはなく、自動的に本書がマイケル・ロードの手がけた最後の事件となった。

ここで、事件の主舞台となるバミューダについて簡単にふれておこう。バミューダは北大西洋にある英国領の諸島で（一九九五年には英国からの独立の賛否を問う住民投票が実施され、否決されている）、風光明媚なリゾート地として知られている。近年ではタックスヘイブンとしても重要度が増す一方、タックスヘイブン取引に関するパラダイス文書をめぐる連日の報道で、租税回避目的に同地を利用する巨大企業や著名人たちの存在が明らかになり、大きな国際的問題になっているのは、周知のとおり。

そのバミューダに、ニューヨーク市警本部長の命を受け、予告された幼児誘拐を未然に防ぐためにやってきたロードは、「二週間、楽しんで来てくれ」という本部長の言葉を真に受けたわけでもないだろうが、大都市ニューヨークの喧騒を離れ、「常に美女に囲まれるところだとの噂」のある同地で、大いに羽をのばす。数々の難事件を解決し、瀕死の重傷まで負ったロードにとっては、まさにご褒美のような夢の時間で、「こんなに美しい島は見たことがありませんよ」と、たちまちその地のとりこになり、心も身体もリフレッシュされていく。開放的になりすぎるあまりに、あろうことか、愛らしいアメリカ娘のデルタと魅惑的な人妻イヴとを相手に、ロマンスらしきものまで芽生える始末。実際、本格ミステリのシリーズ探偵のなかで、作中にこれほどキスをした探偵は前代未聞であり、それも、相手がひとりならまだしも、ふたりだというのだから、探偵作家の守るべき二十の決まりごと「二十則」のなかで恋愛禁止を唱えたヴァン・ダインが存命であれば、烈火のごとく怒ったことだろう。

「予期せぬ出会いの駆け引きは、そこに楽しみの半分がある」「きっと彼女はこちらを振り向いて、キスを待つ……といいのだが」「ああいう服は、いったいどういう仕組みでずり落ちてこないのだろう」「女性との付き合いは好きだし、特に奥手というわけでもないが、あの人だけは何かが違う気がする」「今では、彼女と一緒にいなければ感情的にも肉体的にも何かが欠落しているように感じるところまで来ている」「もはや間違いようがない、完全に彼女を愛している」「彼女の体に触れているせいで頭がくらくらし、一時的に言葉を失っていたのだ」「こんなのは不公平だ。愛していると伝えることもできないなんて。愛している人に向かって」「世界で誰よりも美しく、素晴らしく、魅力的な女性じゃないか」といった、ロードの肉声ともいうべきモノローグの数々に、とまどいをおぼえる向きもあるだろうが、恋心がロードの推理の精度を鈍らせる働きもしており、本書に限っていえば、濃厚な恋愛描写はプロットと不可分になっている。そう、「今ハートリーと自分の前に立ちふさがる難問を解くのに不可欠な手がかりは、あの無防備に過ごしていた一週間のうちに、すべて提供されていたのだ。休暇とパーティーを楽しみ、こんな事件が起きるなどとはまるで思いもよらず、イヴと戯れ、笑い、恋に落ちていた、あの一週間のうちに」というように。

同時に、神のごとき名探偵ではなく、生身の人間としてのロードの姿が強調されることで、読む側としてはいやおうなしに感情移入させられることになる。「今は、さようなら」で結ばれた手紙を受け取ったあと、「何かせずにいられない。今すぐに。何か手応えのあることを。そうだ、事件の捜査だ。でなきゃ、頭がおかしくなりそうだ」と、まっすぐに警察本部に足を向けるロードの、なんと健気なことか！

一方、不可能犯罪、〈手がかり索引〉に代表されるフェプレイ、多重解決といった、従来のキングの長編を特徴づけてきた要素を楽しんできた読者には、不満の残る内容になっている。

不可能犯罪の要素自体は皆無なわけではなく、実際、バミューダへと向かう〈クイーン・オブ・バミューダ号〉の上で人間が消え失せるという出来事が起きるが、これはメインの謎とはならず、長らく解決も放置されたまま、物語は進んでいく。ロードが真相の一部を見抜くきっかけとなる手がかりも、かなり微妙なもので、推理に基づいて真犯人にたどりつくのは至難のわざだろう。〈手がかり索引〉が最大限の効果を発揮している『空のオベリスト』（一九三五年に刊行された同書でも、ロードが警護の旅に出る）と読み比べてみると、本書に〈手がかり索引〉を介在させる余地のないことは明らかだ。

複数の関係者が推理を披露し合う〈オベリスト三部作〉に見られるような多重解決の要素も、捜査側の誤った推理という形で、まったくなくはないが、ドンデン返しとして、うまく機能していない。ポンズ博士の出番がごく限定的だということも影響しているような気がするが、やはりこうした狂言回しの役割をはたす人物がいないと、シリーズ物としてはややさびしい。

かくして、〈オベリスト三部作〉を経て、『意外な遺骸』『厚かましいアリバイ』へと進んでいったマイケル・ロード物は大団円を迎えた。それが、本書のあのような場面で締めくくられるとは、いったいだれが予想しえたろう?

〔著者〕
C・デイリー・キング
アメリカ、ニューヨーク生まれ。心理学の研究に従事し、コロンビア大学で修士号、イエール大学で博士号を取得。1932年、長編『海のオベリスト』で作家デビュー。〈手がかり索引〉の趣向を初めて導入した作家としてミステリ史に名を残す。

〔訳者〕
福森典子（ふくもり・のりこ）
大阪生まれ。通算十年の海外生活を経て国際基督教大学卒業。訳書に『真紅の輪』、『厚かましいアリバイ』、『消えたボランド氏』、『ソニア・ウェイワードの帰還』（論創社）など。

間《ま》に合《あ》わせの埋葬《まいそう》
——論創海外ミステリ　207

2018年3月20日　初版第1刷印刷
2018年3月30日　初版第1刷発行

著　者　C・デイリー・キング
訳　者　福森典子
装　丁　奥定泰之
発行人　森下紀夫
発行所　論 創 社
〒101-0051　東京都千代田区神田神保町2-23　北井ビル
電話 03-3264-5254　振替口座 00160-1-155266

印刷・製本　中央精版印刷
組版　フレックスアート

ISBN978-4-8460-1706-4
落丁・乱丁本はお取り替えいたします

論 創 社

嵐の館◉ミニオン・G・エバハート

論創海外ミステリ171　カリブ海の孤島へ嫁ぎにきた若い娘が結婚式を目前に殺人事件に巻き込まれる。アメリカ探偵作家クラブ巨匠賞受賞作家が描く愛憎渦巻くロマンス・ミステリ。
本体2000円

闇と静謐◉マックス・アフォード

論創海外ミステリ172　ミステリドラマの生放送中、現実でも殺人事件が発生！　暗闇の密室殺人にジェフリー・ブラックバーンが挑む。シリーズ最高傑作と評される長編第三作を初邦訳。
本体2400円

灯火管制◉アントニー・ギルバート

論創海外ミステリ173　ヒットラー率いるドイツ軍の爆撃に怯える戦時下のロンドン。“依頼人はみな無罪”をモットーとする〈悪漢〉弁護士アーサー・クルックの隣人が消息不明となった……。
本体2200円

守銭奴の遺産◉イーデン・フィルポッツ

論創海外ミステリ174　殺された守銭奴の遺産を巡り、遺された人々の思惑が交錯する。かつて『別冊宝石』に抄訳された「密室の守銭奴」が63年ぶりに完訳となって新装刊！
本体2200円

生ける死者に眠りを◉フィリップ・マクドナルド

論創海外ミステリ175　戦場で散った七百人の兵士。生き残った上官に戦争の傷跡が狂気となって降りかかる！英米本格黄金時代の巨匠フィリップ・マクドナルドが描く極上のサスペンス。
本体2200円

九つの解決◉Ｊ・Ｊ・コニントン

論創海外ミステリ176　濃霧の夜に始まる謎を孕んだ死の連鎖。化学者でもあったコニントンが専門知識を縦横無尽に駆使して書いた本格ミステリ「九つの鍵」が80年ぶりの完訳でよみがえる！
本体2400円

J・G・リーダー氏の心◉エドガー・ウォーレス

論創海外ミステリ177　山高帽に鼻眼鏡、黒フロックコート姿の名探偵が８つの難事件に挑む。「クイーンの定員」第72席に採られた、ジュリアン・シモンズも絶讃の傑作短編集！
本体2200円

好評発売中

論　創　社

エアポート危機一髪◉ヘレン・ウェルズ
論創海外ミステリ 178　〈ヴィンテージ・ジュヴナイル〉
空港買収を目論む企業の暗躍に敢然と立ち向かう美しきスチュワーデス探偵の活躍！　空翔る名探偵ヴィッキー・バーの事件簿、48 年ぶりの邦訳。　本体 2000 円

アンジェリーナ・フルードの謎◉オースティン・フリーマン
論創海外ミステリ 179　〈ホームズのライヴァルたち 8〉
チャールズ・ディケンズが遺した「エドウィン・ドルードの謎」に対するフリーマン流の結末案とは？　ソーンダイク博士物の長編七作、86 年ぶりの完訳。　本体 2200 円

消えたボランド氏◉ノーマン・ベロウ
論創海外ミステリ 180　不可解な人間消失が連続殺人の発端だった……。魅力的な謎、創意工夫のトリック、読者を魅了する演出。ノーマン・ベロウの真骨頂を示す長編本格ミステリ！　本体 2400 円

緑の髪の娘◉スタンリー・ハイランド
論創海外ミステリ 181　ラッデン警察署サグデン警部の事件簿。イギリス北部の工場を舞台に描くレトロモダンの本格ミステリ。幻の英国本格派作家、待望の邦訳第二作。　本体 2000 円

ネロ・ウルフの事件簿 アーチー・グッドウィン少佐編◉レックス・スタウト
論創海外ミステリ 182　アーチー・グッドウィンの軍人時代に焦点を当てた日本独自編纂の傑作中編集。スタウト自身によるキャラクター紹介「ウルフとアーチーの肖像」も併録。　本体 2400 円

盗まれた指◉Ｓ・Ａ・ステーマン
論創海外ミステリ 183　ベルギーの片田舎にそびえ立つ古城で次々と起こる謎の死。フランス冒険小説大賞受賞作家が描く極上のロマンスとミステリ。
本体 2000 円

震える石◉ピエール・ボアロー
論創海外ミステリ 184　城館〈震える石〉で続発する怪事件に巻き込まれた私立探偵アンドレ・ブリュネル。フランスミステリ界の巨匠がコンビ結成前に書いた本格ミステリの白眉。　本体 2000 円

好評発売中

論　創　社

夜間病棟◉ミニオン・G・エバハート
論創海外ミステリ 185　古めかしい病院の〈十八号室〉を舞台に繰り広げられる事件にランス・オリアリー警部が挑む！　アメリカ探偵作家クラブ巨匠賞受賞作家の長編デビュー作。　本体 2200 円

誰もがポオを読んでいた◉アメリア・レイノルズ・ロング
論創海外ミステリ 186　盗まれたE・A・ポオの手稿と連続殺人事件の謎。多数のペンネームで活躍したアメリカンB級ミステリの女王が描く究極のビブリオミステリ！　本体 2200 円

ミドル・テンプルの殺人◉J・S・フレッチャー
論創海外ミステリ 187　遠い過去の犯罪が呼び起こす新たな犯罪。快男児スパルゴが大いなる謎に挑む！　第28代アメリカ合衆国大統領に絶讃された歴史的名作が新訳で登場。　本体 2200 円

ラスキン・テラスの亡霊◉ハリー・カーマイケル
論創海外ミステリ 188　謎めいた服毒死から始まる悲劇の連鎖。クイン&パイパーの名コンビを待ち受ける驚愕の真相とは……。ハリー・カーマイケル、待望の邦訳第２弾！　本体 2200 円

ソニア・ウェイワードの帰還◉マイケル・イネス
論創海外ミステリ 189　妻の急死を隠し通そうとする夫の前に現れた女性は、救いの女神か、それとも破滅の使者か……。巨匠マイケル・イネスの持ち味が存分に発揮された未訳長編。　本体 2200 円

殺しのディナーにご招待◉E・C・R・ロラック
論創海外ミステリ 190　主賓が姿を見せない奇妙なディナーパーティー。その散会後、配膳台の下から男の死体が発見された。英国女流作家ロラックによるスリルと謎の本格ミステリ。　本体 2200 円

代診医の死◉ジョン・ロード
論創海外ミステリ 191　資産家の最期を看取った代診医の不可解な死。プリーストリー博士が解き明かす意外な真相とは……。筋金入りの本格ミステリファン必読、ジョン・ロードの知られざる傑作！　本体 2200 円

好評発売中

論　創　社

鮎川哲也翻訳セレクション 鉄路のオベリスト◉C・デイリー・キング他

論創海外ミステリ192　巨匠・鮎川哲也が翻訳した鉄道ミステリの傑作『鉄路のオベリスト』が完訳で復刊！　ボーナストラックとして、鮎川哲也が訳した海外ミステリ短編4作を収録。　本体4200円

霧の島のかがり火◉メアリー・スチュアート

論創海外ミステリ193　神秘的な霧の島に展開する血腥い連続殺人。霧の島にかがり火が燃えあがるとき、山の恐怖と人の狂気が牙を剝く。ホテル宿泊客の中に潜む殺人鬼は誰だ？　本体2200円

死者はふたたび◉アメリア・レイノルズ・ロング

論創海外ミステリ194　生ける死者か、死せる生者か。私立探偵レックス・ダヴェンポートを悩ませる「死んだ男」の秘密とは？　アメリア・レイノルズ・ロングの長編ミステリ邦訳第2弾。　本体2200円

〈サーカス・クイーン号〉事件◉クリフォード・ナイト

論創海外ミステリ195　航海中に惨殺されたサーカス団長。血塗られたサーカス巡業の幕が静かに開く。英米ミステリ黄金時代末期に登場した鬼才クリフォード・ナイトの未訳長編！　本体2400円

素性を明かさぬ死◉マイルズ・バートン

論創海外ミステリ196　密室の浴室で死んでいた青年の死を巡る謎。検証派ミステリの雄ジョン・ロードが別名義で発表した、〈犯罪研究家メリオン＆アーノルド警部〉シリーズ番外編！　本体2200円

ピカデリーパズル◉ファーガス・ヒューム

論創海外ミステリ197　19世紀末の英国で大ベストセラーを記録した長編ミステリ「二輪馬車の秘密」の作者ファーガス・ヒュームの未訳作品を独自編纂。表題作のほか、中短編4作を収録。　本体3200円

過去からの声◉マーゴット・ベネット

論創海外ミステリ198　複雑に絡み合う五人の男女の関係。親友の射殺死体を発見したのは自分の恋人だった！　英国推理作家協会賞最優秀長編賞受賞作品。

本体3000円

好評発売中

論　創　社

三つの栓◉ロナルド・A・ノックス

論創海外ミステリ 199　ガス中毒で死んだ老人。事故を装った自殺か、自殺に見せかけた他殺か、あるいは……。「探偵小説十戒」を提唱した大僧正作家による正統派ミステリの傑作が新訳で登場。　本体 2400 円

シャーロック・ホームズの古典事件帖◉北原尚彦編

論創海外ミステリ 200　明治・大正期からシャーロック・ホームズ物語は読まれていた！　知る人ぞ知る歴史的名訳が新たなテキストでよみがえる。シャーロック・ホームズ登場 130 周年記念復刻。　本体 4500 円

無音の弾丸◉アーサー・B・リーヴ

論創海外ミステリ 201　大学教授にして名探偵のクレイグ・ケネディが科学的知識を駆使して難事件に挑む！〈クイーンの定員〉第 49 席に選出された傑作短編集。　本体 3000 円

血染めの鍵◉エドガー・ウォーレス

論創海外ミステリ 202　新聞記者ホランドの前に立ちはだかる堅牢強固な密室殺人の謎！　大正時代に『秘密探偵雑誌』へ翻訳連載された本格ミステリの古典名作が新訳でよみがえる。　本体 2600 円

盗聴◉ザ・ゴードンズ

論創海外ミステリ 203　マネーロンダリングの大物を追うエヴァンズ警部は盗聴室で殺人事件の情報を傍受した……。元 FBI の作家が経験を基に描くアメリカン・ミステリ。　本体 2600 円

アリバイ◉ハリー・カーマイケル

論創海外ミステリ 204　雑木林で見つかった無残な腐乱死体。犯人は“三人の妻と死別した男”か？　巧妙な仕掛けで読者に挑戦する、ハリー・カーマイケル渾身の意欲作。　本体 2400 円

盗まれたフェルメール◉マイケル・イネス

論創海外ミステリ 205　殺された画家、盗まれた絵画。フェルメールの絵を巡って展開するサスペンスとアクション。スコットランドヤードの警視監ジョン・アプルビィが事件を追う！　本体 2800 円

好評発売中